Alle Rechte, einschließlich das des vollständigen oder
auszugsweisen Nachdrucks in jeglicher Form, sind vorbehalten.

Der Preis dieses Bandes versteht sich einschließlich
der gesetzlichen Mehrwertsteuer.

Umwelthinweis:
Dieses Buch wurde auf chlor- und säurefreiem Papier gedruckt.

Die Stanislaskis 1: Melodie der Liebe
Die junge Natasha Stanislaski ist zu enttäuscht, um noch an das große Glück glauben zu können. Wut und Trauer überschatten ihr Leben – bis sie den charmanten Komponisten Spence Kimball kennen lernt. Hin und her gerissen zwischen glühender Leidenschaft und kalter Ablehnung beschließt sie, sich nie wieder bedingslos einem Mann hinzugeben. Und doch wünscht sie sich nichts sehnlicher als von Spence zu erfahren, dass Liebe nicht nur Schmerz und Verlust bedeutet ...

Nora Roberts

Die Stanislaskis 1
Melodie der Liebe
Roman

Aus dem Amerikanischen von
Patrick Hansen

MIRA® TASCHENBUCH
Band 25116
7. Auflage: November 2005

MIRA® TASCHENBÜCHER
erscheinen in der Cora Verlag GmbH & Co. KG,
Axel-Springer-Platz 1, 20350 Hamburg
Deutsche Taschenbucherstausgabe

Titel der nordamerikanischen Originalausgabe:
Taming Natasha
Copyright © 1990 by Nora Roberts
erschienen bei: Silhouette Books, Toronto
Published by arrangement with
Harlequin Enterprises II B.V., Amsterdam

Konzeption/Reihengestaltung: fredeboldpartner.network, Köln
Umschlaggestaltung: pecher und soiron, Köln
Titelabbildung: by GettyImages, München
Autorenfoto: © by Harlequin Enterprise S.A., Schweiz
Satz: D.I.E. Grafikpartner, Köln
Druck und Bindearbeiten: Ebner & Spiegel, Ulm
Printed in Germany
ISBN 3-89941-152-8

www.mira-taschenbuch.de

PROLOG

Natasha marschierte zufrieden in ihr Zimmer zurück, ihre Augen blitzten triumphierend. So, Mikhail und Alexej fanden es also komisch, dem Hund ihren neuen BH und ihr Lieblingstrikot anzuziehen.

Aber die beiden hatten herausfinden müssen, was mit nervtötenden kleinen Brüdern passierte, wenn sie ihre gierigen Grabschhändchen nicht von Dingen ließen, die ihnen nicht gehörten.

Mik würde wahrscheinlich noch den ganzen Tag humpeln.

Und das Beste war, dass Mama ihnen befohlen hatte, Trikot und BH zu waschen. Mit der Hand. Und dann würden sie die Sachen draußen aufhängen müssen. Natashas Genugtuung wuchs. Einige von den Nachbarjungs würden sie bestimmt dabei sehen.

Sie würden vor Scham im Boden versinken.

Mama, so dachte sie jetzt, ist immer gerecht. Das war viel wirkungsvoller als der kräftige Tritt gegen das Schienbein, den sie ihrem Bruder versetzt hatte.

Natasha drehte sich zu dem hohen Spiegel an der Wand um und sank in ein tiefes Plié. Ihr vierzehnjähriger Körper zeigte die ersten Andeutungen von Rundungen an Brust und Hüften, sonst war er ebenso schlank wie der ihrer Brüder.

Ballettstunden hatten diesen Körper gelehrt, sich geschmeidig zu dehnen, die Gelenke darauf trainiert, den Anforderungen zu entsprechen. Hatten ihrem Geist Disziplin beigebracht.

Und ihrem Herzen die größte Freude gemacht.

Sie wusste, wie teuer diese Stunden waren und wie hart ihre Eltern dafür arbeiteten, ihr – und ihren Geschwistern – das zu erfüllen, was sie sich am meisten wünschte.

Dieses Wissen ließ sie härter trainieren als alle anderen in der Klasse.

Eines Tages würde sie eine berühmte Ballerina sein, und jedes Mal, wenn sie tanzte, würde sie in Gedanken ihren Eltern danken.

Ein Bild tauchte vor ihr auf – sie in einem schillernden Kostüm auf der Bühne. Sie konnte die Musik hören. Sie schloss die goldbraunen Augen und hob das fein modellierte Kinn ein wenig höher. Die langen schwarzen Locken schwangen sanft um ihre Schultern, als sie sich auf die Zehenspitzen stellte und eine langsame Pirouette drehte.

Als sie die Augen wieder öffnete, erblickte sie ihre Schwester im Türrahmen.

„Sie sind fast fertig mit dem Waschen", verkündete Rachel. Sie betrachtete Natasha mit einer Mischung aus Neid und Stolz. Stolz, dass ihre Schwester so schön war, so hübsch aussah, wenn sie tanzte. Neid, weil sie mit ihren acht Jahren das Gefühl hatte, nie vierzehn zu werden, nie so hübsch zu sein, sich nie so anmutig bewegen zu können.

Natasha fielen nie die Spangen aus den Haaren, ihr Haar war immer ordentlich. Und sie bekam auch schon Brüste. Sicher, sie waren noch klein, aber sie waren da, kein Zweifel.

Rachels ganzer Ehrgeiz, ihr ganzes Trachten bestand darin, eines Tages vierzehn zu sein.

Natasha lächelte vor sich hin und drehte noch eine Pirouette. „Und? Beschweren sie sich?"

„Könnte man sagen." Rachels Lippen zuckten. „Wenn Mama nicht in der Nähe ist. Mik sagt, du hast ihm das Bein gebrochen."

„Gut. Er hat es verdient. Weil er meine Sachen genommen hat."

„Es war schon irgendwie lustig." Rachel hüpfte auf dem Bett herum. „Sasha sah so albern aus in dem hübschen weißen BH und dem pinkfarbenen Tutu."

„Irgendwie, ja", gab Natasha zu. Sie ging zur Kommode und nahm ihre Haarbürste. „Und als sie dann ‚Schwanensee' aufgelegt und mit ihm getanzt haben." Sie strich sich durch das lange Haar. „Na ja, es sind eben nur Jungs."

Rachel rümpfte die Nase. Jungen hatten bei ihr momentan keinen sehr hohen Stellenwert. „Jungs sind doof. Sie sind zu laut, und sie stinken auch immer. Ein Mädchen zu sein ist viel besser." Auch wenn sie ausgewaschene Jeans, ein ausgeleiertes T-

Shirt und eine Baseballkappe trug – sie war fest davon überzeugt. Ihre Augen, die die gleiche Farbe hatten wie die ihrer Schwester, begannen zu funkeln. „Wir könnten uns an ihnen rächen."

Natürlich sagte sie sich, dass sie längst über solchen Dingen stand, trotzdem beäugte Natasha ihre Schwester mit wachsendem Interesse. Rachel mochte die Jüngste sein, aber sie war gerissen. „Und wie?"

„Miks Baseballshirt." Für das Rachel eine heimliche Schwäche hatte. „Ich denke, es würde Sasha richtig gut stehen. Solange sie draußen sind, können wir es holen."

„Niemand weiß, wo er es versteckt, wenn er es nicht trägt."

„Ich weiß es." Rachel grinste breit über das ganze hübsche Gesicht. „Ich weiß alles. Ich sage dir, wo es ist, damit du es ihm heimzahlen kannst, wenn ..."

Natasha hob eine Augenbraue. Gerissen und raffiniert. Rachel hatte immer einen Hintergedanken. „Wenn was?"

„Wenn ich deine goldenen Ohrringe tragen darf, die kleinen mit den Sternen."

„Das letzte Mal, als ich dir meine Ohrringe geliehen habe, hast du einen verloren."

„Ich habe ihn nicht verloren, ich habe ihn nur noch nicht gefunden." Zu gern hätte sie jetzt geschmollt, aber das musste warten, bis der Handel perfekt war. „Ich hole das Shirt, helfe dir dabei, es Sasha anzuziehen, und lenke Mama ab. Du lässt mich drei Tage deine Ohrringe tragen."

„Einen."

„Zwei."

Natasha seufzte ergeben. „Na schön."

Mit einem verschlagenen Lächeln streckte Rachel die offene Hand aus. „Ohrringe zuerst."

Kopfschüttelnd öffnete Natasha ihr Schmuckkästchen und holte die kleinen Kreolen hervor. „Wie kann man mit acht ein solch gerissener Überredungskünstler sein?"

„Wenn man die Jüngste ist, muss man das können." Freudig hüpfte Rachel vom Bett und steckte die feinen Ohrringe vor dem Spiegel an. „Alle kriegen immer die Sachen vor mir. Wenn ich die Älteste wäre, hätte ich die Ohrringe bekommen."

„Du bist aber nicht die Älteste, und die Ohrringe gehören mir. Verlier sie nicht."

Rachel verdrehte genervt die Augen, dann betrachtete sie sich im Spiegel. Sie sah älter aus, mindestens wie zehn, da war sie sicher.

„Wenn du schon Ohrringe trägst, solltest du auch etwas mit deinem Haar machen. Lass mich mal." Natasha zog ihrer Schwester die Baseballkappe vom Kopf und begann die langen Locken zu bürsten. „Wir binden es zusammen, damit man die Ohrringe auch sehen kann."

„Ich kann meine Spange nicht finden."

„Dann nehmen wir eine von meinen."

„Als du acht warst, hast du da so ausgesehen wie ich?"

„Weiß ich nicht." Natasha hielt ihr Gesicht neben Rachels, damit sie sich zusammen im Spiegel betrachten konnten. „Wir haben fast die gleichen Augen, und unsere Lippen sind auch sehr ähnlich. Deine Nase ist hübscher."

„Wirklich?" Die Vorstellung, dass etwas an ihr hübscher war als an ihrer großen Schwester, war einfach umwerfend!

„Ja, ich denke schon." Und weil sie nur zu gut verstand, legte Natasha ihre Wange an die ihrer Schwester. „Eines Tages, wenn wir erwachsen sind, werden uns die Leute nachsehen, wenn wir zusammen die Straße hinuntergehen, und dann werden sie sagen: ‚Sieh nur, da gehen die Stanislaski-Schwestern. Sind die beiden nicht wunderhübsch anzusehen?'"

Bei dem Bild musste Rachel kichern. Arm in Arm stolzierten sie durch das Zimmer, das sie sich teilten. „Und wenn sie Mikhail und Alexej zusammen sehen, werden sie sagen: ‚Oh, oh, da kommen die Stanislaski-Brüder. Das gibt Ärger.'"

„Und damit haben sie völlig Recht." Die Hintertür schlug, und Natasha sah zum Fenster hinaus. „Da sind sie! Oh, Rachel, sieh sie dir nur an! Es ist perfekt!"

Die beiden Jungen, beide mit hängenden Schultern, das Kinn bis auf die Brust gesenkt, schlurften zur Wäscheleine, während der Hund wild bellend um sie herumsprang.

„Sie sehen ja soo verlegen aus", sagte Natasha voller Schadenfreude. „Sieh dir nur an, wie rot sie sind."

„Das reicht nicht. Lass uns das Shirt holen!" Rachel griff ihre Kappe und stürmte aus dem Zimmer.

Nie würde es den Jungen gelingen, eine der Stanislaski-Schwestern unterzukriegen, dachte Natasha und rannte hinter Rachel her.

1. KAPITEL

„Woher kommt es bloß, dass alle wirklich gut aussehenden Männer verheiratet sind?"

„Soll das eine Fangfrage sein?" Natasha drapierte das wallende Samtkleidchen um die Beine der Puppe, die sie gerade in den kindgroßen Schaukelstuhl aus Bugholz gesetzt hatte. Dann drehte sie sich zu ihrer Mitarbeiterin um. „Okay, Annie. Reden wir über einen ganz bestimmten gut aussehenden Mann?"

„Allerdings. Über den großen, blonden und einfach tollen Mann, der gerade mit seiner flotten Frau und dem süßen kleinen Mädchen vor unserem Schaufenster steht." Annie schob sich ein Kaugummi in den Mund und seufzte dramatisch. „Die drei sehen aus wie eine Bilderbuchfamilie."

„Dann kommen sie ja vielleicht herein und kaufen ein Bilderbuchspielzeug."

Natasha trat einen Schritt zurück und musterte zufrieden die Dekoration aus viktorianischen Puppen und passenden Accessoires. Es sah genau so aus, wie sie es sich vorgestellt hatte. Ansprechend, elegant und richtig schön altmodisch. Sie überprüfte noch einmal sorgfältig das gesamte Arrangement, bis hin zum Sitz der Quaste an dem Fächer, den eine der Puppen in der winzigen Porzellanhand hielt.

Der Spielzugladen war für sie nicht nur ein Broterwerb, sondern auch ihr größtes Vergnügen. Sie achtete auf jedes Detail und beste Qualität und suchte alles, von der kleinsten Rassel bis zum größten Plüschbären, selbst aus. Für ihren Laden und ihre Kunden war ihr das Beste gerade gut genug, ob es sich nun um eine Fünfhundert-Dollar-Puppe mit eigener Pelzstola handelte oder um einen handflächengroßen Modell-Rennwagen für zwei Dollar. Sie freute sich über jedes Stück, das sie verkaufte. Hauptsache, es bereitete dem kleinen Kunden Freude.

Vor drei Jahren hatte sie zum ersten Mal die Ladentür geöffnet und damit das Glockenspiel über dem Rahmen zum Klingen gebracht. Seitdem hatte Natasha „The Fun House" zu einem der florierendsten Geschäfte des College-Städtchens am Rande West Virginias gemacht. Es hatte viel Energie und Durchhaltevermögen gebraucht, aber den Erfolg verdankte sie in erster Linie ihrem instinktiven Verständnis für kindliche Wünsche und Bedürfnisse. Sie wollte nicht, dass die Kunden mit irgendeinem Spielzeug davongingen. Sie wollte, dass sie mit genau dem richtigen Spielzeug den Laden verließen.

Sie ließ ihren Blick über die ausgestellten Miniaturautos wandern und ging hinüber, um das Arrangement noch etwas zu verbessern.

„Ich glaube, die kommen jetzt herein", sagte

Annie und fuhr sich mit der flachen Hand über das kurz geschnittene, rotbraune Haar. „Das kleine Mädchen zappelt schon die ganze Zeit vor Aufregung. Soll ich die Ladentür aufschließen?"

Natasha nahm alles sehr genau und sah zu der Uhr mit dem lachenden Clownsgesicht hinauf. „Wir haben noch fünf Minuten."

„Was sind schon fünf Minuten? Tash, ich sage dir, der Typ ist einfach unglaublich." Annie ging zwischen zwei Regalen hindurch zu dem kleinen Stapel Brettspiele und stapelte sie um, während sie möglichst unauffällig nach draußen spähte. „Oh ja! Einssiebenundachtzig, dreiundsiebzig Kilo. Die stattlichsten Schultern, die je ein Anzug-Sakko ausgefüllt haben. Mensch, das ist ja Tweed. Wusste gar nicht, dass mir bei einem Typen in Tweed das Wasser im Munde zusammenlaufen kann."

„Selbst wenn er etwas aus Pappe anhätte, würde dir das Wasser im Munde zusammenlaufen."

„Die meisten Typen, die ich kenne, sind aus Pappe." Annie lächelte verschmitzt, und neben ihrem Mundwinkel bildete sich ein Grübchen. Vorsichtig sah sie um den Tresen mit Holzspielzeugen herum auf die Straße. „Der muss in diesem Sommer eine Menge Zeit am Strand verbracht haben. Sein Haar ist richtig hell von der Sonne, und die Haut ist tief gebräunt. Jetzt lächelt er dem kleinen Mädchen zu. Ich glaube, ich habe mich gerade verliebt."

Natasha vollendete den Ministau, zu dem sie die Modellautos arrangiert hatte, und sah zu Annie hinüber. „Du glaubst doch dauernd, dass du verliebt bist."

„Ich weiß." Annie seufzte. „Wenn ich doch nur erkennen könnte, welche Augenfarbe er hat. Sein Gesicht ist jedenfalls eins von diesen schmalen mit markanten Wangenknochen. Ich wette, er ist unglaublich intelligent und hat im Leben viel durchgemacht."

Natasha warf ihr einen raschen amüsierten Blick zu. Die hoch gewachsene und eher magere Annie hatte ein Herz weich wie Marshmallow-Creme. „Ich bin sicher, seine Frau wäre von deiner Fantasie entzückt."

„Es ist das Recht einer Frau, nein, geradezu die Pflicht, bei einem solchen Mann ins Schwärmen zu geraten."

Obwohl sie da völlig anderer Meinung war, gab Natasha nach und tat Annie den Gefallen. „Also gut. Mach schon auf."

„Eine Puppe", sagte Spence und zupfte seine Tochter zärtlich am Ohr. „Wenn ich gewusst hätte, dass eine halbe Meile vom Haus entfernt ein Spielzeugladen liegt, hätte ich mir das mit dem Umzug vielleicht doch noch anders überlegt."

„Wenn's nach dir ginge, würdest du ihr doch gleich den ganzen Laden kaufen."

„Fang nicht schon wieder an, Nina", sagte er mit einem Seitenblick auf die Frau neben ihm.

Die schlanke Blondine zuckte nur mit den Schultern, sodass sich der Leinenstoff ihrer gepflegten roséfarbenen Kostümjacke kräuselte. Dann blickte sie zu dem kleinen Mädchen hinunter. „Ich meinte bloß, dass dein Daddy dich immer so sehr verwöhnt, weil er dich sehr lieb hat. Außerdem hast du dir wirklich ein Geschenk verdient, weil du mit dem Umzug einverstanden warst, uns sogar dabei geholfen hast."

Die kleine Frederica Kimball schob die Unterlippe vor. „Ich mag mein neues Haus." Sie schob ihrem Vater die winzige Hand zwischen die Finger, als wolle sie das Bündnis bekräftigen, das sie mit ihm gegen den Rest der Welt eingegangen war. „Ich habe jetzt einen Hof und eine Schaukel ganz für mich allein."

Nina musterte die beiden, den hoch gewachsenen, langgliedrigen Mann und das elfenhafte junge Mädchen. Die Kleine hatte das gleiche trotzige Kinn wie ihr Vater. Soweit sie sich erinnern konnte, hatten die beiden bei jeder Auseinandersetzung das letzte Wort gehabt.

„Offenbar bin ich die Einzige, die darin keinen Fortschritt gegenüber dem Leben in New York sieht." Ninas Tonfall wurde hörbar müder, als sie dem Mädchen übers Haar strich. „Ich kann nicht anders, ich mache mir ein wenig Sorgen um dich.

Du sollst doch nur glücklich sein, mein Liebling. Du und dein Daddy."

„Das sind wir." Um die Atmosphäre zu entschärfen, hob Spence Freddie mit Schwung auf den Arm. „Stimmt's, Funny Face?"

„Sie wird gleich noch glücklicher sein", lenkte Nina ein und drückte Spence aufmunternd die Hand. „Der Laden wird geöffnet." Schmunzelnd folgte sie den beiden durch die Tür.

„Guten Morgen." Sie waren grau, stellte Annie fest und unterdrückte ein gedehntes, träumerisches Seufzen. Ein fantastisches Grau. Entschlossen verbannte sie das Schwärmen in einen hinteren Winkel ihrer Gedankenwelt und bat die ersten Kunden des Tages hinein. „Kann ich Ihnen helfen?"

„Meine Tochter interessiert sich für eine Puppe." Spence stellte Freddie wieder auf die Füße.

„Nun, dann sind Sie hier genau richtig." Pflichtgetreu wandte Annie ihre Aufmerksamkeit dem Kind zu. Es war wirklich eine süße kleine Person, mit denselben grauen Augen und dem gleichen kaum zu bändigenden Blondschopf. „Was für eine Puppe möchtest du denn?"

„Eine hübsche", entgegnete Freddie sofort. „Eine hübsche mit rotem Haar und blauen Augen." Sie sah zu ihrem Vater hoch, und als der nickte, spazierte sie an Annies Hand davon.

Nina drückte ihm zum zweiten Mal die Hand. „Spence ..."

„Ich versuche mir immer einzureden, dass es ihr nichts mehr ausmacht. Dass sie sich nicht einmal daran erinnert", sagte er leise.

„Dass sie eine Puppe mit rotem Haar und blauen Augen möchte, muss doch nichts bedeuten."

„Rotes Haar und blaue Augen", wiederholte er mit tonloser Stimme, als die Trauer einmal mehr in ihm aufstieg. „Wie Angelas. Sie erinnert sich, Nina. Und es macht ihr etwas aus." Er schob die Hände in die Taschen und ging weiter in den Laden hinein.

Drei Jahre, dachte er. Es war jetzt drei Jahre her. Freddie hatte noch in den Windeln gelegen. Aber sie erinnerte sich an Angela. Die wunderschöne, sorglose Angela. Selbst bei aller Toleranz hätte man Angela nicht als Mutter bezeichnen können. Nie hatte sie ihre Tochter auf den Knien geschaukelt, mit ihr geschmust, sie getröstet oder ihr ein Schlaflied gesungen.

Er musterte eine kleine, blau gekleidete Puppe mit einem engelhaften Porzellangesicht. Schmale, zarte Figur und riesige, verträumte Augen. So war auch Angela gewesen. Von fast überirdischer Schönheit. Und so kalt und glatt wie Glas.

Er hatte sie geliebt, wie ein Mann ein Kunstwerk liebt. Aus der Distanz, voller Bewunderung für das perfekt gestaltete Äußere und stets auf der Suche nach der inneren Bedeutung. Irgendwie war aus ihrer Beziehung ein warmherziges, lebenslustiges Kind hervorgegangen. Ein kleines Mädchen, das in seinen ersten Lebensjahren fast ohne die Hilfe der Eltern seinen Weg hatte finden müssen.

Aber er würde es wieder gutmachen. Spence schloss einen Moment lang die Augen. Er würde alles in seiner Macht Stehende tun, um seiner Tochter die Liebe, die Geborgenheit und die Sicherheit zu geben, die sie verdiente. Die Echtheit. Das Wort klang banal, aber es beschrieb am besten, was er für seine Tochter wollte. Die Echtheit, Ehrlichkeit und Stabilität einer richtigen Familie.

Sie liebte ihn. Seine Schultern entkrampften sich etwas, als er daran dachte, wie sehr Freddies große Augen leuchteten, wenn er ihr abends gute Nacht sagte, wie sie die Arme um ihn schlang, wenn er sie festhielt. Vielleicht würde er sich nie völlig verzeihen, dass er sie als Baby wegen eigener Probleme vernachlässigt hatte. Aber jetzt lagen die Dinge anders. Selbst diesen Umzug hatte er mit Blick auf Freddies Wohlergehen geplant.

Er hörte ihr helles Lachen, und sofort löste sich die Anspannung in einer Welle von Freude auf. Keine Musik klang in seinen Ohren so schön wie das Lachen seines kleinen Mädchens. Es wäre wert gewesen, von einem kompletten Symphonieorchester begleitet zu werden. Stör sie jetzt nicht, dachte Spence. Lass sie mit all den bunten Puppen allein, bevor du sie daran erinnern musst, dass nur eine davon ihr gehören kann.

Wieder entspannt, sah er sich in dem Geschäft um. Wie die Puppe, die er sich für seine Tochter vorstellte, war das Ladeninnere schön anzusehen. Ein Fest für die Augen. Es war zwar nicht sehr geräumig, aber von Wand zu Wand voll der Dinge, die ein Kinderherz begehrte. Von der Decke hingen eine große Giraffe mit goldenem Fell und ein roter Hund mit traurigem Blick. Hölzerne Eisenbahnzüge, Autos und Flugzeuge in leuchtenden Farben drängten sich neben eleganten Miniaturmöbeln auf einem langen Tisch. Neben dem aufwändigen Modell einer Raumstation saß ein altmodischer Hampelmann. Es gab viele Puppen, manche wunderschön, manche auf charmante Weise hausbacken, Kästen mit Bauklötzen und ein herrlich verspieltes Teegeschirr für Kinder.

Gerade weil alles so ungezwungen, fast beiläufig arrangiert worden war, wirkte es ungemein verlockend. Dies war ein Ort der Fantasien und Wünsche, eine mit Schätzen gefüllte Aladin-Höhle, in der Kinderaugen vor Staunen leuchteten. Spence hörte, wie seine Tochter fröhlich lachte, und ahnte, dass Freddie bald zu den regelmäßigen Besuchern des „Fun House" zählen würde.

Das war einer der Gründe, warum er mit ihr in eine Kleinstadt gezogen war. Er wollte, dass sie voller Neugier durch die Geschäfte streifen konnte und dabei von den Inhabern mit Namen begrüßt werden würde. Sie sollte von einem Ende der Stadt ans andere spazieren können, ohne dass er wie in der Großstadt Angst vor Überfällen, Entführungen oder Drogen haben musste. Sie würden keine Spezialschlösser und Alarmanlagen mehr brauchen, keine aufwändige Technik, um mit akustischen Tricks den permanenten Verkehrslärm herauszufiltern. Selbst ein so kleines Mädchen wie seine Freddie würde hier nicht verloren gehen können.

Und vielleicht würde er selbst ohne die Hetze und den Druck endlich Frieden mit sich schließen können.

Seine Hand griff fast wie von selbst nach einer Spieluhr. Sie war aus sorgfältig modelliertem Porzellan und mit der Figur einer schwarzhaarigen Zigeunerin in einem Rüschenkleid verziert. An den Ohren trug sie winzige goldene Ringe, und in den Händen hielt sie ein Tamburin mit bunten Bändern. Er war sicher, dass er selbst an der Fifth Avenue keinen so kunstvoll hergestellten Gegenstand gefunden hätte.

Er fragte sich, warum die Ladeninhaberin die Spieluhr dorthin gestellt hatte, wo kleine, neugierige Finger danach greifen und sie zerbrechen konnten. Fasziniert zog er die Uhr auf und beobachtete, wie die zierliche Figur sich um das Miniaturfeuer aus Porzellan drehte.

Tschaikowsky. Er erkannte den Satz sofort, und sein geschultes Gehör registrierte den sauberen

Klang. Ein melancholisches, fast leidenschaftliches Stück, dachte er und war erstaunt, ausgerechnet in einem Spielzugladen ein so exquisites Exemplar zu entdecken. Dann blickte er auf und sah Natasha.

Er starrte sie an. Er konnte nicht anders. Sie stand nur wenige Meter von ihm entfernt, den erhobenen Kopf ein wenig geneigt, und musterte ihn. Ihr Haar war so dunkel wie das der Tänzerin. Die Locken ringelten sich wie Korkenzieher um ihr Gesicht, an dessen Seiten ihr die Haarpracht über die Schultern fiel. Ihre Haut war zart gebräunt, schimmerte wie Gold vor dem Kontrast, den das einfache rote Kleid abgab.

Aber diese Frau ist alles andere als zerbrechlich, ging es ihm durch den Sinn. Obwohl sie klein war, strahlte sie so etwas wie Macht aus. Vielleicht lag es an dem Gesicht mit dem vollen, von keinem Lippenstift betonten Mund und den hohen, markanten Wangenknochen. Ihre Augen waren nicht so dunkel wie das Haar, eher goldbraun, mit breiten Lidern und langen Wimpern. Selbst über die zwei, drei Meter hinweg spürte er es. Diese Frau umgab eine berauschende, durch nichts getrübte Erotik, so wie andere Frauen sich in Parfümwolken hüllten.

Zum ersten Mal seit Jahren fühlte er in sich die Hitze reinen Begehrens, die jeden seiner Muskeln vollständig zu lähmen schien.

Natasha registrierte es, und es gefiel ihr gar nicht. Was für ein Mann, so fragte sie sich, kommt mit Frau und Kind hereinspaziert, um eine andere Frau mit Augen anzusehen, in denen die nackte Begierde stand?

Nicht ihre Art von Mann.

Entschlossen ignorierte sie seinen Blick, so wie sie es bei anderen Männern in der Vergangenheit bereits getan hatte, und ging zu ihm hinüber. „Brauchen Sie vielleicht Hilfe?"

Hilfe? Sauerstoff brauche ich, dachte Spence nun. Er hatte nicht gewusst, dass eine Frau einem Mann buchstäblich den Atem rauben konnte. „Wer sind Sie?"

„Natasha Stanislaski." Sie bot ihm ihr kühlstes Lächeln. „Mir gehört der Laden."

Ihre Stimme schien in der Luft zu hängen, heiser, voller Leben und mit einer Spur ihrer slawischen Herkunft. Die erotische Atmosphäre wurde dadurch noch gesteigert, und er fühlte es so konkret, wie er die Musik aus der Spieluhr hinter sich hörte. Sie duftete nach Seife, nach sonst nichts, und dennoch fand er den Duft so verführerisch wie kaum etwas zuvor.

Als er nicht antwortete, zog sie eine Braue hoch. Vielleicht war es ganz amüsant, einem Mann den Kopf zu verdrehen, aber sie hatte zu tun. Außerdem war dieser Mann verheiratet. „Ihre Tochter schwankt noch zwischen drei Puppen. Vielleicht möchten Sie ihr bei der endgültigen Entscheidung helfen?"

„Gleich. Ihr Akzent, ist der russisch?"

„Ja." Sie fragte sich, ob sie ihm sagen sollte, dass seine Frau schon gelangweilt und ungeduldig an der Ladentür stand.

„Seit wann sind Sie in Amerika?"

„Seit meinem sechsten Lebensjahr." Sie warf ihm einen besonders eisigen Blick zu. „Damals war ich ungefähr so alt wie Ihre Tochter jetzt. Entschuldigen Sie mich, ich muss mich um die Kundschaft kümmern."

Seine Hand lag auf ihrem Arm, bevor er sich zurückhalten konnte. Obwohl er ahnte, dass das kein sehr kluger Schachzug gewesen war, überraschte ihn die Intensität der Abneigung in ihren Augen. „Tut mir Leid. Ich wollte Sie nach der Spieluhr fragen."

Natasha folgte seinem Blick. Die Melodie wurde gerade leiser. „Es ist eine unserer besten, hier in den Staaten hergestellt. Sind Sie an einem Kauf interessiert?"

„Ich bin mir noch nicht sicher. Ist Ihnen klar, wo sie steht?"

„Wie bitte?"

„Nun, es ist nicht gerade das, was man in einem Spielzeugladen zu finden erwartet. Bei Ihrer Kundschaft könnte sie leicht zu Bruch gehen."

Natasha schob sie ein Stück weiter nach hinten

aufs Regal. „Und sie kann repariert werden." Die rasche Bewegung, die sie mit den Schultern machte, war eindeutig, gewohnheitsmäßig. Sie verriet eher Arroganz als Sorglosigkeit. „Ich finde, man sollte Kindern die Freuden der Musik nicht vorenthalten, meinen Sie nicht auch?"

„Ja." Erstmals huschte ein Lächeln über sein Gesicht. Es war wirklich eindrucksvoll, da hatte Annie Recht gehabt. Natasha gab es widerstrebend zu und spürte hinter ihrer Verärgerung einen Hauch von Neugier, vielleicht sogar von Gemeinsamkeit mit diesem Fremden.

„In der Tat, das meine ich auch", sagte er. „Vielleicht könnten wir uns einmal beim Essen darüber unterhalten."

Natasha musste sich zusammenreißen, um ihn nicht zornig in die Schranken zu verweisen. Bei ihrem heißen, oft turbulenten Temperament war das nicht einfach, aber sie dachte daran, dass der Mann nicht nur seine Frau, sondern auch seine junge Tochter dabeihatte.

Sie schluckte die Beschimpfungen, die ihr auf der Zunge lagen, wieder hinunter, aber Spence las sie ihr an den Augen ab.

„Nein." Mehr erwiderte sie nicht und drehte sich dabei um.

„Miss ...", begann Spence, doch da kam Freddie auch schon den Gang heruntergetobt.

„Ist sie nicht schön, Daddy?" fragte sie mit

leuchtenden Augen und streckte ihm die große, schlaksige Raggedy-Ann-Puppe entgegen.

Sie ist rothaarig, dachte Spence. Aber schön konnte man sie beim besten Willen nicht nennen. Und an Angela erinnert sie auch nicht, stellte er erleichtert fest. Weil er wusste, dass Freddie es von ihm erwartete, nahm er sich die Zeit, die Puppe ihrer Wahl gründlich zu mustern. „Dies ist", sagte er nach einer Weile, „die allerbeste Puppe, die ich heute gesehen habe."

„Wirklich?"

Er ging in die Hocke, um Freddie direkt in die Augen schauen zu können. „Ganz bestimmt. Du hast einen exzellenten Geschmack, Funny Face."

Freddie streckte die Arme aus und quetschte die Puppe zwischen ihnen beiden ein, während sie ihren Vater fest umarmte. „Kann ich sie haben?"

„Ich dachte, sie wäre für mich." Als Freddie fröhlich kicherte, hob er sie zusammen mit der Puppe auf den Arm.

„Ich packe sie Ihnen ein." Natashas Tonfall war diesmal wärmer. Er mochte ein unverschämter Kerl sein, aber er liebte seine Tochter, das spürte sie.

„Ich kann sie tragen." Freddie presste ihre neue Freundin an sich.

„Tu das. Aber dann gebe ich dir ein Band für ihr Haar. Möchtest du das?"

„Ein blaues."

„Du bekommst ein blaues." Natasha ging voran zur Kasse.

Nina warf nur einen Blick auf die Puppe und verdrehte die Augen. „Darling, eine Schönere hast du nicht gefunden?"

„Daddy gefällt sie", murmelte Freddie mit gesenktem Kopf.

„Allerdings. Sehr sogar", fügte er hinzu und warf Nina dabei einen vielsagenden Blick zu. Dann stellte er Freddie wieder auf die Füße und zog die Brieftasche heraus.

Die Mutter ist alles andere als ein Glückstreffer, dachte Natasha. Aber das gibt dem Mann noch lange nicht das Recht, einer Verkäuferin in einem Spielzeugladen so zu kommen. Sie zählte das Wechselgeld und reichte ihm den Kaufbeleg, bevor sie das versprochene Band hervorholte.

„Vielen Dank", sagte sie zu Freddie. „Ich glaube, sie wird sich bei dir sehr wohl fühlen."

„Ich werde gut auf sie aufpassen", versicherte Freddie, während sie sich damit abmühte, das Band durch das wuschelige Haar der Puppe zu ziehen. „Können die Leute sich die Sachen hier einfach nur anschauen, oder müssen sie etwas kaufen?"

Natasha lächelte, griff nach einem zweiten Band und machte dem Kind eine kecke Schleife ins Haar. „Du kannst gern jederzeit kommen und dich hier umsehen."

„Spence, wir müssen jetzt wirklich gehen." Nina hielt die Ladentür auf.

„Richtig." Er zögerte. Es ist eine Kleinstadt, sagte er sich. Und wenn Freddie jederzeit willkommen ist, dann bin ich es auch. „Es war nett, Sie kennen zu lernen, Miss Stanislaski."

„Auf Wiedersehen." Sie wartete, bis das Glockenspiel ertönte und die Tür ins Schloss fiel, und murmelte dann eine Reihe von Verwünschungen vor sich hin.

Annie streckte den Kopf um einen Turm aus Bauklötzen. „Wie bitte?"

„Dieser Mann!"

„Ja." Mit einem leisen Seufzer kam Annie den Gang entlanggeschwebt. „Dieser Mann."

„Bringt Frau und Kind in einen Laden wie diesen und starrt mich an, als wollte er mir an den Zehen knabbern."

„Tash." Mit gequältem Gesichtsausdruck presste Annie sich eine Hand aufs Herz. „Bitte sag nicht so etwas Erregendes."

„Ich finde es beleidigend." Natasha umrundete den Verkaufstresen und hieb mit der Faust gegen einen Sandsack, der in der Ecke baumelte. „Er hat mich zum Essen eingeladen."

„Er hat was?" Annies Augen leuchteten vor Begeisterung auf, bis ein scharfer Blick von Natasha sie wieder abkühlte. „Du hast Recht. Es ist beleidigend, schließlich ist er verheiratet. Auch wenn seine Frau mir ziemlich steif und langweilig vorkam. Wie ein gefrorener Fisch."

„Seine Eheprobleme interessieren mich nicht."

„Nein ..." In Annie kämpften der Sinn für Realität und die ausgeprägte Fantasie miteinander. „Schätze, du hast ihn abblitzen lassen."

Natasha schluckte hörbar, als sie herumfuhr. „Natürlich habe ich ihn abblitzen lassen."

„Natürlich", bestätigte Annie hastig.

„Der Mann hat vielleicht Nerven", fuhr Natasha fort. Ihr juckten die Finger. Sie sah sich nach etwas um, auf das sie einschlagen konnte. „Kommt in mein Geschäft und macht mich regelrecht an!"

„Das hat er nicht!" Schockiert und fasziniert zugleich ergriff Annie Natashas Arm. „Tash, er hat dich doch nicht wirklich angemacht? Hier im Laden?"

„Mit den Augen. Die Botschaft war deutlich." Es machte sie wütend, wie oft Männer sie betrachteten und nur das Körperliche sahen. Nur das Körperliche sehen wollten. Es war abstoßend. Noch bevor sie richtig verstand, um was es eigentlich ging, hatte sie Anzüglichkeiten und Angebote ertragen müssen. Aber jetzt wusste sie, was man von ihr wollte, und ließ sich nichts mehr bieten.

„Wenn er dieses süße kleine Mädchen nicht bei sich gehabt hätte, hätte ich ihm eine Ohrfeige verpasst!" Die Vorstellung gefiel ihr so sehr, dass sie ihren Zorn wieder an dem imaginären Sandsack ausließ.

Annie hatte derartige Ausbrüche oft genug erlebt, um zu wissen, wie sie ihre Chefin besänftigen konnte. „Sie war wirklich süß, nicht wahr? Sie heißt Freddie. Ist das nicht niedlich?"

Noch während sie sich die geballte Faust rieb, holte Natasha tief Luft. Es wirkte. „Ja", erwiderte sie einfach.

„Die Kleine hat mir erzählt, dass sie gerade erst von New York nach Shepherdstown gezogen sind. Die Puppe soll ihre erste neue Freundin sein."

„Armes kleines Ding." Natasha wusste nur zu gut, welche Sorgen und Ängste ein Kind in einer fremden Stadt empfand. Vergiss den Vater, befahl sie sich und warf den Kopf zurück. „Sie müsste ungefähr im Alter von JoBeth Riley sein." Ihr Zorn war verraucht. Sie ging hinter den Tresen und griff nach dem Hörer. Es würde nichts schaden, wenn sie Mrs. Riley anrief.

Spence stand am Fenster des Musikzimmers und starrte auf ein Beet mit Sommerblumen hinaus. Blumen vor dem Fenster zu haben und eine nicht gerade ebene Rasenfläche, die viel Pflege brauchte, das war für ihn eine völlig neue Erfahrung. Noch nie im Leben hatte er einen Rasen gemäht. Lächelnd überlegte er, wann er sich nun endlich daran versuchen könnte.

Dann gab es da noch einen großen, ausladenden Ahorn mit dunkelgrünen Blättern. Er malte sich aus, wie aus dem Grün in wenigen Wochen ein leuchtendes Rot werden würde, bevor die Blätter sich von den Zweigen lösten. Er hatte den Blick von seiner Wohnung am Central Park West immer genossen, sich daran erfreut, wie sich die Bäume mit den Jahreszeiten veränderten. Aber hier war das anders.

Hier gehörten ihm das Gras, die Bäume, die Blumen vor dem Fenster. Sie würden ihm Vergnügen bereiten, und er würde sich dafür um sie kümmern müssen. Hier würde er Freddie hinauslassen können, damit sie mit ihren Puppen eine Teeparty am Nachmittag arrangierte. Und zwar ohne dass er sich um sie Sorgen machen musste, sobald er sie auch nur eine Sekunde aus den Augen ließ.

Sie würden ein angenehmes Leben führen, ein solides Leben für sie beide. Das hatte er gefühlt, als er hergeflogen war, um mit dem Dekan über seine Anstellung zu verhandeln. Und er hatte es wieder gefühlt, während er mit der nervösen Immobilienmaklerin auf den Fersen durch dieses große, geräumige Haus gewandert war.

Sie brauchte es mir gar nicht aufzudrängen, dachte Spence. Ich war dem Haus verfallen, kaum dass ich es betreten hatte.

Vor seinen Augen schwebte ein Kolibri mit unsichtbarem Flügelschlag über der Blüte einer hellroten Petunie. In diesem Moment war er felsenfest davon überzeugt, dass die Entscheidung, aus der Großstadt fortzuziehen, richtig gewesen war.

Eine Kostprobe des ländlichen Lebens nehmen, so hatte Nina es ein wenig von oben herab bezeichnet. Ihre Worte gingen ihm durch den Kopf, während die Flügel des winzigen Vogels im Sonnenschein zu flimmern schienen. Er konnte ihr keinen Vorwurf machen, schließlich hatte er sein Leben freiwillig dort verbracht, wo stets etwas los war. Sicher, er hatte all die glitzernden Partys genossen, die bis zum Morgengrauen dauerten. Oder die eleganten Mitternachtssoupers nach einem Konzert oder Ballett.

Er war in eine Welt von Glamour, Prestige und Reichtum hineingeboren worden und hatte sein Leben dort verbracht, wo das Beste gerade gut genug war. Natürlich hatte er es ausgekostet. Die Sommer in Monte Carlo, die Winter in Nizza oder Cannes. Die Wochenenden in Aruba oder Cancun.

Er wollte diese Erfahrungen nicht missen, aber er wünschte sich, dass er die Verantwortung für sein eigenes Leben früher übernommen hätte.

Jetzt hatte er es getan. Spence sah dem Kolibri nach, der wie ein saphirblauer Pfeil davonsurrte. Und zu seiner eigenen Überraschung, wie zu der Überraschung der Menschen, die ihn kannten, genoss er es, diese Verantwortung zu tragen. Er wusste, woran das lag. An Freddie. Allein an Freddie.

Er dachte an sie, und schon kam sie über den Rasen gelaufen, die neue Puppe unter den Arm geklemmt. Wie erwartet eilte sie schnurstracks auf die Schaukel zu. Das Gestell war so neu, dass die blaue und weiße Farbe in der Sonne glänzte und die harten Plastiksitze wie Leder schimmerten. Mit der Puppe auf dem Schoß stieß Freddie sich ab, das Gesicht auf den Himmel gerichtet, ein selbst komponiertes Lied auf den weichen Lippen.

Die Liebe durchzuckte ihn wie der Hieb einer Samtfaust, kraftvoll, fast schmerzhaft. In seinem ganzen Leben hatte er nichts so Verzehrendes, nichts so Klares empfunden wie das Gefühl, das seine Tochter in ihm hervorrief. Mühelos, einfach nur, indem sie da war.

Während sie durch die Luft glitt, drückte sie die Puppe an sich, um ihr Geheimnisse ins Ohr zu flüstern. Es gefiel ihm, wie glücklich sie mit der simplen Stoffpuppe war. Sie hätte auch eine aus Samt oder Porzellan nehmen können, aber sie hatte sich für eine entschieden, die aussah, als brauche sie Liebe.

Den gesamten Vormittag hindurch hatte sie ihm von dem Spielzeugladen vorgeschwärmt, und er wusste, dass sie sich danach sehnte, noch einmal hinzugehen. Natürlich würde sie keinen Wunsch äußern. Jedenfalls nicht direkt. Nur ihre Augen würden Bände sprechen. Es amüsierte und erstaunte ihn zugleich, wie sein kleines Mädchen schon mit fünf diesen äußerst wirksamen Trick der Frauen beherrschte.

Er selbst hatte auch an den Spielzugladen denken müssen, und an die Inhaberin. Da war von weiblichen Tricks keine Rede gewesen, nur von der puren Verachtung, die eine Frau für einen Mann empfand. Als er sich erinnerte, wie unbeholfen er sich benommen hatte, verzog er das Gesicht. Ich bin aus der Übung, sagte er sich mit reumütigem Lächeln und rieb sich den Nacken. Noch nie hatte er eine so starke sexuelle Anziehungskraft gespürt. Wie ein Blitz hatte es ihn getroffen. Und ein Mann, der so unter Strom gesetzt wurde, durfte sich schon etwas ungeschickt benehmen.

Aber ihre Reaktion ... Stirnrunzelnd ließ Spence die Szene noch einmal vor seinem geistigen Auge ablaufen. Sie war wütend gewesen, hatte schon vor Zorn gezittert, noch bevor er den Mund geöffnet und sich gründlich blamiert hatte.

Sie hatte gar nicht erst versucht, ihre Abfuhr in höfliche Worte zu kleiden. Ein schlichtes Nein – eine hart klingende, an den Rändern mit Eis überzogene Silbe. Und dabei hatte er sie doch nicht gefragt, ob sie mit ihm ins Bett gehen würde.

Aber genau das wollte er. Vom ersten Moment an hatte er sich ausgemalt, wie er sie davontrug, zu irgendeinem dunklen, abgelegenen Ort mitten im

Wald, wo der Moosboden unter ihnen federte und die Baumkronen sich vor den Himmel schoben. Dort würde er die Hitze fühlen, die ihre vollen, ein wenig trotzigen Lippen ausstrahlten. Dort würde er die wilde Leidenschaft auskosten, die ihr Gesicht versprach. Ungestüm, zügellos, ohne an Raum und Zeit, an richtig oder falsch zu denken.

Das darf doch nicht wahr sein. Verwirrt riss er sich zusammen. Er träumte wie ein Teenager. Nein, verbesserte Spence sich und schob die Hände in die Taschen, ich träume wie ein Mann, wie einer, der seit vier Jahren auf eine Frau verzichtet hat. Er war sich nicht sicher, ob er Natasha Stanislaski dafür dankbar sein sollte, dass sie in ihm all die vergrabenen Sehnsüchte erweckt hatte.

Aber er war sicher, dass er sie wiedersehen würde.

„Ich bin reisefertig." Nina wartete in der Tür. Sie seufzte tadelnd. Spence war offensichtlich mal wieder in Gedanken vertieft. „Spence", sagte sie lauter als zuvor und durchquerte den Raum. „Ich sagte, ich bin reisefertig."

„Wie? Ach so." Er lächelte blinzelnd und zwang sich, die Schultern sinken zu lassen. „Wir werden dich vermissen, Nina."

„Ihr werdet froh sein, mich loszuwerden", korrigierte sie ihn und küsste ihn kurz auf die Wange.

„Nein." Sein Lächeln kam jetzt ungezwungener, das sah sie und wischte ihm fürsorglich den

Lippenstift von der Haut. „Ich weiß zu schätzen, was du für uns getan hast", fuhr er fort. „Du hast uns den Anfang hier leichter gemacht. Ich weiß, wie beschäftigt du bist."

„Ich kann doch meinen Bruder nicht allein in der freien Wildbahn von West Virginia aussetzen." In einer bei ihr seltenen Gefühlsregung griff sie nach seiner Hand. „Bist du dir wirklich sicher, Spence? Vergiss alles, was ich gesagt habe, und denke nach, denke es noch einmal durch. Es ist ein gewaltiger Wechsel, für euch beide. Was willst du zum Beispiel hier mit deiner Freizeit anfangen?"

„Den Rasen mähen." Ihre verblüffte Miene ließ ihn grinsen. „Oder auf der Veranda sitzen. Vielleicht komponiere ich sogar wieder etwas."

„Das könntest du in New York auch."

„Ich habe seit fast vier Jahren keinen einzigen Takt mehr geschrieben", erinnerte er sie.

„Na schön." Sie ging zum Flügel hinüber und wedelte mit der Hand. „Aber wenn es dir nur um eine Ortsveränderung geht, hättest du dir auch ein Haus auf Long Island oder von mir aus in Connecticut suchen können. Du hättest nicht gleich aufs Land ziehen müssen."

„Es gefällt mir hier, Nina. Glaub mir, ich hätte für Freddie nichts Besseres tun können. Und für mich selbst auch nicht."

„Ich hoffe, du hast Recht." Weil sie ihn liebte, lächelte sie erneut. „Ich wette immer noch, dass du spätestens in sechs Monaten wieder in New York bist. In der Zwischenzeit erwarte ich, dass du mich als Tante dieses Mädchens über ihre Entwicklung auf dem Laufenden hältst." Sie sah auf ihre Hand hinab und stellte verärgert fest, dass ihr Nagellack bereits gelitten hatte. „Allein die Idee, sie auf eine öffentliche Schule zu schicken ..."

„Nina."

„Schon gut!" Sie hob die Hand. „Es hat keinen Sinn, darüber zu diskutieren. Ich muss mein Flugzeug noch bekommen. Außerdem bin ich mir durchaus der Tatsache bewusst, dass sie dein Kind ist."

„Ja, das ist sie."

Nina klopfte mit der Fingerspitze auf die glänzende Oberfläche des Instruments, das nicht ganz so groß wie ein Konzertflügel war. „Spence, ich weiß, dass du wegen Angela noch Schuldgefühle hast. Das gefällt mir gar nicht."

Sein ungezwungenes Lächeln verschwand. „Manche Fehler brauchen lange, bis man sie verarbeitet hat."

„Sie hat dir das Leben zur Hölle gemacht", sagte Nina kategorisch. „Ihr wart kaum verheiratet, da begannen die Probleme bereits. Du warst nicht sehr auskunftsfreudig", fuhr sie fort, als er nicht reagierte. „Aber es gab andere, die sich nur zu gern bei mir oder jedem, der es hören wollte, über eure Ehe ausließen. Es war kein Geheimnis, dass sie kein Kind wollte."

„Und war ich so viel besser? Ich wollte das Baby doch nur, um damit die Lücken in meiner Ehe zu füllen. Damit bürdet man einem Kind eine schwere Last auf."

„Du hast Fehler gemacht. Du hast die Fehler eingesehen und sie korrigiert. Angela hat in ihrem ganzen Leben nicht die Spur von Schuld gefühlt. Wenn sie nicht gestorben wäre, hättest du dich scheiden lassen und das Sorgerecht für Freddie übernommen. Es wäre auf dasselbe hinausgelaufen. Ich weiß, es klingt hart. Aber das ist die Wahrheit oft. Mir gefällt der Gedanke nicht, dass du hierher gezogen bist und dein Leben so dramatisch veränderst, nur um etwas wieder gutzumachen, das längst vergangen ist."

„Vielleicht spielt das eine Rolle. Aber da ist noch etwas." Er hob den Arm, wartete, bis Nina sich neben ihn stellte. „Sieh sie dir an." Er wies durchs Fenster auf Freddie, die strahlend auf der Schaukel saß und frei wie ein Kolibri durch die Luft sauste. „Sie ist glücklich. Und das bin ich auch."

2. KAPITEL

„Ich habe keine Angst."

„Natürlich nicht." Spence sah in den Spiegel, vor dem er ihr das Haarband. Sie hatte eine tapfere Miene aufgesetzt. Aber auch ohne dass er das Zittern in ihrer Stimme hörte, wusste er, wie groß die Angst seiner Tochter war. Schließlich fühlte er in seinem eigenen Magen einen faustgroßen Klumpen.

„Andere Kinder würden jetzt vielleicht weinen." Ihren großen Augen war anzusehen, dass auch Freddie den Tränen nahe war. „Aber ich nicht."

„Du wirst viel Spaß haben." Er war sich da ebenso wenig sicher wie sein nervöses Kind. Das Schwierige daran, ein Vater zu sein, bestand darin, sich bei allem Möglichen sicher sein zu müssen – oder wenigstens so zu klingen. „Der erste Schultag ist immer etwas schwierig, aber wenn du erst einmal dort bist und die anderen Kinder getroffen hast, wirst du es toll finden."

Sie drehte sich zu ihm um und sah ihn mit festem, durchdringendem Blick an. „Wirklich?"

„Im Kindergarten hat es dir doch auch gefallen, nicht?" Er wich aus, das gestand er sich ein. Aber er durfte nichts versprechen, was er vielleicht nicht würde halten können.

„Meistens." Sie wandte sich wieder dem Spiegel

zu und spielte mit dem gelben, wie ein Seepferdchen geformten Kamm auf der Kommode. „Aber Amy und Pam werden nicht da sein."

„Du wirst neue Freunde finden. JoBeth hast du schon kennen gelernt." Er dachte an den braunhaarigen kleinen Kobold, der vor einigen Tagen mit der Mutter am Haus vorbeispaziert war.

„Werde ich wohl. JoBeth ist nett, aber ..." Wie sollte sie ihrem Vater erklären, dass JoBeth ja schon all die anderen Mädchen kannte? „Vielleicht warte ich lieber bis morgen."

Ihre Blicke begegneten sich im Spiegel. Er zog sie an sich. Sie duftete nach der blassgrünen Seife, die sie so liebte, weil die Stücke wie Dinosaurier geformt waren. Ihr Gesicht war seinem sehr ähnlich, nur viel weicher, sanfter und in seinen Augen unendlich schön.

„Das könntest du natürlich. Aber dann wäre morgen dein erster Unterrichtstag. Du hättest trotzdem Schmetterlinge."

„Schmetterlinge?"

„Genau hier." Er klopfte ihr auf den Bauch. „Fühlt es sich nicht so an, als tanzten dir dort Schmetterlinge herum?"

Sie musste kichern. „Irgendwie schon."

„Bei mir auch."

„Wirklich?" Ihre Augen weiteten sich.

„Wirklich. Ich muss heute Morgen auch zur Schule, genau wie du."

Sie zupfte an den pinkfarbenen Schleifen, die er ihr an die Zöpfe gebunden hatte. Sie wusste, dass es für ihn nicht dasselbe sein würde, aber das sagte sie ihm nicht. Sonst würde er wieder so traurig schauen. Freddie hatte einmal gehört, wie er mit Tante Nina redete. Und er war ärgerlich geworden, als sie etwas davon sagte, dass er ihre Nichte ausgerechnet in den entscheidenden Jahren aus der gewohnten Umgebung reiße.

Freddie wusste nicht genau, was mit den entscheidenden Jahren gemeint war, aber sie wusste, dass ihr Daddy sich aufgeregt hatte. Und dass er auch noch traurig ausgesehen hatte, als Tante Nina längst fort war. Sie wollte ihn nicht wieder traurig machen. Er sollte nicht denken, dass Tante Nina Recht hatte. Wenn sie nach New York zurückkehrten, würde es Schaukeln nur im Park geben.

Außerdem mochte sie das große Haus und ihr neues Zimmer. Und was noch besser war, ihr Vater arbeitete ganz in der Nähe, und deshalb würde er abends lange vor dem Essen nach Hause kommen. Sie zog die Lippen ein, um keinen Schmollmund zu machen. Da sie gern hier bleiben wollte, würde sie wohl zur Schule müssen.

„Wirst du da sein, wenn ich zurückkomme?"

„Ich glaube schon. Wenn nicht, hast du ja Vera", sagte er und wusste, dass er sich auf ihre langjährige Haushälterin verlassen konnte. „Du musst mir nachher genau erzählen, wie es dir ergangen ist." Er küsste sie auf den Kopf und stellte sie auf den Boden.

In ihrem pink-weißen Spielanzug wirkte sie herzzerreißend klein und zierlich. Ihre grauen Augen waren ernst, die Unterlippe vibrierte. Er unterdrückte den Drang, sie auf den Arm zu nehmen und ihr zu versprechen, dass sie nirgendwohin müsse, wo sie Angst haben würde. „Lass uns nachsehen, was Vera dir in die neue Lunchbox gepackt hat."

Zwanzig Minuten später stand er am Straßenrand, Freddies winzige Hand in seiner. Fast so angsterfüllt wie seine Tochter sah er dem großen gelben Schulbus entgegen, der gerade über den Hügel kam.

Ich hätte sie selbst zur Schule fahren sollen, schoss es ihm in plötzlicher Panik durch den Kopf. Jedenfalls die ersten Tage. Stattdessen setze ich sie zu all diesen fremden Kindern in den Bus. Aber es war besser so. Er wollte, dass ihr alles ganz normal vorkam, dass sie sich in die Gruppe integrierte und von Anfang an dazugehörte.

Wie konnte er sie allein davonlassen? Sie war noch ein Baby. Sein Baby. Und wenn er es falsch machte? Es ging nicht nur darum, ihr das richtige Kleid auszusuchen. Es ging darum, dass er seiner Tochter sagte, sie solle allein in den Bus einsteigen, und sie sich selbst überließ. Nur weil dies der vorgesehene Tag und die vorgesehene Uhrzeit war.

Wenn der Fahrer nun sorglos war und einen Abhang hinunterfuhr? Wie konnte er sicher sein, dass jemand Freddie am Nachmittag wieder in den richtigen Bus setzte?

Der Bus rollte rumpelnd aus, und seine Finger legten sich fester um Freddies Hand. Als die Tür mit einem Zischen aufging, war er so weit, dass er fast davongelaufen wäre.

„Hallo, ihr zwei." Die wohlbeleibte Frau hinter dem Lenkrad nickte ihnen mit breitem Lächeln zu. Hinter ihr tobten die Kinder auf den Sitzen herum. „Sie müssen Professor Kimball sein."

„Ja." Ihm lag eine ganze Reihe von Entschuldigungen auf der Zunge, warum er Freddie nicht in den Bus setzen konnte.

„Ich bin Dorothy Mansfield. Die Kids nennen mich einfach Miss D. Und du bist bestimmt Frederica."

„Ja, Ma'am." Sie biss sich auf die Unterlippe, um sich nicht einfach umzudrehen und das Gesicht an ihrem Daddy zu vergraben. „Sagen Sie einfach Freddie zu mir."

„Puh." Miss D. strahlte sie an. „Bin froh, das zu hören. Frederica ist doch ein ziemlich gewichtiger Name. Also, hüpf an Bord, Freddie. Dein großer Tag hat begonnen. Und du, John Harman, gib Mikey sofort das Buch zurück. Es sei denn, du willst den Rest der Woche auf dem heißen Platz direkt hinter mir verbringen."

Mit feuchten Augen setzte Freddie den Fuß auf die erste Stufe. Sie schluckte, bevor sie die zweite Stufe meisterte.

„Warum setzt du dich nicht zu JoBeth und Lisa?" schlug Miss D. freundlich vor. Dann drehte sie sich wieder zu Spence um und winkte ihm augenzwinkernd zu. „Machen Sie sich keine Sorgen, Professor. Wir werden gut auf sie aufpassen."

Fauchend schloss sich die Tür, und der Bus rumpelte davon. Spence sah ihm nach, wie er sein kleines Mädchen davontrug.

Untätig war Spence an diesem Tag nicht. Seine Zeit war von dem Moment an verplant, an dem er das College betrat. Termine waren zu arrangieren, Mitarbeiter zu treffen, Instrumente und Notenblätter in Augenschein zu nehmen. Dann kam eine Fakultätssitzung, ein hastiger Lunch in der Cafeteria und schließlich die Papiere, Dutzende von Papieren, die er lesen und bearbeiten musste.

Es war ein gewohnter Tagesablauf, einer, mit dem er erstmals begonnen hatte, als er drei Jahre zuvor die Stelle an der Juilliard School angetreten hatte. Aber wie Freddie, so war auch er der Neuling und musste sich anpassen.

Er machte sich Sorgen um sie. Beim Lunch stellte er sich vor, wie sie in der Schul-Cafeteria saß, einem Raum, der nach Erdnussbutter und Milchkartons roch. Vermutlich saß sie am Ende eines mit Krümeln übersäten Tischs, allein und traurig, während die anderen Kinder mit ihren Freunden lachten und herumalberten. Er sah sie, wie sie in der Pause abseits stand und sehnsüchtig hinüberschaute, während die anderen rannten und lachten und auf den Klettergeräten tobten. Das traumatische Erlebnis würde sie für den Rest des Lebens unsicher und unglücklich machen.

Und alles nur, weil er sie in den verdammten gelben Bus gesetzt hatte.

Am Ende des Tages fühlte er sich schuldig, als hätte er sie geschlagen. Er war sicher, dass sein kleines Mädchen in Tränen aufgelöst heimkommen würde, völlig verstört von den Problemen des ersten Schultags.

Mehr als einmal fragte er sich, ob Nina nicht doch Recht gehabt hatte. Vielleicht hätte er alles so lassen sollen, wie es war, vielleicht hätte er doch in New York bleiben sollen, wo Freddie wenigstens ihre Freunde und die bekannte Umgebung besaß.

Die Aktentasche in der Hand, das Sakko über die Schulter geworfen, machte er sich nachdenklich auf den Heimweg. Es war kaum eine Meile entfernt, und das Wetter war für die Jahreszeit ungewöhnlich warm. Das wollte er ausnutzen und zu Fuß zum Campus gehen, bis der Winter hereinbrach.

Er hatte sich bereits in die kleine Stadt verliebt. Entlang der von Bäumen gesäumten Hauptstraße gab es hübsche Geschäfte und großzügige alte Häuser. Shepherdstown war eine College-Stadt und stolz darauf. Aber man war auch stolz auf das Alter und die Würde. Die Straße stieg leicht an, und hier und dort wies der Gehweg Risse auf, wo Baumwurzeln ihn untergraben hatten. Obwohl Autos fuhren, war es still genug, um Hunde bellen oder ein Radio spielen zu hören. Eine Frau jätete ein Tagetes-Beet neben ihrem Fußweg, sah auf und winkte ihm zu. Spence freute sich und erwiderte den Gruß.

Sie kennt mich doch gar nicht, dachte er. Trotzdem hat sie mir zugewinkt. Er freute sich darauf, sie bald wiederzusehen, vielleicht wenn sie gerade Blumenzwiebeln setzte oder Schnee von der Veranda fegte. Es duftete nach Chrysanthemen. Aus irgendeinem Grund reichte das schon aus, ihn ein Glücksgefühl spüren zu lassen.

Nein, er hatte keinen Fehler gemacht. Er und Freddie gehörten hierher. In weniger als einer Woche war dies zu ihrer Heimat geworden.

Er blieb am Bordstein stehen, um eine Limousine passieren zu lassen, die sich die Steigung hinaufquälte. Auf der anderen Straßenseite erkannte er das Ladenschild des „Fun House". Perfekt, dachte Spence. Der perfekte Name. Einer, der an Gelächter und lustige Überraschungen denken ließ. Genau wie das Schaufenster mit den Bauklötzen, den pausbäckigen Puppen und den glänzenden roten Autos den Kindern eine Schatzgrube versprach. In diesem Moment beherrschte ihn nur noch ein Gedanke. Er wollte etwas besorgen, das seine Tochter ein Lächeln aufs Gesicht zauberte.

Du verwöhnst sie, hörte er Ninas Stimme im Ohr.

Und wenn schon. Er sah sich auf der Straße um und überquerte sie. Sein kleines Mädchen war so tapfer in den Bus marschiert wie ein Soldat in die Schlacht. Sie hatte sich einen kleinen Orden verdient.

Das Glockenspiel erklang, als er den Laden betrat. In der Luft lag ein Duft, so fröhlich wie die Töne der Glocke. Pfefferminz, dachte er und musste lächeln. Aus dem hinteren Teil des Ladens ertönten die blechernen Klänge von „The Merry-Go-Round Broke Down".

„Ich komme gleich zu Ihnen."

Spence bemerkte, dass er vergessen hatte, wie ihre Stimme in der Luft schweben und nachhallen konnte.

Diesmal würde er sich nicht lächerlich machen. Diesmal war er darauf vorbereitet, wie sie aussah, wie sie klang und wie sie duftete. Er war hier, um seiner Tochter ein Geschenk zu kaufen, nicht um mit der Inhaberin zu flirten. Grinsend sah er einem einsamen Pandabären ins Gesicht. Kein Gesetz hinderte ihn daran, beides gleichzeitig zu tun.

„Ich bin sicher, Bonnie wird sich riesig freuen",

sagte Natasha und nahm der Kundin das Miniatur-Karussell ab. „Es ist ein wunderschönes Geburtstagsgeschenk."

„Sie hat es vor einigen Wochen hier entdeckt und redet seitdem von nichts anderem mehr." Bonnies Großmutter versuchte keine Miene zu verziehen, als sie den Preis las. „Ich nehme an, sie ist groß genug, um vorsichtig damit umzugehen."

„Bonnie ist ein sehr verantwortungsbewusstes Mädchen", beruhigte Natasha sie. Dann sah sie Spence am Tresen stehen. „Ich bin gleich bei Ihnen", sagte sie in seine Richtung. Die Temperatur ihrer Stimme fiel um einige Grade ab. Bis in den Minusbereich.

„Lassen Sie sich Zeit." Er ärgerte sich, dass er so intensiv auf ihre Gegenwart reagierte, während sie ihn geradezu frostig begrüßte. Offenbar hatte sie beschlossen, ihn nicht zu mögen. Könnte interessant werden, dachte Spence, während er zusah, wie sie mit geschickten schlanken Fingern das Karussell einpackte. Welche Gründe mochte sie für ihre Abneigung haben?

Vielleicht schaffte er es, sie zu einem Meinungsaustausch zu bewegen.

„Das wären fünfundfünfzig Dollar siebenundzwanzig, Mrs. Mortimer."

„Aber nein, meine Liebe, auf dem Preisschild stand siebenundsechzig Dollar."

Natasha wusste, dass Mrs. Mortimer mit jedem

Cent rechnen musste, und lächelte nur. „Tut mir Leid. Hatte ich Ihnen nicht gesagt, dass es ein Sonderangebot ist?"

„Nein." Mrs. Mortimer atmete erleichtert auf, während sie die Geldscheine zählte. „Nun, dann ist heute wohl mein Glückstag."

„Und der von Bonnie." Natasha krönte das Geschenk mit einer hübschen Glückwunschschleife. Eine in Pink, denn das war Bonnies Lieblingsfarbe. „Vergessen Sie nicht, ihr von mir zu gratulieren."

„Bestimmt nicht." Die stolze Großmutter griff nach dem Paket. „Ich kann es gar nicht abwarten, bis sie es auswickelt. Wiedersehen, Natasha."

Natasha wartete, bis die Ladentür sich schloss. „Kann ich Ihnen helfen?"

„Das war eben sehr freundlich von Ihnen."

Sie hob eine Braue. „Was meinen Sie?"

„Sie wissen, was ich meine." Plötzlich spürte er das absurde Verlangen, ihr die Hand zu küssen. Unglaublich, dachte er. Er war fast fünfunddreißig und ließ sich auf eine Schwärmerei für eine Frau ein, die er so gut wie gar nicht kannte. „Ich wollte schon früher kommen."

„So? War Ihre Tochter mit der Puppe unzufrieden?"

„Nein, sie liebt sie. Es ist nur so, dass ..." Um Himmels willen, jetzt stotterte er schon wieder. Keine fünf Minuten in ihrer Nähe, und er fühlte sich so unsicher wie ein Teenager auf dem ersten Ball. „Ich dachte nur, irgendwie war unsere erste Begegnung etwas ... missglückt. Sollte ich mich besser entschuldigen?"

„Wenn Sie möchten." Nur weil er attraktiv aussah und etwas verlegen wirkte, gab es noch lange keinen Grund, es ihm leichter als nötig zu machen. „Sind Sie deshalb gekommen?"

„Nein." Seine Augen verdunkelten sich, kaum merklich allerdings.

Natasha fragte sich, ob der erste Eindruck getrogen hatte. Vielleicht war er doch nicht so harmlos. In seinen Augen war noch etwas Tiefsinnigeres, etwas, das stärker und gefährlicher war. Am meisten überraschte sie jedoch, dass sie das erregend fand.

Über sich selbst verärgert, schenkte sie ihm ein höfliches Lächeln. „Es gibt also noch einen anderen Grund für Ihren Besuch?"

„Ich brauche etwas für meine Tochter." Zur Hölle mit dieser atemberaubenden russischen Prinzessin, dachte er. Er hatte sich um wichtigere Dinge zu kümmern.

„Was hatten Sie sich denn vorgestellt?"

„Ich weiß nicht genau." Das stimmte. Er stellte seine Aktentasche ab und sah sich suchend um.

Ein wenig besänftigt kam Natasha um den Tresen herum. „Hat sie Geburtstag?"

„Nein." Plötzlich kam er sich kindisch vor und

zuckte mit den Schultern. „Es ist ihr erster Schultag, und sie sah so ... so tapfer aus, als sie heute Morgen in den Bus kletterte."

Diesmal fiel Natashas Lächeln spontan aus und war voller Wärme. Ihm blieb fast das Herz stehen. „Machen Sie sich keine Sorgen", sagte sie tröstend. „Wenn sie nach Hause kommt, wird sie vor Geschichten über alles und jeden platzen. Der erste Tag ist, glaube ich, für die Eltern viel schwerer als für das Kind."

„Es war der längste Tag meines Lebens."

Sie lachte, ein wohltönender, rauchiger Klang, der in dem Raum voller Clowns und Plüschbären unglaublich erotisch an seine Ohren drang. „Mir scheint, nicht nur Ihre Tochter hat sich ein Geschenk verdient. Bei Ihrem letzten Besuch haben Sie sich eine Spieluhr angesehen. Ich habe da noch eine andere, die Ihnen gefallen könnte."

Mit diesen Worten führte sie ihn nach hinten. Spence gab sich alle Mühe, den subtilen Schwung ihrer Hüften und den milden, frischen Duft ihrer Haut zu ignorieren. Die Spieluhr, die sie ihm zeigte, war aus Holz geschnitzt. Den Sockel zierten eine Katze und eine Geige, eine Kuh und eine Mondsichel. Als die Spieluhr sich zu „Stardust" drehte, kam der lachende Hund und der Napf mit dem Löffel in Sicht.

„Sie ist bezaubernd."

„Eine meiner Lieblingsuhren." Sie war zu dem

Urteil gekommen, dass ein Mann, der seine Tochter so vergötterte, nicht gar so übel sein konnte. „Ich könnte mir vorstellen, dass es ein schönes Erinnerungsstück ist, etwas, mit dem sie an ihrem ersten College-Tag daran erinnert wird, dass ihr Vater damals an sie gedacht hat."

„Vorausgesetzt, er überlebt das erste Schuljahr." Er wandte den Kopf, um sie anzusehen. „Vielen Dank. Dies ist das ideale Geschenk."

Als er den Kopf bewegte, hatte sein Arm ihre Schulter gestreift. Nur kurz und flüchtig. Dennoch war es ihr durch und durch gegangen. Sekundenlang vergaß sie, dass er ein Kunde war, ein Vater, ein Ehemann. Die Farbe seiner Augen glich der eines Flusses in der Dämmerung. Seine Lippen, zur leisesten Andeutung eines Lächelns verzogen, waren unglaublich anziehend und verführerisch. Unwillkürlich überlegte sie, wie es wohl wäre, sie zu spüren. Ihm ins Gesicht zu sehen, wenn er sie küsste, und sich in seinen Augen zu spiegeln.

Über sich selbst entsetzt, trat sie zurück. Ihre Stimme wurde kälter. „Ich lege sie Ihnen in eine Schachtel."

Er wunderte sich über den plötzlichen Wechsel des Tonfalls und folgte ihr langsam zum Tresen. War da nicht etwas in ihren Augen gewesen? Oder hatte er es sich nur eingebildet, weil er es zu sehen hoffte? Es war schnell wieder vorbei gewesen, wie eine Flamme im Eisregen.

„Natasha." Er legte seine Hand auf ihre, als sie die Spieluhr einzupacken begann.

Langsam hob sie den Blick. Sie hasste sich bereits dafür, dass sie bemerkt hatte, wie schmal und lang seine Finger waren. Und in seiner Stimme registrierte sie jenen duldsamen Unterton, der sie noch nervöser machte, als sie es ohnehin schon war.

„Ja?"

„Warum bekomme ich nur immer das Gefühl, dass Sie mich am liebsten in kochendem Öl sieden möchten?"

„Sie irren sich", erwiderte sie ruhig. „Ich glaube nicht, dass ich das möchte."

„Das klingt nicht überzeugt." Er spürte, wie ihre Hand sich streckte, weich und doch kräftig. Das Bild samtverkleideten Stahls schien ihm besonders passend. „Irgendwie will mir nicht einfallen, womit ich Sie verärgert habe."

„Dann sollten Sie darüber nachdenken. Bar oder Kreditkarte?"

Mit Abfuhren hatte er wenig Erfahrung. Diese jedenfalls stach ihm wie eine Wespe ins Ego. Egal wie hübsch sie war, er hatte wenig Lust, sich den Kopf an immer derselben Wand einzuhauen.

„Bar." Hinter ihnen ertönte das Glockenspiel, und er ließ ihre Hand los. Drei Kinder, offenbar gerade aus der Schule gekommen, betraten kichernd das Geschäft. Ein kleiner Junge mit rotem

Haar und einem Meer von Sommersprossen stellte sich vor dem Tresen auf die Zehenspitzen.

„Ich hab drei Dollar", verkündete er.

Natasha unterdrückte ein Lächeln. „Heute sind Sie aber sehr reich, Mr. Jensen."

Er grinste stolz und entblößte dabei seine neueste Zahnlücke. „Ich habe gespart. Ich möchte den Rennwagen."

Natasha zog eine Augenbraue hoch, während sie Spences Wechselgeld abzählte. „Weiß deine Mutter, wofür du deine Ersparnisse ausgibst?" Ihr neuer Kunde antwortete nicht. „Scott?"

Er trat von einem Fuß auf den anderen. „Sie hat nicht gesagt, ich darf nicht."

„Und sie hat nicht gesagt, dass du darfst", folgerte Natasha. Sie beugte sich vor und zog an seiner Tolle. „Du gehst jetzt nach Hause und fragst sie. Dann kommst du zurück. Der Rennwagen wird noch hier sein."

„Aber ..."

„Du möchtest doch sicher nicht, dass deine Mutter böse auf mich ist, oder?"

Scott blickte einen Moment lang nachdenklich drein, und Natasha sah, wie schwer ihm die Entscheidung fiel. „Ich schätze nicht."

„Dann geh fragen, und ich hebe dir einen auf."

Hoffnung keimte in ihm auf. „Versprochen?"

Natasha legte die Hand aufs Herz. „Großes Ehrenwort." Sie sah wieder zu Spence hinüber, und der belustigte Ausdruck wich aus ihren Augen. „Ich hoffe, Freddie hat viel Freude an ihrem Geschenk."

„Das wird sie sicher." Er ging hinaus und ärgerte sich über sich selbst. Wie kam er dazu, sich zu wünschen, er wäre ein zehnjähriger Junge mit einer Zahnlücke?

Um sechs schloss Natasha den Laden. Die Sonne schien noch hell, die Luft war noch dunstig. Die Atmosphäre ließ sie an ein Picknick unter einem schattigen Baum denken. Eine angenehmere Vorstellung als das Mikrowellengericht auf meinem Speiseplan, ging es ihr durch den Kopf, wenn auch im Moment etwas unrealistisch.

Auf dem Heimweg sah sie ein Paar Hand in Hand in das Restaurant auf der anderen Straßenseite schlendern. Aus einem vorbeifahrenden Auto rief ihr jemand etwas zu, und sie winkte zurück. Sie hätte in die örtliche Kneipe einkehren können, um bei einem Glas Wein mit den Gästen, die sie kannte, eine Stunde beim Plaudern zu verbringen. Einen Gesprächs- oder Dinnerpartner zu finden war kein Problem. Dazu brauchte sie nur den Kopf durch eine von einem Dutzend Türen zu stecken und den Vorschlag zu machen.

Aber sie war nicht in der Stimmung. Selbst ihre eigene Gesellschaft war ihr heute lästig.

Es ist die Hitze, sagte sie sich, als sie um die

Ecke bog. Die Hitze, die den ganzen Sommer hindurch erbarmungslos in der Luft gehangen hatte und keinerlei Anstalten machte, dem Herbst zu weichen. Sie machte sie rastlos. Sie rief Erinnerungen in ihr wach.

Selbst jetzt noch, nach Jahren, schmerzte es sie, Rosen in voller Blüte zu sehen oder Bienen eifrig summen zu hören.

Es war Sommer gewesen, als ihr Leben sich unwiederbringlich änderte. Häufig fragte sie sich, wie ihr Leben aussehen würde, wenn … Die Frage widerte sie an, und sie verachtete sich dafür, dass sie sie sich immer wieder stellte.

Auch jetzt gab es wieder Rosen, zerbrechliche, pinkfarbene, die trotz der Hitze und des Regenmangels gediehen. Sie hatte sie selbst in dem kleinen Streifen Gras vor ihrem Apartment gepflanzt. Sich um sie zu kümmern bereitete ihr Vergnügen und Schmerz zugleich. Was wäre das Leben, wenn es in ihm nicht beides gäbe? Sie strich mit der Fingerspitze über die Blüte. Der warme Duft der Rosen folgte ihr bis vor die Wohnungstür.

In ihren Zimmern herrschte Stille. Sie hatte überlegt, ob sie sich ein Kätzchen oder ein Hundebaby anschaffen sollte, damit sie abends irgendjemand begrüßte, irgendein Wesen, das sie liebte und sich auf sie verließ. Aber dann fand sie es unfair, ein Tier allein in der Wohnung zu lassen, während sie im Laden war.

Also blieb ihr nur die Musik. Sie streifte die Schuhe ab und schaltete die Stereoanlage ein. Selbst das war wie eine Prüfung. Tschaikowskys „Romeo und Julia". Sie erinnerte sich nur zu gut daran, wie sie zu den schwermütigen, romantischen Takten getanzt hatte, umgeben von den heißen Lichtern, den Rhythmus der Musik im Blut, mit flüssigen Bewegungen, beherrscht, aber ganz natürlich wirkend. Eine dreifache Pirouette, graziös, scheinbar mühelos.

Das ist jetzt Vergangenheit, sagte Natasha sich. Nur die Schwachen trauerten ihr nach.

Was kam, war Routine. Sie tauschte ihre Arbeitskleidung gegen einen locker sitzenden, ärmellosen Overall und hing Rock und Bluse sorgfältig weg, so wie man es ihr beigebracht hatte. Aus reiner Gewohnheit prüfte sie den Rock auf Abnutzungsspuren.

Im Kühlschrank war Eistee. Und natürlich eines jener Fertiggerichte für die Mikrowelle, die sie hasste, aber regelmäßig aß. Sie lachte über sich selbst, als sie das Gerät einschaltete.

So langsam werde ich eine alte Frau, dachte Natasha. Griesgrämig und reizbar von der Hitze. Seufzend rieb sie sich mit dem kalten Glas über die Stirn.

Es musste an diesem Mann liegen. Heute im Geschäft hatte sie ihn einige Momente lang sogar gemocht. Dass er sich um sein kleines Mädchen solche Sorgen machte, es für ihre Tapferkeit am ersten Schultag belohnen wollte, das machte ihn sympathisch. Der Klang seiner Stimme hatte ihr gefallen und die Art, wie seine Augen lächelten. In diesen kurzen Momenten war er ihr wie jemand vorgekommen, mit dem sie lachen und reden könnte.

Dann war plötzlich alles anders geworden. Sicher, zum Teil lag es an ihr. Sie hatte etwas gefühlt, das sie seit langem nicht mehr hatte fühlen wollen. Das Frösteln von Erregung. Den Druck des Verlangens. Es machte sie wütend, und sie schämte sich über sich selbst. Es machte sie zornig auf ihn.

Was fällt ihm bloß ein? Mit einem ungeduldigen Ruck zog sie das Essen aus der Mikrowelle. Flirtet mit mir, als wäre ich irgendein naives Dummerchen, und geht dann nach Hause zu Frau und Kind.

Mit ihm essen? Von wegen. Sie rammte ihre Gabel in die dampfenden Nudeln mit Meeresfrüchten. Die Sorte Mann erwartete für ein Essen die volle Gegenleistung. Der Kerzenlicht-und-Wein-Typ, dachte sie verächtlich. Sanfte Stimme, geduldige Augen, geschickte Hände. Und kein Herz.

Genau wie Anthony. Ruhelos schob sie das Essen zur Seite und griff nach dem Glas, das bereits beschlagen war. Aber jetzt war sie klüger als mit achtzehn. Viel klüger. Viel stärker. Sie war keine Frau mehr, die man mit Charme und schönen

Worten verführen konnte. Nicht dass dieser Mann etwa charmant wäre. Sie lächelte. Im Gegenteil, dieser – sie wusste nicht einmal seinen Namen – dieser Typ war eher ungeschickt, stets ein wenig verlegen. Aber eigentlich lag genau darin so etwas wie Charme.

Dennoch war er Anthony sehr ähnlich. Groß, blond und auf diese typisch amerikanische Weise gut aussehend. Ein Äußeres, hinter dem sich eine lockere Moral und ein rücksichtsloses Herz verbargen.

Was Anthony sie gekostet hatte, war nicht wieder gutzumachen. Seit jener Zeit hatte Natasha aufgepasst, dass kein Mann ihr je wieder einen so hohen Preis abverlangte.

Aber sie hatte überlebt. Sie hob ihr Glas und prostete sich zu. Sie hatte nicht nur überlebt, sie war sogar glücklich, jedenfalls dann, wenn die Erinnerungen sie in Ruhe ließen. Sie liebte ihren Laden. Er gab ihr die Möglichkeit, Kinder um sich zu haben und ihnen eine Freude zu machen. In den drei Jahren, die sie ihn besaß, hatte sie sie wachsen sehen. In Annie hatte sie eine wunderbare, lustige Freundin gefunden. In den Geschäftsbüchern schrieb sie schwarze Zahlen. Und ihre Wohnung gefiel ihr.

Über ihrem Kopf rumste es. Lächelnd sah sie zur Decke hoch. Die Jorgensons bereiteten das Abendessen zu. Sie konnte sich vorstellen, wie

Don seiner Marilyn jeden Handgriff abnahm, weil sie mit ihrem ersten Kind schwanger war. Natasha freute sich, dass die beiden über ihr wohnten, glücklich, verliebt und voller Zukunftshoffnung.

Das war es, was für sie eine Familie bedeutete. Das hatte sie in der Kindheit gehabt, das hatte sie sich als Erwachsene erwartet. Sie sah noch immer, wie Papa Mama umsorgte, wenn es wieder so weit war. Jedes Mal, erinnerte sie sich und dachte an ihre drei jüngeren Geschwister. Daran, wie er vor Glück geweint hatte, wenn seine Frau und das Baby wohlauf waren.

Er vergötterte seine Nadia. Auch jetzt noch brachte er Blumen mit in das kleine Haus in Brooklyn. Wenn er nach einem langen Arbeitstag heimkam, küsste er seine Frau. Nicht flüchtig, auf die Wange, sondern richtig, voller Wiedersehensfreude. Ein Mann, der auch nach dreißig Jahren noch in seine Frau verliebt war.

Es war ihr Vater, der sie davon abgehalten hatte, alle Männer in einen Topf zu werfen, in den Anthony als Erster gewandert war. Die glückliche Ehe ihrer Eltern hatte in ihr die winzige Hoffnung wach gehalten, eines Tages doch noch jemanden zu finden, der sie so ehrlich liebte wie ihr Vater ihre Mutter.

Eines Tages, dachte sie schulterzuckend. Vorläufig hatte sie ihren eigenen Laden, ihre eigene Wohnung und ihr eigenes Leben. Kein Mann würde ihr Schiff ins Schlingern bringen, mochten seine Hände auch noch so attraktiv aussehen und sein Blick noch so klar sein. Insgeheim hoffte sie, dass die Frau ihres neuesten Kunden ihm nichts als Sorgen und Probleme bereitete.

„Nur noch eine Geschichte, Daddy." Ihr fielen fast die Augen zu, und ihr Gesicht glänzte vom Bad, aber Freddie setzte ihr überzeugendstes Lächeln ein. An Spence gekuschelt, lag sie in ihrem großen weißen Himmelbett.

„Du schläfst doch schon."

„Nein, tue ich nicht." Sie sah zu ihm hoch, kämpfte gegen die Müdigkeit. Es war der schönste Tag ihres Lebens gewesen, und sie wollte nicht, dass er schon zu Ende ging. „Habe ich dir erzählt, dass JoBeths Katze Junge bekommen hat? Sechs Stück."

„Zweimal." Spence strich ihr über die Nase. Er wusste genau, was seine Tochter bezweckte, und gab einen väterlichen Standardspruch von sich. „Mal sehen."

Freddie lächelte schläfrig. Sein Tonfall zeigte ihr, dass er bereits schwach wurde. „Mrs. Patterson ist richtig nett. Alle Kinder mögen sie. Sie lässt uns jeden Freitag ein Ratespiel machen."

„Das hast du schon gesagt." Und ich habe mir Sorgen gemacht, dachte Spence erleichtert. „Ich habe das Gefühl, dir gefällt die Schule."

„Sie ist ganz gut." Sie gähnte ausgiebig. „Hast du all die Zettel ausgefüllt?"

„Du kannst sie morgen wieder mitnehmen." Die ganzen fünfhundert Bögen. Was für eine Bürokratie! „Es ist Zeit, das Licht auszuknipsen, Funny Face."

„Eine Geschichte noch. Eine von denen, die du dir immer ausdenkst." Sie gähnte erneut und genoss das wohlige Gefühl seines Baumwollhemds an ihrer Wange und den gewohnten Duft seines Aftershave.

Er gab nach, wissend, dass sie längst eingeschlafen sein würde, bevor er zum „Und wenn sie nicht gestorben sind ..." kam. Seine Geschichte rankte sich um eine wunderschöne, dunkelhaarige Prinzessin aus einem fremden Land und den Ritter, der sie aus ihrem Elfenbeinturm befreien wollte.

Während er noch einen Zauberer und einen Drachen mit zwei Köpfen hinzudichtete, kam er sich wie ein Trottel vor. Er wusste genau, wohin seine Gedanken abschweiften. Zu Natasha. Sie war wunderschön, kein Zweifel, aber er hatte noch nie eine Frau getroffen, die es so wenig wie sie nötig hatte, sich retten zu lassen.

Es war reines Pech, dass er auf seinem täglichen Weg zum Campus an ihrem Laden vorbeikam.

Er würde sie einfach ignorieren. Wenn überhaupt, dann würde er ihr gegenüber Dankbarkeit empfinden. Sie hatte dafür gesorgt, dass er Verlangen spürte, dass er Dinge in sich fühlte, die er schon nicht mehr für möglich gehalten hatte. Vielleicht würde er mehr unter Menschen gehen, jetzt wo Freddie und er sich hier heimisch fühlten. Im College gab es genügend attraktive Singles. Aber die Vorstellung, mit einer von ihnen auszugehen, erfreute ihn nicht. Eine Verabredung, das war etwas für Teenager, weckte Erinnerungen an Autokinos, Pizzas und feuchte Hände.

Er sah auf Freddies Hand hinunter, die zusammengeballt auf seinen ausgestreckten Fingern ruhte.

Was würdest du denken, wenn ich eine Frau zum Abendessen mit nach Hause bringe? Die lautlose Frage ließ ihn einmal mehr an ihre großen Augen denken – und an den verletzten Blick, mit denen sie ihren Eltern nachgesehen hatte, wenn er und Angela ins Theater oder in die Oper aufbrachen.

So wird es nie wieder sein, versprach er Freddie in Gedanken, als er ihren Kopf behutsam von seiner Brust hob und aufs Kissen legte. Die lächelnde Raggedy Ann erhielt ihren Stammplatz neben Freddie, bevor er die Decke bis zu ihrem Kinn hochzog. Mit der Hand auf dem Bettpfosten sah er sich im Zimmer um.

Es trug bereits Freddies Handschrift. Die Puppen thronten auf den Regalen, unter ihnen gestapelte Bilderbücher. Neben ihren Lieblingsschuhen lagen die eleganten pinkfarbenen Plüschpantoffeln. Das Kinderzimmer duftete nach der für seine Bewohnerin typischen Mischung aus Shampoo und Wachsmalstiften. Eine wie ein Einhorn geformte Nachtlampe sorgte dafür, dass sie nicht im Dunkeln aufwachte und sich fürchtete.

Er blieb noch einen Moment, stellte fest, dass das sanfte Licht ihn ebenso beruhigte wie sie. Leise ging er hinaus und ließ die Tür einen Spaltbreit auf.

Unten begegnete er Vera mit einem Tablett, auf dem Kaffee und eine Tasse standen. Die mexikanische Haushälterin war von den Schultern bis zu den Hüften breit gebaut und wirkte auf ihn wie ein kleiner kompakter Güterzug, wenn sie von Zimmer zu Zimmer eilte. Seit Freddies Geburt hatte sie sich nicht nur als hilfreich, sondern als geradezu unverzichtbar erwiesen. Spence wusste, dass man sich die Loyalität einer Angestellten mit einem Gehaltsscheck erkaufen konnte. Aber nicht die Liebe. Und genau die hatte Freddie von Vera bekommen, seit sie in ihrer seidenverzierten Babydecke aus der Klinik gekommen war.

Jetzt warf Vera einen Blick die Treppe hinauf. Ihr von den Jahren gezeichnetes Gesicht verzog sich zu einem Lächeln. „Das war ein großer Tag für sie, was?"

„Ja, und zwar einer, um dessen Dauer sie gekämpft hat, bis ihr die Augen zufielen. Sie hätten sich keine Umstände zu machen brauchen, Vera."

Sie zuckte mit den Schultern und trug das Tablett in sein Arbeitszimmer. „Sie haben gesagt, Sie wollen heute Abend noch arbeiten."

„Ja, eine Weile."

„Ich stelle Ihnen den Kaffee hin. Dann lege ich die Beine hoch und sehe fern." Sie stellte den Kaffee auf den Schreibtisch und arrangierte alles, während sie weiterredete. „Mein Baby freut sich über die Schule und die neuen Freunde." Was sie nicht sagte, war, dass sie in ihre Schürze geweint hatte, als Freddie den Bus bestieg. „Jetzt, wo das Haus tagsüber leer ist, bleibt mir genug Zeit für die Arbeit. Bleiben Sie nicht zu lange wach, Dr. Kimball."

„Nein." Es war eine Höflichkeitslüge. Er wusste, dass er viel zu rastlos war, um zu schlafen. „Vielen Dank, Vera."

„De nada." Sie fuhr sich über das stahlgraue Haar. „Ich wollte Ihnen noch sagen, wie sehr es mir hier gefällt. Erst hatte ich ja etwas Angst davor, New York zu verlassen, aber jetzt fühle ich mich wohl."

„Ohne Sie würden wir es nicht schaffen."

„Sí." Das Lob stand ihr zu, fand sie. Seit sieben Jahren arbeitete sie nun schon für den Señor und war stolz darauf, die Haushälterin eines wichtigen Mannes zu sein. Eines anerkannten Musikers, Doktors der Musikwissenschaft und College-Professors. Seit der Geburt seiner Tochter liebte sie

„ihr Baby" und hätte für Spence gearbeitet, auch wenn er es nicht so weit gebracht hätte.

Es hatte ihr nicht gefallen, das schöne Hochhaus in New York gegen dieses geräumige Haus in der Kleinstadt einzutauschen. Aber sie war schlau genug, sich zu denken, dass der Señor es wegen Freddie tat. Erst vor einigen Stunden war Freddie aus der Schule heimgekommen, lachend, aufgeregt, die Namen ihrer neuen besten Freundinnen auf den Lippen. Also war auch Vera zufrieden.

„Sie sind ein guter Vater, Dr. Kimball."

Spence warf ihr einen Blick zu, bevor er sich an den Schreibtisch setzte. Ihm war nur zu gut in Erinnerung, dass Vera ihn einst für einen sehr schlechten Vater gehalten hatte. „Ich lerne es."

„Sí." Nebenbei schob sie ein Buch im Regal zurecht. „In diesem großen Haus brauchen Sie keine Angst zu haben, dass Sie Freddie beim Schlafen stören, wenn Sie nachts auf dem Flügel spielen."

Er sah erneut zu ihr hinüber. Ihm war klar, dass sie ihn auf ihre Weise ermutigen wollte, sich wieder auf seine Musik zu konzentrieren. „Nein, das würde ich wohl nicht. Gute Nacht, Vera."

Vera sah sich noch einmal prüfend um, ob es noch etwas zu tun gäbe, und ließ ihn allein.

Spence goss sich Kaffee ein und musterte die Papiere auf dem Schreibtisch. Neben seinen eigenen Unterlagen lagen die Bögen aus Freddies Schule. Er hatte noch eine Menge vorzubereiten, bevor in der nächsten Woche seine Kurse begannen.

Er freute sich darauf und versuchte, nicht daran zu denken, dass die Musik, die früher so mühelos in seinem Kopf erklungen war, nun verstummt war.

3. KAPITEL

Natasha schob die Spange durch das Haar über ihrem Ohr und hoffte, dass sie länger als fünf Minuten an der Stelle bleiben würde, an der sie sie haben wollte. Sie betrachtete mit prüfendem Blick ihr Bild in dem schmalen Spiegel über der Spüle im Hinterzimmer des Ladens und beschloss, die Lippen noch etwas nachzuziehen. Es machte nichts, dass der Tag lang und hektisch gewesen war und ihr die Füße vor Müdigkeit schmerzten. Den heutigen Abend hatte sie sich wahrlich verdient, als Belohnung für gute Arbeit.

Jedes Semester schrieb sie sich für einen Kurs am College ein. Sie suchte sich ein möglichst lustiges, möglichst spannendes oder möglichst ungewöhnliches Thema aus. Die Dichtung der Renaissance in dem einen Jahr, Autoreparatur im anderen. Diesmal würde sie sich an zwei Abenden in der Woche der Geschichte der Musik widmen. Heute Abend würde sie in ein völlig neues Wissensgebiet vorstoßen. Alles, was sie lernte, hortete sie zu ihrem eigenen Vergnügen, so wie andere Frauen Diamanten und Smaragde sammelten. Es musste gar nicht nützlich sein. Das war ihrer Meinung nach ein funkelndes Halsband schließlich auch nicht. Es war lediglich aufregend, es zu besitzen.

Sie war mit allem Notwendigen ausgerüstet: Füllfederhalter und Bleistifte und einem Übermaß an Begeisterung. Um sich vorzubereiten, hatte sie die Bücherei geplündert und zwei Wochen lang einschlägige Bücher verschlungen. Ihr Stolz ließ es nicht zu, völlig unwissend in den Kurs zu gehen. Sie war neugierig darauf, ob der Dozent es schaffen würde, den trockenen Fakten etwas Würze und Spannung zu verleihen.

Es gab wenig Zweifel, dass der Dozent ihres Kurses in anderen Lebensbereichen für Spannung und Würze sorgte. Annie hatte ihr noch am Morgen erzählt, dass die halbe Stadt schon über den neuen Professor am College redete. Dr. Spence Kimball.

Der Name klang in Natashas Ohren sehr seriös, ganz und gar nicht nach dem, was Annie ihr erzählt hatte. Ihre Informationen stammten von der Tochter ihrer Cousine, die sich am College zur Grundschullehrerin ausbilden ließ und im Nebenfach Musik studierte. Ein Sonnengott, so hatte Annie die Beschreibung weitergegeben und Natasha damit zum Lachen gebracht.

Ein äußerst begabter Sonnengott, dachte Natasha, während sie die Lampen im Laden ausschaltete. Sie kannte Kimballs Werke, jedenfalls die, die er komponiert hatte, bevor er das Schreiben von Musikstücken so abrupt und unerklärlich aufgegeben hatte. Sie hatte sogar nach seiner Prélude in d-

Moll getanzt, damals beim Corps de Ballet in New York.

Eine Million Jahre her, dachte sie, als sie auf den Bürgersteig trat. Jetzt würde sie dem Genie persönlich begegnen, sich seine Ansichten anhören und dadurch den klassischen Stücken, die sie so liebte, vielleicht neue Bedeutung abgewinnen können.

Vermutlich ist er ein temperamentvoller Künstlertyp, malte sie ihn sich aus. Oder ein blasser Exzentriker mit Ohrring. Ihr war es egal. Sie wollte hart arbeiten. Jeder Kurs, den sie belegte, war für sie eine Sache des Stolzes. Es bohrte noch immer in ihr, wie wenig sie mit achtzehn gewusst hatte. Wie wenig sie sich für andere Dinge als den Tanz interessiert hatte. Sie hatte sich völlig auf die eine Welt konzentriert, so dass ihr andere verschlossen geblieben waren. Und als diese eine Welt ihr geraubt wurde, war sie so verloren wie ein Kind, ausgesetzt in einem Boot auf dem Atlantik.

Aber sie hatte zurück ans Ufer gefunden, so wie ihre Familie den Weg durch die Steppen der Ukraine in den Dschungel von Manhattan gefunden hatte. Sie gefiel sich jetzt besser, die unabhängige, ehrgeizige Amerikanerin, die sie geworden war. So wie sie jetzt war, konnte sie stolz wie jeder Student im ersten Semester das große, schöne alte Gebäude auf dem Campus betreten.

In den Fluren hallten Schritte, weit entfernt

und aus verschiedenen Richtungen. Es herrschte eine ehrfürchtige Stille, die Natasha immer mit Kirchen und Universitäten verband. In gewisser Weise gab es auch hier eine Religion, nämlich den Glauben an das Wissen.

Irgendwie empfand sie so etwas wie Ehrfurcht, als sie den Kursraum suchte. Als Kind von fünf Jahren hatte sie sich damals in dem kleinen Bauerndorf so ein Gebäude gar nicht vorstellen können. Und die Bücher und Pracht darin erst recht nicht.

Mehrere Studenten warteten schon auf den Beginn. Eine gemischte Truppe, stellte sie fest, vom College-Alter bis zu mittleren Jahren. Alle schienen sie vor freudiger Erwartung zu glühen. Die Uhr zeigte zwei Minuten vor acht. Sie hatte damit gerechnet, dass Kimball bereits vorn sitzen würde, in seinen Unterlagen wühlte, seine Studenten aus bebrillten Augen musterte und sich immer wieder durch das etwas wilde, bis zu den Schultern reichende Haar fuhr.

Geistesabwesend lächelte sie einem jungen Mann mit Hornbrille zu, der sie anstarrte, als wäre er gerade aus einem Traum erwacht. Sie setzte sich und sah gleich darauf wieder auf, als der junge Mann sich umständlich hinter den benachbarten Tisch schob.

„Hi."

Er sah sie an, als hätte sie ihn nicht gegrüßt,

sondern ihm einen Knüppel über den Kopf geschlagen. Nervös schob er sich die Brille den Nasenrücken hinauf. „Hi. Ich bin ... ich bin Terry Maynard", mühte er sich ab, als wäre ihm sein Name entfallen.

„Natasha." Sie lächelte nochmals. Er war noch keine fünfundzwanzig und so harmlos wie ein Hundebaby.

„Ich habe dich, äh, noch nie hier gesehen."

„Nein." Obwohl sie sich mit siebenundzwanzig geschmeichelt fühlte, für eine Mitstudentin gehalten zu werden, behielt sie den nüchternen Tonfall bei. „Ich habe nur diesen einen Kurs belegt. Zum Vergnügen."

„Zum Vergnügen?" Terry schien die Musik äußerst ernst zu nehmen. „Du weißt hoffentlich, wer Dr. Kimball ist." Seine Ehrfurcht war so groß, dass er den Namen fast flüsternd aussprach.

„Ich habe von ihm gehört. Du studierst Musik im Hauptfach?"

„Ja. Ich hoffe, dass ich ... nun, eines Tages ... bei den New Yorker Symphonikern spielen werde." Mit stumpfen Fingern rückte er sich die Brille zurecht. „Ich bin Violinist."

Ihr Lächeln brachte seinen Adamsapfel zum Hüpfen. „Wie schön. Ich bin sicher, du spielst großartig."

„Was spielst du?"

„Poker." Sie lachte und lehnte sich zurück.

„Entschuldigung. Nein, im Ernst, ich spiele überhaupt kein Instrument. Aber ich liebe es, Musik zu hören, und dachte mir, der Kurs macht bestimmt Spaß." Sie sah zur Wanduhr. „Falls er stattfindet, heißt das. Offenbar hat unser geschätzter Professor Verspätung."

In diesem Moment eilte der geschätzte Professor durch die Gänge, wütend auf sich selbst, dass er diesen Abendkurs übernommen hatte. Nachdem er Freddie bei den Hausaufgaben geholfen hatte – „Wie viele Tiere entdeckst du auf diesem Bild?" –, sie davon überzeugt hatte, dass Rosenkohl nicht eklig, sondern toll schmeckte, und sich umgezogen hatte, weil bei ihrer Umarmung eine mysteriöse klebrige Substanz auf seinen Ärmel gelangt war, sehnte er sich nach einem guten Buch und einem alten Brandy, sonst nichts.

Stattdessen stand ihm ein Raum voll eifriger Gesichter bevor, die alle erfahren wollten, was Beethoven getragen hatte, als er die Neunte Symphonie komponierte.

Mit der schlechtestmöglichen Laune betrat er den Unterrichtsraum. „Guten Abend. Ich bin Dr. Kimball." Das Gemurmel und Geklapper erstarb. „Ich muss mich für die Verspätung entschuldigen. Wenn Sie sich jetzt setzen, können wir gleich loslegen."

Während er sprach, ließ er den Blick durch den

Raum schweifen. Und starrte plötzlich in Natashas verblüfftes Gesicht.

„Nein." Sie merkte gar nicht, dass sie das Wort laut ausgesprochen hatte. Und selbst wenn, es hätte ihr nichts ausgemacht. Dies ist bestimmt ein Scherz, dachte sie, und zwar ein besonders schlechter. Dieser Mann in dem lässig-eleganten Sakko war Spence Kimball, ein Musiker, dessen Melodien sie bewundert und nach denen sie getanzt hatte? Der Mann, der, gerade erst in den Zwanzigern, in der Carnegie Hall aufgetreten und von den Kritikern zum Genie erklärt worden war? Dieser Mann, der in Spielzeugläden nach Frauen für ein Abenteuer suchte, war der berühmte Dr. Kimball?

Es war unglaublich, es machte sie rasend, es ...

Wunderbar, dachte Spence, während er sie anstarrte. Absolut wunderbar. Es war geradezu perfekt. Jedenfalls solange es ihm gelang, das Lachen zu unterdrücken, das in ihm aufstieg. Also war sie seine Studentin. Das war besser, viel besser als ein alter Brandy und ein ruhiger Abend.

„Ich bin sicher", sagte er nach einer langen Pause, „dass wir die nächsten Monate faszinierend finden werden."

Hätte ich mich doch bloß für Astronomie eingetragen, dachte Natasha verzweifelt. Sie hätte viel Wissenswertes über die Planeten und Sterne erfahren. Über Asteroiden. Über Anziehungskraft und

Trägheit. Was immer das bei Steinen sein mochte. Sicherlich war es wichtiger, herauszubekommen, wie viele Monde den Jupiter umkreisen, als Komponisten im Burgund des fünfzehnten Jahrhunderts zu studieren.

Natasha beschloss, den Kurs zu wechseln. Gleich morgen früh würde sie die Umschreibung erledigen. Und wenn sie nicht sicher gewesen wäre, dass Dr. Spence Kimball triumphierend grinsen würde, wäre sie aufgestanden und gegangen.

Sie rollte ihren Bleistift zwischen den Fingern hin und her, bevor sie die Beine übereinander schlug und sich fest vornahm, ihm nicht zuzuhören.

Leider klang seine Stimme so attraktiv.

Ungeduldig sah sie zur Uhr. Noch fast eine Stunde. Sie würde das tun, was sie beim Zahnarzt immer tat – sich vorstellen, dass sie woanders war.

Krampfhaft bemüht, die Ohren vor ihm zu verschließen, wippte sie mit dem Fuß und kritzelte auf ihrem Block herum.

Sie merkte gar nicht, wie aus dem Gekritzel Notizen wurden. Oder wie sie ihm an den Lippen zu hängen begann. Er ließ die Musiker des fünfzehnten Jahrhunderts lebendig werden und ihre Werke so real wie Fleisch und Blut. Rondeaux, Vierelais, Ballades. Fast hörte sie sie wirklich, die dreistimmig gesungenen Gesänge der ausgehenden

Renaissance, die Ehrfurcht gebietenden, hochfliegenden Kyrien und Glorien in den Kathedralen.

Sie lauschte gebannt, gefesselt von der jahrhundertealten Rivalität zwischen Kirche und Staat und der Rolle der Musik in der Politik. Sie konnte die riesigen Bankettsäle sehen, voll elegant gekleideter Aristokraten, die in musikalischen und kulinarischen Genüssen schwelgten.

„Beim nächsten Mal reden wir über die frankoflämische Schule und die Entwicklung der Rhythmik." Spence lächelte seiner Klasse freundlich zu. „Und ich werde versuchen, pünktlich zu sein."

War es schon vorbei? Natasha sah wieder zur Uhr hinüber und stellte überrascht fest, dass es schon nach neun war.

„Er ist unglaublich, nicht wahr?" Terrys Augen glänzten hinter den Brillengläsern.

„Ja." Es fiel ihr schwer, das zuzugeben, aber Wahrheit blieb Wahrheit.

„Du solltest ihn mal in Musiktheorie erleben." Neidisch sah er zu der Gruppe von Studenten hinüber, die sich um sein Idol drängte. Bis jetzt hatte er den Mut nicht aufgebracht, Dr. Kimball anzusprechen.

„Wie? Ach so. Gute Nacht, Terry."

„Ich könnte, äh, dich im Wagen mitnehmen, wenn du möchtest." Dass der Tank fast leer war und der Auspuff nur noch von einem Drahtbügel in Position gehalten wurde, kam ihm nicht in den Sinn.

Sie schenkte ihm ein abwesendes Lächeln, das sein Herz einen Cha-Cha-Cha tanzen ließ. „Das ist nett von dir, aber ich wohne ganz in der Nähe."

Sie hatte gehofft, sich unauffällig absetzen zu können, während Spence noch mit den anderen beschäftigt war. Sie hätte es besser wissen sollen.

Er legte ihr einfach nur die Hand auf den Arm und hielt sie zurück. „Ich würde gern kurz mit Ihnen reden, Natasha."

„Ich habe es eilig."

„Es wird nicht lange dauern." Er nickte dem letzten Studenten zu, lehnte sich gegen seinen Schreibtisch und lächelte. „Ich hätte mir die Teilnehmerliste genauer ansehen sollen. Aber andererseits ist es schön, dass es auf dieser Welt noch Überraschungen gibt."

„Das hängt davon ab, wie man es sieht, Dr. Kimball."

„Spence." Er lächelte weiterhin. „Der Unterricht ist vorbei."

„Allerdings." Ihr königliches Nicken ließ ihn erneut an das russische Zarentum denken. „Entschuldigen Sie mich", sagte sie.

„Natasha ..." Er wartete und glaubte ihre Ungeduld förmlich greifen zu können. „Ich kann mir nicht vorstellen, dass jemand mit Ihrer Herkunft nicht an eine Fügung des Schicksals glaubt."

„Eine Fügung des Schicksals?"

„Bei all den Klassenräumen in all den Universitäten der ganzen Welt kommen Sie ausgerechnet in meinen spaziert. Das kann doch kein Zufall sein."

Sie würde nicht lachen. Unter keinen Umständen. Doch bevor sie es verhindern konnte, zuckten ihre Mundwinkel. „Und ich hielt es einfach nur für Pech!"

„Warum gerade die Geschichte der Musik?"

Sie stützte ihr Notizbuch auf die Hüfte. „Die oder Astronomie. Ich habe eine Münze entscheiden lassen."

„Das klingt nach einer faszinierenden Geschichte. Warum trinken wir nicht unten an der Straße einen Kaffee zusammen? Dann können Sie sie mir erzählen." Jetzt erkannte er sie, die Wut, die wie erkaltete Lava ihren samtweichen Blick hart und dunkel werden ließ. „Warum macht Sie das denn so wütend?" fragte er, mehr sich selbst als sie. „Kommt in dieser Stadt eine Einladung zum Kaffee einem unsittlichen Antrag gleich?"

„Das müssten Sie doch am besten wissen, Dr. Kimball!" Sie drehte sich um, doch er war vor ihr an der Tür und schlug diese so heftig zu, dass sie zurückwich. Ihr ging auf, dass er ebenso wütend war wie sie. Nicht dass ihr das wichtig wäre. Es war nur, weil er auf sie so sanftmütig gewirkt hatte. Verachtenswert, aber sanftmütig. Jetzt sah er völlig verändert aus. Als ob die faszinierenden Winkel und Kanten seines Gesichts aus Stein geschnitzt wären.

„Werden Sie doch etwas deutlicher."

„Öffnen Sie die Tür."

„Gern. Sobald Sie meine Frage beantwortet haben." Er war jetzt wirklich zornig. Spence ging auf, dass er seit Jahren nicht mehr so in Rage gekommen war. Es war herrlich, die heiße Erregung in sich zu spüren. „Mir ist klar, dass Sie meine Zuneigung nicht unbedingt erwidern müssen."

Sie hob ruckartig das Kinn. „Das tue ich auch nicht."

„Schön." Das war kein Grund, sie zu erwürgen, obwohl ihm danach war. „Aber ich möchte verdammt noch mal wissen, warum Sie, sobald ich auftauche, das Feuer eröffnen."

„Weil Männer wie Sie erschossen werden sollten."

„Männer wie ich", wiederholte er, jedes Wort betonend. „Was genau heißt das?"

„Glauben Sie etwa, Sie könnten sich alles erlauben, weil Sie ein interessantes Gesicht haben und so nett lächeln? Ja", gab sie sich selbst die Antwort und schlug sich mit dem Notizbuch gegen die Brust. „Sie glauben, Sie brauchen nur mit den Fingern zu schnippen." Sie machte es vor. „Und schon liegt die Frau in Ihren Armen."

Ihm entging nicht, dass ihr Akzent stärker zu

Tage trat, wenn sie erregt war. „Ich kann mich nicht erinnern, mit den Fingern geschnippt zu haben."

Sie stieß einen kurzen, mehr als deutlichen ukrainischen Fluch aus und griff nach der Türklinke. „Sie wollen also mit mir eine Tasse Kaffee trinken? Gut. Wir trinken Kaffee ... und rufen Ihre Frau an. Vielleicht möchte sie mitkommen."

„Meine was?" Er legte seine Hand auf ihre, sodass die Tür zunächst aufging und sich knallend wieder schloss. „Ich habe keine Frau."

„Wirklich?" Das Wort triefte vor Verachtung. Ihre Augen blitzten. „Dann ist die Frau, die mit Ihnen in den Laden kam, wohl Ihre Schwester?"

Eigentlich hätte er es lustig finden sollen, aber er brachte den Humor nicht auf. „Nina? In der Tat, das ist sie."

Natasha riss die Tür mit einem abfälligen Knurren auf. „Das finde ich erbärmlich."

Voll ehrlicher Entrüstung stürmte sie den Flur entlang und durch den Haupteingang. Ihre Absätze knallten in einem Stakkato auf den Beton, der ihrer Stimmung hörbar Ausdruck verlieh. Sie hastete die Stufen hinunter, als sie plötzlich herumgerissen wurde.

„Sie haben vielleicht Nerven!"

„Ich?" stieß sie hervor. „Ich habe Nerven?"

„Sie bilden sich ein, Sie wüssten alles, was?" Da

er größer war als sie, konnte er auf sie herunterstarren. Schatten wanderten über sein Gesicht. Seine Stimme klang hart, aber kontrolliert. „Selbst, wer ich bin."

„Dazu gehört nicht viel!" Der Griff an ihrem Arm war fest. In ihren Zorn mischte sich eine ganz elementare sexuelle Erregung, und das gefiel ihr überhaupt nicht. Sie warf das Haar zurück. „Sie sind eigentlich ziemlich typisch."

„Ich frage mich, ob ich in Ihren Augen noch weiter sinken kann."

„Das bezweifle ich."

„In dem Fall brauche ich mich ja nicht länger zurückzuhalten!"

Das Notizbuch flog ihr aus der Hand, als er sie an sich zog. Ihr blieb nur Zeit zu einem kurzen, verblüfften Aufschrei, bevor er sie küsste.

Natasha hatte sich vorgenommen, sich gegen ihn zu wehren. Immer wieder hatte sie sich das geschworen. Doch es war der Schock, der sie widerstandsunfähig machte. Jedenfalls hoffte sie, dass es nur der Schock war.

Es war ein Fehler. Ein unverzeihlicher Fehler. Und es war wunderbar. Er hatte instinktiv den Schlüssel zu der Leidenschaft gefunden, die so lange in ihr in einer Art Winterschlaf gelegen hatte. Sie spürte, wie sie erwachte und sich in ihrem Körper ausbreitete. Wie durch Watte hörte sie jemanden auf dem Fußweg unterhalb der Treppe lachen. Eine Autohupe, ein Begrüßungsruf, dann wieder Stille.

Ihr ohnehin schon klägliches Protestgemurmel erstarb, als seine Zunge in ihren Mund glitt. Er schmeckte wie ein Bankett nach langem Fasten. Obwohl sie die Hände an den Seiten zu Fäusten geballt hatte, drängte sie sich in den Kuss.

Sie zu küssen war wie ein Marsch durch ein Minenfeld. Jeden Augenblick konnte eine explodieren und ihn in Stücke reißen. Er hätte schon nach dem ersten Schock aufhören sollen, doch die Gefahr besaß ihren eigenen Reiz.

Und diese Frau war gefährlich. Als er seine Finger in ihr Haar grub, fühlte er, wie der Boden zitterte und bebte. Es war sie, das Versprechen, die Bedrohung einer titanischen Leidenschaft. Er schmeckte es auf ihren Lippen. Er spürte es an ihrer starren Haltung. Wenn sie dieser Leidenschaft freien Lauf ließe, würde sie ihn zum Sklaven machen können.

Bedürfnisse, die er nie gekannt hatte, schlugen wie Fäuste auf ihn ein. Bilder voller Feuer und Rauch tanzten vor seinen Augen. Irgendetwas in ihm wollte sich befreien, wie ein Vogel, der gegen das Gitter seines Käfigs flog. Er fühlte, wie das Metall nachzugeben begann. Doch dann entzog Natasha sich ihm und starrte ihn aus geweiteten, vielsagenden Augen an.

Der Atem blieb ihr weg. Sekundenlang

fürchtete sie, auf der Stelle zu sterben. Mit diesem ungewollten, schamlosen Verlangen als letztem Gedanken auf Erden. Sie schnappte nach Luft.

„Ich hasse Sie so sehr, wie ich nie wieder jemanden hassen könnte!"

Er schüttelte den Kopf, um ihn wieder klar zu bekommen. Ihre Nähe hatte ihn schwindlig und völlig wehrlos gemacht. Er wartete, bis er sicher sein konnte, dass seine Stimme ihm gehorchte. „Das ist ein hoher Sockel, auf den Sie mich da heben, Natasha." Er ging die Stufen hinunter, bis er ihr direkt in die Augen sehen konnte. „Lassen Sie uns sichergehen, ob Sie mich aus dem richtigen Grund hinaufbefördern. Ist es, weil ich Sie geküsst habe oder weil Sie es mochten?"

Sie hob den Arm, doch er packte ihr Handgelenk rechtzeitig. Gleich darauf bereute er es, denn hätte sie ihn geohrfeigt, wären sie quitt gewesen.

„Kommen Sie mir nie wieder nahe", sagte sie schwer atmend. „Ich warne Sie. Wenn Sie es doch tun, weiß ich nicht, was ich sage und wer es hört. Wenn da nicht Ihr kleines Mädchen wäre …" Sie brach ab und bückte sich nach ihren Sachen. „Ein so wunderbares Kind verdienen Sie gar nicht."

Er ließ ihren Arm los, aber sein Gesichtsausdruck ließ sie erstarren. „Sie haben Recht. Ich habe Freddie nie verdient und werde es wahrscheinlich auch nie tun, aber sie hat nur mich. Ihre Mutter – meine Frau – ist vor drei Jahren gestorben."

Mit raschen Schritten ging er davon, tauchte in den Schein einer Straßenlaterne ein, verschwand dann in der Dunkelheit. Natasha setzte sich erschöpft auf die Stufen.

Was sollte sie jetzt tun?

Ihr blieb keine andere Wahl. So ungern sie ihn auch beschritt, es gab nur den einen Weg. Natasha rieb sich die Handflächen an der Khakihose ab und ging die frisch gestrichenen Holzstufen hinauf.

Ein schönes Haus, dachte sie, um Zeit zu gewinnen. Sie war schon so oft daran vorbeigekommen, dass sie es gar nicht mehr wahrnahm. Es war eins jener robusten alten Backsteinhäuser, die abseits der Straße hinter Bäumen und Hecken lagen.

Die Sommerblumen waren noch nicht verblüht, und schon meldeten sich ihre herbstlichen Nachfolger. Prächtige Rittersporne rivalisierten mit würzig duftendem Hopfen, leuchtende Gladiolen mit strahlenden Astern. Jemand pflegte sie. Auf den Beeten sah sie frischen Mulch, der nach der Wässerung noch dampfte.

Sie gab sich eine weitere Gnadenfrist und betrachtete das Haus. Vor den Fenstern hingen Gardinen aus hauchdünnem, elfenbeinfarbenem Stoff, der die Sonne hereinließ. Weiter oben entdeckte sie ein lustiges Muster aus Einhörnern. Das musste das Zimmer eines kleinen Mädchens sein.

Schließlich nahm sie ihren Mut zusammen und überquerte die Veranda. Es wird schnell gehen, sagte sie sich, als sie an die Tür klopfte. Nicht schmerzlos, aber schnell.

Die Frau, die ihr öffnete, war gedrungen, ihr Gesicht so braun und faltig wie eine Rosine. Natasha blickte in ein Paar dunkler Augen, während die Haushälterin sich schon die Hände an der stark beanspruchten Schürze abwischte.

„Kann ich Ihnen helfen?"

„Ich würde gern Dr. Kimball sprechen." Sie lächelte, dabei kam sie sich vor, als stelle sie sich selbst an den Pranger. „Ich bin Natasha Stanislaski." Ihr entging keineswegs, wie sich die kleinen Augen der Haushälterin merklich verengten, bis sie fast zwischen den Falten verschwanden.

Vera hatte Natasha zunächst für eine der Studentinnen des Señors gehalten und sie abwimmeln wollen. „Ihnen gehört der Spielzeugladen in der Stadt."

„Das stimmt."

„Ach so." Mit einem Nicken hielt sie Natasha die Tür auf. „Freddie meint, Sie seien eine sehr nette Lady, die ihr ein blaues Band für die Puppe gegeben hat. Ich musste ihr versprechen, mit ihr wieder hinzugehen. Aber nur, um zu gucken." Sie machte eine einladende Handbewegung.

Während sie durch die Halle gingen, hörte Natasha die tastenden Töne eines Flügels. Sie entdeckte sich in einem alten ovalen Spiegel und war überrascht, sich lächeln zu sehen.

Spence saß mit dem Kind auf dem Schoß am Flügel und sah ihr über den Kopf hinweg zu, wie sie langsam und konzentriert dem Instrument die Melodie von „Mary Had a Little Lamb" entlockte. Durch die Fenster hinter ihnen strömte das Sonnenlicht herein. In diesem Moment wünschte sie sich, malen zu können. Wie sonst wäre er festzuhalten?

Alles war perfekt. Das Licht, die Schatten, die blassen Pastellfarben des Raums – alles verband sich zu einem meisterhaften Hintergrund. Die Haltung ihrer Köpfe, ihrer Körper war zu natürlich und ausdrucksvoll, um gestellt zu wirken. Das Mädchen war in Pink und Weiß gekleidet, die Schnürsenkel des einen Turnschuhs offen. Er hatte Sakko und Krawatte abgelegt und die Ärmel seines Oberhemds bis zu den Ellbogen aufgerollt.

Das Haar der Kleinen schimmerte zart, seines schien im Sonnenlicht zu glühen. Das Kind lehnte mit dem Rücken an der kräftigen Gestalt des Vaters, der Kopf ruhte unterhalb seines Schlüsselbeins. Ein leises Lächeln erhellte Freddies Gesicht.

Und über allem lag der schlichte Rhythmus des Kinderliedes, das sie spielte.

Seine Hände lagen auf den Knien, die Finger klopften im Tandem mit dem antiken Metronom den Takt auf den Jeansstoff. Die Liebe, die Geduld, der Stolz waren nicht zu übersehen.

„Nein, bitte", flüsterte Natasha und hielt Vera mit erhobener Hand zurück. „Stören Sie die beiden nicht."

„Jetzt spielst du, Daddy." Freddie drehte den Kopf zur Seite und blickte zu ihm hoch. „Spiel etwas Schönes."

„Für Elise." Natasha erkannte sie sofort, die leise, romantische, irgendwie einsame Melodie. Sie starrte wie gebannt auf seine schlanken Finger, die fast zärtlich, verführerisch über die Tasten glitten, und die Musik drang ihr ins Herz.

Es wirkte alles so mühelos, aber sie wusste, dass eine solche Vollendung sehr viel Übung und Konzentration kostete.

Die Musik schwoll an, Note auf Note, unerträglich traurig und doch so schön wie die Vase mit wächsernen Lilien, die sich in der glänzenden Oberfläche des Flügels spiegelte.

Zu viel Gefühl, dachte Natasha. Zu viel Trauer, obwohl die Sonne noch durch die hauchfeinen Gardinen schien und das Kind auf seinem Schoß noch immer lächelte. Der Drang, zu ihm zu gehen, ihm eine tröstende Hand auf die Schulter zu legen, sie beide an ihr Herz zu drücken, war so stark, dass sie die Fingernägel in die Handflächen graben musste.

Dann schwebte die Musik davon. Die letzte Note hing wie ein Seufzen im Raum.

„Das Stück gefällt mir", erklärte Freddie. „Hast du es dir ausgedacht?"

„Nein." Er sah auf seine Finger hinab, spreizte sie, streckte sie und legte sie auf ihre Hand. „Beethoven hat das getan." Doch dann lächelte er wieder und presste die Lippen auf den sanft geschwungenen Nacken seiner Tochter. „Genug für heute, Funny Face."

„Kann ich bis zum Essen draußen spielen?"

„Nun ... was gibst du mir dafür?"

Es war ein altes, sehr beliebtes Spiel zwischen ihnen. Kichernd drehte sie sich auf seinem Schoß um und gab ihm einen festen, schmatzenden Kuss. Noch atemlos von der gewaltigen Umarmung entdeckte sie Natasha. „Hi!"

„Miss Stanislaski möchte Sie sehen, Dr. Kimball."

Er nickte, und Vera ging zurück in die Küche.

„Hi. Ich hoffe, ich störe nicht."

„Nein." Er drückte Freddie nochmals und stellte sie auf den Boden.

Sie lief sofort zu Natasha hinüber. „Meine Klavierstunde ist vorbei. Sind Sie gekommen, um Unterricht zu nehmen?"

„Nein, diesmal nicht." Natasha konnte nicht

widerstehen und bückte sich, um Freddies Wange zu streicheln. „Ich wollte mit deinem Vater reden." Was bin ich nur für ein Feigling, dachte Natasha. Anstatt ihn anzusehen, sprach sie weiter mit Freddie. „Gefällt dir die Schule? Du bist in Mrs. Pattersons Klasse, nicht wahr?"

„Sie ist nett. Sie hat nicht einmal geschrien, als Mikey Towers' Käfersammlung im Klassenzimmer ausgebrochen ist."

Natasha band Freddie ganz automatisch die losen Schnürsenkel. „Kommst du bald einmal in den Laden und besuchst mich?"

„Okay." Freddie rannte strahlend zur Tür. „Bye, Miss Stanof ... Stanif ..."

„Tash." Sie zwinkerte Freddie zu. „Alle Kinder nennen mich Tash."

„Tash." Der Name schien Freddie zu gefallen. Sie lächelte und verschwand nach draußen.

Sie hörte das Mädchen davontrippeln und holte tief Luft. „Tut mir Leid, wenn ich Sie zu Hause belästige, aber ich dachte mir, es wäre irgendwie ..." Ihr fiel das richtige Wort nicht ein. Angemessener? Bequemer? „Es wäre irgendwie besser."

„Stimmt." Sein Blick war kühl, so gar nicht wie der eines Mannes, der so traurige und leidenschaftliche Musik spielte. „Möchten Sie sich setzen?"

„Nein." Die Antwort kam rasch, zu rasch. Doch dann überlegte sie, dass es besser wäre, wenn sie beide höflich miteinander umgingen. „Es wird nicht lange dauern. Ich möchte mich bloß entschuldigen."

„So? Für etwas Bestimmtes?" Er kostete es aus. Die ganze Nacht hatte er sich über sie geärgert.

Ihre Augen funkelten. „Wenn ich einen Fehler begehe", sagte sie, „dann gebe ich ihn auch zu. Aber da Sie sich so ..." Warum ließ ihr Englisch sie bloß immer im Stich, wenn sie wütend war?

„Unerhört benommen haben?" schlug er vor.

„Also geben Sie es zu."

„Ich dachte, Sie sind gekommen, um etwas zuzugeben." Er amüsierte sich köstlich und setzte sich abwartend auf die Lehne eines mit blassblauem Damast bezogenen Ohrensessels.

Sie war versucht, sich auf dem Absatz umzudrehen und hinauszustolzieren. Sehr sogar. Aber sie würde tun, weswegen sie gekommen war, und die ganze leidige Angelegenheit wieder vergessen. „Was ich über Sie gesagt habe, über Sie und Ihre Tochter, war unfair und unwahr. Es tut mir Leid, dass ich es gesagt habe."

„Das sehe ich." Aus dem Augenwinkel sah er eine Bewegung im Garten. Er wandte gerade noch rechtzeitig den Kopf. Freddie sprintete zur Schaukel. „Vergessen wir die Sache."

Natasha folgte seinem Blick und war sofort besänftigt. „Sie ist wirklich ein wunderhübsches

Kind. Ich hoffe, Sie erlauben ihr, mich ab und zu im Laden zu besuchen."

Ihr Tonfall ließ ihn nachdenklich werden. War es Trauer, die er gerade in ihrer Stimme gehört hatte? Oder Sehnsucht? „Ich bezweifle, dass ich Freddie daran hindern könnte. Sie mögen Kinder wohl sehr, was?"

Natasha straffte sich ruckartig und brachte ihre Gefühle wieder unter Kontrolle. „Ja, natürlich. Sonst könnte ich meinen Laden gleich schließen. Ich will Sie nicht länger aufhalten, Dr. Kimball."

Er stand auf, um die Hand zu ergreifen, die sie ihm förmlich entgegenstreckte. „Spence", verbesserte er, während seine Finger sich um ihre Hand schlossen. „Worin haben Sie sich denn sonst noch geirrt?"

Sie hatte geahnt, dass sie nicht so leicht davonkommen würde. Andererseits verdiente sie es, ein wenig erniedrigt zu werden. „Ich dachte, Sie wären verheiratet, und ich war wütend und betroffen, als Sie mit mir ausgehen wollten."

„Glauben Sie mir, wenn ich Ihnen sage, dass ich nicht verheiratet bin?"

„Ja. Ich habe in der Bibliothek im ‚Who is Who' nachgeschlagen."

Er ließ seinen Blick noch eine Weile auf ihr ruhen. Dann warf er den Kopf zurück und lachte herzhaft. „Ihr Vertrauen in die Menschheit ist ja grenzenlos. Haben Sie sonst noch etwas Interessantes darin gefunden?"

„Nur Dinge, auf die Sie sich etwas einbilden würden. Übrigens können Sie meine Hand jetzt loslassen."

Er tat es nicht. „Sagen Sie, Natasha, mochten Sie mich aus allgemeinen Gründen nicht oder weil Sie dachten, dass ich als verheirateter Mann so unverschämt bin, mit Ihnen zu flirten?"

„Flirten?" Bei dem Wort verschluckte sie sich fast. „Das hört sich so harmlos an. Aber so unschuldig war Ihr Blick gar nicht. Sie haben mich angesehen, als ob ..."

„Als ob?"

Als ob wir etwas miteinander hätten, dachte sie und spürte schon die Hitze auf ihrer Haut. „Jedenfalls gefiel es mir nicht."

„Weil Sie dachten, ich wäre verheiratet?"

„Ja. Nein", verbesserte sie sich, als ihr aufging, wohin das führen konnte. „Es gefiel mir einfach nicht."

Er hob ihre Hand an die Lippen.

„Bitte nicht", stieß sie hervor.

„Wie möchten Sie denn, dass ich Sie ansehe?"

„Sie brauchen mich überhaupt nicht anzusehen."

„Doch." Er fühlte sie erneut, diese nervöse Leidenschaft, die auf die erstbeste Gelegenheit zum Ausbruch wartete. Aus der Zelle, in die sie sie gesperrt hatte. „Morgen Abend werden Sie in der Klasse direkt vor mir sitzen."

„Ich werde den Kurs wechseln."

„Nein, das werden Sie nicht." Er strich mit dem Finger über den kleinen Goldring an ihrem Ohr. „Dazu interessiert Sie das Thema viel zu sehr. Ich habe doch gesehen, wie es in Ihrem fantastischen Kopf zu arbeiten begann. Bleiben Sie in meiner Klasse, dann brauche ich Ihnen nicht den Laden einzurennen."

„Warum sollten Sie das wollen?"

„Weil Sie seit langer Zeit die erste Frau sind, die ich wirklich begehre."

Die Erregung kroch ihr die Wirbelsäule hinauf, bis sie im Kopf zu explodieren schien. Ohne dass sie es verhindern konnte, kam die Erinnerung an jenen stürmischen Kuss zurück und drohte, sie schwach werden zu lassen. Ja, er hatte sie begehrt, das war mehr als deutlich gewesen. Und mochte ihr Widerstand auch noch so heftig gewesen sein, auch sie hatte das Verlangen in sich gefühlt.

Aber das war nur ein einzelner Kuss gewesen, im Mondschein und der warmen Abendbrise. Sie wusste nur zu gut, wohin so etwas führen konnte.

„Das ist Unsinn", sagte sie scharf.

„Das ist ehrlich", murmelte er, fasziniert von den Empfindungen, die er in ihren Augen kommen und gehen sah. „Nach unserem etwas wackligen Beginn scheint mir Ehrlichkeit das Beste zu sein. Da Sie sich davon überzeugt haben, dass ich nicht verheiratet bin, dürften Sie doch nicht beleidigt sein, wenn ich mich von Ihnen angezogen fühle."

„Ich bin nicht beleidigt", gab sie mit sorgfältiger Betonung zurück. „Ich bin ganz einfach nicht interessiert."

„Küssen Sie immer Männer, an denen Sie nicht interessiert sind?"

„Ich habe Sie nicht geküsst." Sie entriss ihm ihre Hand. „Sie haben mich geküsst!"

„Das lässt sich ändern." Er zog sie an sich. „Diesmal erwidern Sie meinen Kuss."

Sie hätte sich wehren können. Er hielt sie nicht so fest wie beim ersten Mal, sondern hatte die Arme locker um sie gelegt. Diesmal waren seine Lippen weich, geduldig, verführerisch. Die Wärme sickerte wie eine Droge in ihren Kreislauf. Leise aufseufzend ließ sie die Hände an seinem Rücken hinaufwandern.

Es war, als ob er eine Kerze in Händen hielt und das Wachs langsam zu schmelzen begann, während das Feuer in der Mitte flackerte. Er fühlte, wie sie Schritt für Schritt nachgab, bis ihre Lippen sich öffneten und ihn willkommen hießen. Doch selbst jetzt war da noch ein harter, unnachgiebiger Kern, der Widerstand leistete. Gegen das, was er sie fühlen lassen wollte.

Ungeduldig presste er sie an sich. Obwohl ihr Körper sich an ihn schmiegte und der Kopf sich zur Geste erotischer Kapitulation in den Nacken legte, blieb ein Teil von ihr noch immer außer Reichweite. Was sie ihm gab, weckte den Appetit auf mehr.

Als er sie losließ, rang sie nach Atem. Es dauerte Natasha zu lange, viel zu lange, bis sie die Fassung wiedergewann. Doch dann hatte sie ihre Stimme wieder im Griff.

„Ich will keine Beziehung eingehen."

„Mit mir nicht? Oder mit niemandem?"

„Mit niemandem."

„Gut." Er strich ihr übers Haar. „Das macht es mir leichter, Sie zu einer Meinungsänderung zu bewegen."

„Ich bin äußerst hartnäckig."

„Ja, das ist mir aufgefallen. Warum bleiben Sie nicht zum Essen?"

„Nein."

„Also schön. Dann gehe ich Samstagabend mit Ihnen essen."

„Nein."

„Halb acht. Ich hole Sie ab."

„Nein."

„Sie wollen doch wohl nicht, dass ich Samstagnachmittag in den Laden komme und Sic blamiere?"

Mit der Geduld am Ende, stolzierte sie zur Tür.

„Ich verstehe nicht, wie ein Mann, der mit so viel Gefühl Musik spielt, ein solcher Idiot sein kann."

Einfach nur Glück gehabt, dachte er, als sie die Tür hinter sich zuknallte. Dann ertappte er sich dabei, wie er fröhlich vor sich hin pfiff.

4. KAPITEL

In einem Spielzeugladen waren die Samstage laut, chaotisch und voller Trubel. Das sollten sie auch sein. Für ein Kind besaß schon das Wort Samstag einen märchenhaften Klang. Es bedeutete vierundzwanzig Stunden, in denen die Schule weit genug entfernt war, um kein Problem mehr zu sein. Es gab Fahrräder, auf denen man durch die Gegend radeln konnte, Spiele, die gespielt werden konnten, Rennen, die man gewinnen konnte. Seit Natasha „The Fun House" betrieb, genoss sie die Samstage mindestens ebenso wie ihre hüfthohe Kundschaft.

Es war nur seine Schuld, dass sie diesen Samstag nicht auskosten konnte, und das war ein weiterer Punkt gegen Spence.

Ich habe ihm klar und deutlich nein gesagt, dachte sie, während sie die Preise eines Satzes Hampelmänner, dreier Plastikdinosaurier und einer Seifenblasenflasche in die Kasse tippte. Und ich meinte nein.

Der Mann schien schlichtes Englisch nicht zu verstehen.

Warum sonst hätte er ihr die rote Rose schicken sollen? Und auch noch in den Laden. Gegen Annies romantische Begeisterung hatte sie nichts ausrichten können. Natasha hatte die Rose vollkommen ignoriert, doch Annie war über die Straße gelaufen und hatte eine Plastikvase gekauft. Und jetzt hatte die Rose einen Ehrenplatz auf dem Verkaufstresen.

Natasha gab sich alle Mühe, sie nicht anzusehen, ihr nicht über die fest geschlossenen Blütenblätter zu streicheln. Aber der zarte Duft, der ihr jedes Mal in die Nase stieg, wenn sie an der Kasse stand, war nicht so einfach zu ignorieren.

Warum glaubten Männer bloß immer, dass sie eine Frau mit einer Blume besänftigen könnten?

Weil es funktioniert, gab sie sich die Antwort und sah zur Rose hinüber.

Aber das hieß noch lange nicht, dass sie mit ihm essen gehen würde. Sie warf das Haar zurück und zählte den Stapel verschwitzter Pennies und Nickels, die der kleine Hampton-Junge ihr für seinen monatlichen Kauf eines Comichefts gegeben hatte.

Das Leben könnte so einfach sein, dachte sie, als der Junge mit den neuesten Abenteuern von Commander Zark hinausrannte.

Während sie hinübereilte, um den Streit zu schlichten, der zwischen den Freedmont-Brüdern über die Ausgabe der gemeinsamen Ersparnisse ausgebrochen war, überlegte sie, ob der geschätzte Professor ihre Beziehung – oder besser Nicht-Beziehung! – wohl als eine Art Schachspiel ansah. Sie selbst war für dieses Spiel immer zu ungeduldig gewesen, aber sie hatte das Gefühl, dass Spence es meisterhaft beherrschte. Trotzdem, falls er glaubte, sie so einfach Matt setzen zu können, stand ihm eine gehörige Überraschung bevor.

Spence hatte die zweite Unterrichtsstunde brillant gestaltet. Nie hatte er sie länger angesehen als einen der anderen Studenten. Ihre Fragen hatte er in genau dem gleichen Tonfall beantwortet wie die der anderen. Ja, er war ein geduldiger Spieler.

Und dann, als sie den Unterrichtsraum verlassen wollte, hatte er ihr die erste rote Rose gegeben. Ein schlauer Schachzug, der ihre Dame in Gefahr brachte.

Wenn ich Rückgrat gehabt hätte, dachte Natasha jetzt, hätte ich die Rose auf den Boden geworfen und mit dem Absatz zertreten. Aber das hatte sie nicht getan, und jetzt musste sie aufpassen, um ihm stets einen Zug voraus zu sein.

Wenn er so weitermachte, würden die Leute bald anfangen zu reden. In einer Stadt dieser Größe wanderten Nachrichten über so etwas wie rote Rosen vom Lebensmittelgeschäft zur Kneipe, von der Kneipe zur Haustür, von der Haustür zum Klatschtreffen im Hinterhof.

Natasha konzentrierte sich auf die Vorgänge im Laden und legte jedem der streitenden Freedmont-Jungs einen Arm um den Hals. Mit gespielten Ringkampfgriffen trennte sie die beiden.

„Jetzt reicht's, Jungs. Wenn ihr euch weiter mit so schmeichelhaften Bezeichnungen wie Schwachkopf belegt ... Wie hast du deinen Bruder noch genannt?" fragte sie den Größeren.

„Eumel", wiederholte er genießerisch.

„Genau. Eumel." Den Ausdruck musste sie sich merken. „Klingt gut. Wenn ihr zwei jetzt nicht aufhört, werde ich eure Mutter bitten, euch die nächsten zwei Wochen nicht herzulassen."

„Oooch, Tash."

„Dann würden alle anderen früher als ihr all die gruseligen Sachen sehen, die ich für Halloween habe." Sie ließ die Drohung in der Luft hängen, während sie sich die beiden mit den Hälsen unter die Arme klemmte. „Also, ich mache euch einen Vorschlag. Werft eine Münze und entscheidet so, ob ihr den Fußball oder den Zauberkasten kaufen sollt. Was ihr jetzt nicht bekommt, könnt ihr euch zu Weihnachten wünschen. Gute Idee?"

Die Jungs grinsten. „Nicht schlecht."

„Nein, ihr müsst schon sagen, dass sie sehr gut ist, sonst stoße ich eure Köpfe gegeneinander."

Als sie sie zwischen den Regalen zurückließ, diskutierten die beiden bereits darüber, welche Münze sie nehmen sollten.

„Du hast deinen Beruf verfehlt", meinte Annie, als die Jungen mit dem Fußball den Laden verließen.

„Wie meinst du das?"

„Du solltest für die UNO arbeiten." Sie wies mit einem Kopfnicken durchs Schaufenster nach draußen. Die Jungen spielten sich bereits ihre Neuerwerbung zu. „Die Freedmont-Brüder sind ganz schön harte Nüsse."

„Erst jage ich ihnen Angst ein, dann biete ich ihnen einen würdevollen Ausweg."

„Mein Reden. Typisch UNO-Friedenstruppe."

Natasha lachte. „Die Probleme anderer Menschen lassen sich am einfachsten lösen." Sie sah zur Rose hinüber.

Eine Stunde später fühlte Natasha jemanden an ihrem Rocksaum zupfen.

„Hi."

„Hi, Freddie." Sie strich mit dem Finger über die Schleife, die Freddies widerspenstiges Haar zu bändigen versuchte. Sie war aus dem blauen Band gebunden worden, das Natasha Freddie bei ihrem ersten Besuch geschenkt hatte. „Heute siehst du aber hübsch aus."

Freddie lächelte sie von Frau zu Frau an. „Gefällt dir mein Outfit?"

Natasha musterte den offensichtlich neuen Jeans-Overall, den jemand wie zu einer Parade gestärkt und gebügelt hatte. „Er gefällt mir sogar sehr. Ich habe genau so einen Overall."

„Wirklich?" Freddie hatte beschlossen, Natasha zu ihrem neuesten Vorbild zu machen, und daher freute sie sich riesig. „Mein Daddy hat ihn mir gekauft."

„Das war nett von ihm." Gegen ihren Willen

sah Natasha sich nach ihm um. „Hat er dich heute hergebracht?"

„Nein, Vera. Ich darf doch kommen und einfach nur gucken?"

„Aber natürlich. Ich freue mich, dass du hier bist." Das tat sie wirklich. Und zugleich war sie enttäuscht, dass Freddie nicht ihren Daddy mitgebracht hatte.

„Ich soll aber nichts anfassen." Freddie stopfte ihre juckenden Finger in die Taschen. „Vera hat gesagt, ich soll mit den Augen schauen, nicht mit den Händen."

„Das ist ein sehr guter Rat." Und zwar einer, den alle Kinder von zu Hause mitbekommen sollten, dachte Natasha. „Aber einige Dinge kannst du ruhig anfassen. Frag mich einfach vorher."

„Okay. Ich gehe zu den Pfadfindern und bekomme eine Uniform und alles."

„Das ist ja toll. Kommst du und zeigst sie mir?"

Freddies Gesicht leuchtete vor Freude auf. „Okay. Zu der Uniform gehört eine Mütze, und ich werde lernen, wie man Kopfkissen macht und Kerzenhalter und alle möglichen Sachen. Ich werde Ihnen etwas machen."

„Da würde ich mich aber freuen." Sie rückte Freddies Haarschleife zurecht.

„Daddy hat gesagt, dass Sie heute Abend mit ihm in einem Restaurant essen."

„Nun, ich ..."

„Ich mag Restaurants nicht besonders, außer wenn es Pizza gibt. Deshalb bleibe ich zu Hause, und Vera macht mir und JoBeth Tortillas. Wir werden in der Küche essen."

„Klingt gut."

„Wenn es Ihnen in dem Restaurant nicht gefällt, können Sie ja zu uns kommen und welche essen. Vera macht immer eine Menge."

Natasha unterdrückte ein Seufzen und bückte sich, um Freddies linken Schnürsenkel zu binden. „Danke."

„Ihr Haar duftet aber gut."

Natasha war dabei, das Kind lieb zu gewinnen, und hielt die Nase an Freddies Kopf. „Deines auch."

Freddie war von Natashas wilden Locken fasziniert und berührte sie zaghaft. „Ich hätte auch gern solche Haare wie Sie", sagte sie. „Meine sind so gerade wie Nadeln", fügte sie resignierend hinzu, ihre Tante Nina zitierend.

Lächelnd schob Natasha ihr eine schimmernde Strähne aus der Stirn. „Als ich ein kleines Mädchen war, kam jedes Jahr ein Engel auf die Spitze des Weihnachtsbaums. Der Engel war wunderschön und hatte genau so ein Haar wie du."

Freddies Wangen röteten sich vor Freude.

„Da bist du ja." Vera kam den schmalen Gang entlanggeschlurft, in der einen Hand eine Einkaufstasche aus geflochtenem Stroh, in der anderen eine aus Segeltuch. „Komm schon, Freddie, wir müssen nach Hause, sonst denkt dein Vater noch, wir hätten uns verlaufen." Sie nickte Natasha zu. „Guten Tag, Miss."

„Guten Tag." Natasha hob neugierig eine Braue. Die kleinen dunklen Augen musterten sie erneut. Vermutlich habe ich die Prüfung wieder nicht bestanden, dachte sie. „Ich hoffe, Sie bringen Freddie bald wieder her."

„Mal sehen. Ein Kind widersteht einem Spielzeugladen ebenso schwer wie ein Mann einer schönen Frau."

Vera führte Freddie zur Tür. Sie sah sich nicht um, als das Kind über die Schulter zurückgrinste und Natasha zuwinkte.

„Hmm", murmelte Annie. „Was sollte das denn?"

Mit einem resignierten Lächeln schob Natasha eine Klammer zurück ins Haar. „Ich würde sagen, die Frau glaubt, ich hätte es auf ihren Arbeitgeber abgesehen."

Annie schnaubte wenig damenhaft. „Wenn überhaupt, dann hat es der Arbeitgeber auf dich abgesehen. Das Glück sollte ich mal haben." Ihr Seufzer klang neidisch. „Jetzt wo wir wissen, dass der tollste Mann der Stadt unverheiratet ist, ist die Welt wieder in Ordnung. Warum hast du mir nicht erzählt, dass du mit ihm ausgehst?"

„Weil ich es nicht vorhabe."

„Aber Freddie hat doch gesagt ... Sie sagte etwas von Essen im Restaurant ..."

„Er hat mich eingeladen", erklärte Natasha. „Aber ich habe abgelehnt."

„So." Nach kurzem Schweigen legte Annie den Kopf zur Seite. „Wann war denn der Unfall?"

„Unfall?"

„Ja, der, bei dem du den Gehirnschaden erlitten hast."

Natashas Gesicht erhellte sich zu einem Lachen. Sie ging nach vorn.

„Ich meine es ernst", sagte Annie, als endlich einmal kein junger Kunde im Laden war. „Dr. Spence Kimball ist großartig, ungebunden und ...", sie beugte sich über den Tresen, um an der Rose zu schnuppern, „... charmant. Warum gehst du heute nicht früher, um dich mit echten Problemen zu beschäftigen? Zum Beispiel mit dem, was du heute Abend anziehen wirst."

„Ich weiß, was ich heute Abend anziehen werde. Meinen Bademantel."

Annie musste grinsen. „Meinst du nicht, du gehst etwas zu schnell ran? Mit dem Bademantel würde ich mindestens bis zur dritten Verabredung warten."

„Es wird keine erste geben." Natasha lächelte dem Neuankömmling zu, der gerade den Laden betrat.

Annie benötigte vierzig Minuten, bis sie das

Gespräch wieder auf ihr Lieblingsthema gebracht hatte. „Wovor hast du eigentlich Angst?"

„Vor dem Finanzamt."

„Tash, sei doch mal ernst."

„Das bin ich." Ihre Haarklammer saß schon wieder locker. Diesmal zog sie sie ganz heraus. „Jede amerikanische Geschäftsperson hat Angst vor dem Finanzamt."

„Wir reden über Spence Kimball."

„Nein", korrigierte Natasha. „Du redest über Spence Kimball."

„Ich dachte, wir wären Freundinnen."

Annies Tonfall überraschte Natasha. So ernst sprachen sie selten miteinander. Sie hörte auf, das Rennbahnmodell, das ihre Samstagskundschaft fast in Trümmer zerlegt hatte, in Ordnung zu bringen. „Das sind wir. Du weißt, dass wir das sind."

„Freundinnen reden miteinander, Tash, vertrauen einander, bitten einander um Rat." Annie blies den Atem aus und stopfte die Hände in ihre ausgebeulte Jeans. „Sieh mal, ich weiß, dass dir einiges passiert ist, bevor du herkamst. Etwas, an dem du noch immer zu knabbern hast und über das du nie redest. Ich dachte mir, es wäre ein besserer Freundschaftsdienst, dich nicht danach zu fragen."

Hatte sie es sich so sehr anmerken lassen? Natasha war sich die ganze Zeit sicher gewesen, dass die Vergangenheit begraben war. Und zwar tief. Mit einem Gefühl der Hilflosigkeit berührte sie Annies Hand. „Danke."

Annie zuckte mit den Schultern, ging zur Ladentür und schloss ab. „Weißt du noch, wie ich mich an deiner Schulter ausweinen durfte? Damals, als Don Newman mich hat sitzen lassen."

Natashas Lippen zogen sich zu einem Strich zusammen. „Er war nicht eine Träne wert."

„Aber das Weinen hat mir gut getan." Annie kehrte mit einem belustigten Lächeln auf dem Gesicht von der Tür zurück. „Ich musste einfach weinen, alles herausschreien und mir einen Schwips antrinken. Und du warst für mich da, hast all diese richtig schön bösen Dinge über ihn gesagt."

„Fiel mir nicht schwer", erinnerte sich Natasha. „Er war ein Eumel." Es machte ihr großen Spaß, das von dem jungen Freedmont aufgeschnappte Wort zu benutzen.

„Kann sein, aber er war ein wahnsinnig gut aussehender Eumel." Annie schloss träumerisch die Augen. „Jedenfalls hast du mir über die harte Zeit hinweggeholfen, bis ich mir selbst klar gemacht hatte, dass ich ohne den Typen besser dran war. Du hast meine Schulter nie gebraucht, Tash. Weil du keinen Mann weiter als bis hier an dich herangelassen hast." Sie streckte einen Arm waagerecht aus und hielt ihr die Handfläche entgegen.

Natasha lehnte sich gegen den Tresen. „Was soll das denn sein?"

„Der große Stanislaski-Schutzschirm", erklärte Annie. „Hält garantiert jeden Mann von fünfundzwanzig bis fünfzig ab."

Natasha war nicht sicher, ob sie das noch lustig fand. „Willst du mir schmeicheln oder mich beleidigen?"

„Keins von beiden. Hör mir nur einmal eine Minute zu, okay?" Annie holte tief Luft, um nicht mit etwas herauszuplatzen, das sie ihrer Freundin besser Schritt für Schritt beibrachte. „Tash, ich habe gesehen, wie du Typen mit weniger Mühe hast abblitzen lassen, als du für lästige Fliegen aufbringen würdest. Und genauso beiläufig", fügte sie hinzu, als Natasha schwieg. „Du bist nicht unfreundlich, aber eben sehr bestimmt. Und sobald du einem Mann höflich die Tür gewiesen hast, denkst du nicht mehr an ihn. Ich habe dich immer bewundert. Du kamst mir so selbstsicher, so zufrieden vor. Ich fand es toll, dass du keine Verabredung am Samstagabend brauchtest, um dein Ego hochzuhalten."

„So selbstsicher bin ich gar nicht", murmelte Natasha. „Nur liegt mir nichts an oberflächlichen Beziehungen."

„Schön." Annie nickte bedächtig. „Das akzeptiere ich. Aber diesmal ist es anders."

„Was?" Sie ging um den Tresen herum und machte sich an die Tagesabrechnung.

„Siehst du? Du weißt, dass ich gleich seinen Namen nenne, und schon bist du nervös."

„Ich bin nicht nervös", log Natasha.

„Du bist nervös, launisch und abgelenkt, seit Kimball vor drei Wochen ins Geschäft kam. In den drei Jahren, die ich dich jetzt kenne, hast du über einen Mann nie länger als fünf Minuten nachgedacht. Bis jetzt."

„Das ist nur, weil dieser mir noch mehr auf die Nerven geht als die anderen vor ihm." Annies spöttischer Blick ließ sie einlenken. „Also gut, da ist ... etwas. Aber ich bin nicht interessiert."

„Du hast Angst, dich zu interessieren."

„Das läuft auf dasselbe hinaus."

„Nein, tut es nicht." Annie drückte Natasha die Hand. „Sieh mal, ich will dich diesem Typen nicht in die Arme treiben. Wer weiß, vielleicht hat er seine Frau ermordet und im Rosenbeet begraben. Alles, was ich sage, ist, dass du diese Angst überwinden musst. Erst dann fühlst du dich wirklich wohl in deiner Haut."

Annie hat Recht, dachte Natasha später, als sie, das Kinn auf die Hand gestützt, auf ihrem Bett saß. Sie war launisch, sie war abgelenkt. Und sie war ängstlich. Nicht wegen Spence. Ganz bestimmt. Kein Mann würde ihr je wieder Angst machen. Aber sie hatte Angst vor den Gefühlen, die er in ihr weckte. Vergessene, unerwünschte Gefühle.

Hieß das, sie war nicht mehr Herrin ihrer Gefühle? Nein. Hieß das, sie würde unvernünftig, impulsiv handeln, weil sich Wünsche und Sehnsüchte wieder in ihr Leben geschlichen hatten? Nein. Hieß das, sie würde sich in ihrem Zimmer verstecken, vor einem Mann? Nein und nochmals nein. Natasha sah zu ihrem Schrank hinüber und stand stirnrunzelnd auf. Mit einer rastlosen Bewegung zog sie ein dunkelblaues Cocktailkleid mit einem edelsteinbesetzten Gürtel hervor.

Nicht dass sie sich für ihn zurechtmachte. Dazu war er ihr nicht wichtig genug. Es war einfach nur eines ihrer Lieblingskleider, und sie hatte selten Gelegenheit, etwas anderes als Berufskleidung zu tragen.

Es war genau sieben Uhr achtundzwanzig, als Spence an die Tür klopfte. Natasha ärgerte sich darüber, dass sie die Uhr nicht aus den Augen gelassen hatte. Zweimal hatte sie die Lippen nachgezogen, den Inhalt ihrer Tasche überprüft und nochmals überprüft und sich immer wieder gefragt, warum sie diese Härteprobe nicht noch hinausgezögert hatte.

Ich benehme mich wie ein Teenager, schoss es ihr durch den Kopf, als sie zur Tür ging. Es ist doch nur ein Abendessen, das erste und letzte, das ich mit ihm teilen werde. Und er ist nur ein Mann, fügte sie hinzu, bevor sie die Tür öffnete.

Ein unverschämt attraktiver Mann.

Er sieht großartig aus. Mehr zu denken war sie

nicht im Stande. Sein Haar war zurückgekämmt, und in den Augen lag dieses angedeutete Lächeln. Sie hätte nie gedacht, dass ein Mann im Anzug und mit Krawatte so unter die Haut gehend sexy sein konnte.

„Hi." Er streckte ihr eine weitere Rose entgegen.

Fast hätte Natasha aufgeseufzt. Schade, dass der rauchgraue Anzug ihn nicht mehr wie einen Professor wirken ließ. Sie strich sich mit der Blüte über die Wange. „Ich habe es mir nicht wegen der Rosen anders überlegt."

„Was?"

„Dass ich doch mit Ihnen essen gehe." Sie hielt ihm die Tür auf, denn sie musste ihn wohl oder übel in der Wohnung warten lassen, während sie die Rose ins Wasser stellte.

„Weswegen denn?"

„Ich habe Hunger." Sie legte ihre kurze Samtjacke über die Sofalehne. „Setzen Sie sich doch."

Sie wird keinen Zentimeter nachgeben, dachte Spence, während er ihr nachsah. Er schüttelte den Kopf. Es war unglaublich. Gerade war er zu dem Urteil gelangt, dass nichts so verführerisch duftete wie schlichte Seife, da legte sie etwas auf, das ihn an Violinen bei Mitternacht denken ließ.

Er beschloss, lieber an etwas anderes zu denken, und sah sich im Raum um. Offenbar bevorzugte sie lebhafte Farben. Sein Blick fiel auf die

Kissen auf der saphirblauen Couch, deren Töne dem Federkleid einer Wildente nachempfunden waren. Daneben stand eine riesige Messingvase voll seidiger Pfauenfedern. Kerzen unterschiedlichster Größen und Schattierungen waren überall im Zimmer aufgestellt, sodass es ganz romantisch nach Vanille, Jasmin und Gardenien duftete. In der Ecke bog sich ein Regal unter einer riesigen Büchersammlung, die alles von Bestsellerromanen über Tipps für Heimwerker bis zu klassischer Literatur enthielt.

Auf den Tischen drängten sich Erinnerungsstücke, gerahmte Fotos, Trockenblumensträuße und Märchengestalten aus Porzellan oder Gips. Da gab es ein Pfefferkuchenhaus, nicht größer als seine Handfläche, ein als Rotkäppchen verkleidetes Mädchen, ein Schwein, das aus dem Fenster einer winzigen Strohhütte blickte, und eine wunderschöne Frau, die einen einzelnen gläsernen Schuh in der Hand hielt.

Ratschläge für den Do-it-yourself-Klempner, leidenschaftliche Farben und Märchenfiguren, dachte er und berührte den gläsernen Schuh mit den Fingerspitzen. Die Zusammenstellung war so interessant und rätselhaft wie die Frau, die sie geschaffen hatte.

Als er sie wieder ins Zimmer kommen hörte, drehte Spence sich um. „Die sind wunderschön", sagte er, auf eine der Figuren zeigend.

„Freddie würden die Augen aus dem Kopf fallen."

„Danke. Mein Bruder macht sie."

„Macht sie?" Fasziniert griff Spence nach dem Pfefferkuchenhaus, um es genauer zu betrachten. Es war aus poliertem Holz geschnitzt und dann so realistisch bemalt worden, dass man glaubte, es wirklich essen zu können. „Unglaublich. So sorgfältige Arbeit sieht man heutzutage selten."

Natasha freute sich über sein Lob und ging durchs Zimmer zu ihm. „Er schnitzt und modelliert seit seiner Kindheit. Eines Tages werden seine Kunstwerke in Galerien und Museen stehen."

„Das sollten sie jetzt schon."

Die Ernsthaftigkeit in seiner Stimme traf sie an der verwundbarsten Stelle, nämlich in der Liebe zu ihrer Familie. „Es ist nicht so einfach. Er ist jung und dickschädlig, also gibt er seinen Job nicht auf und hämmert auf Holz ein, anstatt es zu schnitzen. Alles, damit er Geld für die Familie verdient. Aber eines Tages …" Sie lächelte versonnen. „Er hat mir die hier gemacht, weil ich mir damals so große Mühe gegeben habe, Englisch zu lernen. Aus dem Buch, das ich in der Kiste voller Sachen fand, die uns die Kirche gab. Damals, als wir nach New York gekommen sind. Die Bilder waren so hübsch, und ich wollte unbedingt die Geschichten lesen, die dazugehörten." Sie brach ab, etwas verlegen. „Wir sollten jetzt gehen."

Er nickte nur, bereits entschlossen, behutsam nachzufragen. „Sie sollten die Jacke anziehen." Er nahm sie von der Sofalehne. „Es wird kühl."

Das Restaurant, das er ausgesucht hatte, lag nur wenige Autominuten entfernt auf einem der bewaldeten Hügel oberhalb des Potomac. Natasha hatte sich fast gedacht, dass er einen solchen abgelegenen, ruhigen Ort mit aufmerksamer, diskreter Bedienung wählen würde. Sie nippte an ihrem ersten Glas Wein und ermahnte sich selbst, sich zu entspannen und zu amüsieren.

„Freddie war heute im Laden."

„Das habe ich gehört." Spence hob sein Glas. „Sie will ihr Haar in Locken legen lassen."

Natashas Verblüffung ging in ein Lächeln über. Sie berührte ihr Haar mit den Fingerspitzen. „Oh, wie süß von ihr."

„Das sagen Sie so. Ich habe gerade erst den Dreh mit den Zöpfen herausbekommen."

Zu ihrer Überraschung konnte Natasha sich mühelos vorstellen, wie er seiner Tochter das weiche, flachsblonde Haar flocht. „Sie ist wunderschön." Das Bild, wie er, das kleine Mädchen auf dem Schoß, am Flügel saß, kam ihr wieder in den Sinn. „Sie hat Ihre Augen."

„Sehen Sie mich jetzt bitte nicht an", murmelte Spence. „Ich glaube, Sie haben mir gerade ein Kompliment gemacht."

Verlegen hob Natasha die Speisekarte. „Das dicke Ende kommt noch", erklärte sie. „Ich habe nämlich heute den Lunch ausfallen lassen."

Sie stellte sich tatsächlich ein ausgiebiges Menü zusammen. Solange ich esse, überlegte sie sich, verläuft der Abend problemlos.

Bei der Vorspeise lenkte sie das Gespräch auf Themen, die sie im Unterricht bereits angetippt hatten. Angeregt diskutierten sie über die Musik des fünfzehnten Jahrhunderts mit ihren vierstimmigen Harmonien und Wandermusikanten.

Spence freute sich über Natashas Wissbegier und Begeisterung, aber er war fest entschlossen, privatere Gebiete zu erkunden und endlich mehr über diese hinreißende Frau zu erfahren.

„Erzählen Sie mir von Ihrer Familie."

Natasha schob sich einen heißen, vor Butter triefenden Hummerhappen in den Mund und genoss den delikaten, fast dekadenten Geschmack. „Ich bin die Älteste von vier Geschwistern", begann sie. Doch dann bemerkte sie, dass seine Fingerspitzen wie beiläufig mit ihren spielten. Langsam ließ sie ihre Hand auf der Tischkante außer Reichweite gleiten.

Ihr Manöver brachte ihn dazu, sein Lächeln hinter dem erhobenen Glas zu verbergen. „Und alle sind russische Spione?"

Zu dem Kerzenlicht, das sich in ihren Augen spicgelte, kam jetzt ein verärgertes Flackern. „Ganz gewiss nicht."

„Ich habe mich nur gewundert, dass Sie offenbar nicht so gern über sie reden."

Sie stippte ihren Hummer erneut in die geschmolzene Butter, kostete erst den Duft, dann die Zartheit und schließlich den Geschmack aus. „Ich habe zwei Brüder und eine Schwester. Meine Eltern leben in Brooklyn."

„Warum sind Sie hierher, nach West Virginia, gezogen?"

„Ich brauchte einen Wechsel." Sie hob die Schulter. „Sie nicht auch?"

„Ja." Zwischen seinen Brauen bildete sich eine kleine Falte, während er sie musterte. „Sie waren in Freddies Alter, als Sie in die Staaten kamen, sagten Sie. Erinnern Sie sich noch an das Leben vor Ihrer Einwanderung?"

„Natürlich." Aus irgendeinem Grund ahnte sie, dass er mehr an seine Tochter als an ihre Erinnerungen an die Ukraine dachte. „Ich bin überzeugt, dass die Eindrücke, die man in den ersten Jahren macht, die langlebigsten sind. Gute oder schlechte, sie machen uns zu dem, was wir sind." Sie beugte sich mit ernster Miene vor. „Sagen Sie, woran erinnern Sie sich, wenn Sie an sich als Fünfjährigen denken?"

„Ich sitze am Klavier und spiele Tonleitern." Die Erinnerung kam ihm mit einer solchen Deutlichkeit, dass er lachen musste. „Ich rieche die Treibhausrosen und sehe durchs Fenster auf den

Schnee hinaus. Einerseits will ich meine Übungsstunde nicht abbrechen, andererseits möchte ich nur zu gern nach draußen in den Park, um meine Nanny mit Schneebällen zu bewerfen."

„Ihre Nanny", wiederholte Natasha. Dass er eine Kinderfrau gehabt hatte, registrierte sie schmunzelnd, nicht abfällig. Es entging ihm nicht. Sie stützte das Kinn auf die Hand. „Und was haben Sie getan?"

„Beides."

„Ein verantwortungsbewusstes Kind."

Er strich ihr mit der Fingerspitze übers Handgelenk und spürte, wie sie erzitterte. Ihr Pulsschlag erhöhte sich, bevor sie die Hand fortzog. „Und woran erinnern Sie sich?" fragte er.

Sie zuckte mit den Schultern. „An meinen Vater, der Holz für das Feuer bringt, das Haar und den Mantel voller Schnee. Das Baby, mein jüngster Bruder, schreit. Dann der Duft des Brots, das meine Mutter gebacken hat. Daran, wie ich mich schlafend gestellt habe, um zuzuhören, wie mein Vater mit ihr über die Flucht redet."

„Hatten Sie Angst?"

„Ja." Ihr Blick verschleierte sich. Sie sah nicht oft zurück, empfand selten das Bedürfnis dazu. Aber wenn sie es tat, dann nicht träumerisch und sentimental, sondern ganz sachlich. „Große Angst sogar. Mehr, als ich je wieder haben werde."

„Möchten Sie mir davon erzählen?"

„Wozu?"

„Weil ich verstehen möchte."

Sie wollte ablehnen, hatte die Worte bereits auf der Zunge. Doch die Erinnerung war schon zu lebendig. „Wir warteten bis zum Frühling und nahmen nur mit, was wir selbst tragen konnten. Papa sagte, wir würden die Schwester meiner Mutter, die im Westen lebte, besuchen. Aber ich glaube, einige Nachbarn wussten, was wir vorhatten. Sie sahen uns mit müden Gesichtern und aus großen Augen nach. Papa hatte Papiere, schlechte Fälschungen zwar, aber immerhin. Und er hatte eine Landkarte und hoffte, die Grenzwächter umgehen zu können."

„Und Sie waren nur zu fünft?"

„Damals schon fast zu sechst." Sie strich über den Rand ihres Glases. „Mikhail war zwischen vier und fünf, Alex erst zwei. Nachts riskierten wir es, ein Lagerfeuer anzuzünden. Wir saßen drum herum, und Papa erzählte Geschichten. Das waren schöne Nächte. Mit seiner Stimme im Ohr und dem Rauch des Feuers in der Nase schliefen wir ein. Wir überquerten die Berge nach Ungarn. Die Flucht dauerte insgesamt dreiundneunzig Tage."

Er konnte es sich nicht vorstellen, auch wenn er ihren Augen ansah, wie schwer es gewesen sein musste. Sie sprach leise, aber die Gefühle waren nicht zu überhören, verliehen ihrer Stimme einen reichen Klang. Spence dachte an das kleine Mädchen, griff nach ihrer Hand und wartete darauf, dass sie weiterredete.

„Mein Vater hatte die Flucht jahrelang geplant. Vielleicht hat er sein ganzes Leben davon geträumt. Er hatte Namen von Leuten, die Flüchtlingen halfen. Es herrschte Krieg, zwar nur der Kalte, aber ich war zu jung, um das zu verstehen. Was ich verstand, war die Angst, bei meinen Eltern, bei denen, die uns halfen. Wir wurden aus Ungarn heraus nach Österreich geschmuggelt. Die Kirche unterstützte uns, brachte uns nach Amerika. Es hat lange gedauert, bis ich keine Angst mehr hatte, dass die Polizei kommt und meinen Vater abholt."

Sie kehrte in die Gegenwart zurück. Es war ihr unangenehm, ihm davon erzählt zu haben. Überrascht stellte sie fest, dass er ihre Hand fest umklammert hielt.

„Für ein Kind ist das eine Menge, mit der es fertig werden muss."

„Ich erinnere mich noch, wie ich meinen ersten Hotdog gegessen habe." Sie lächelte und hob ihr Weinglas. Über die Zeit hatte sie nie geredet, nicht einmal mit der Familie. Jetzt, wo sie es doch getan hatte, noch dazu mit ihm, verspürte sie den dringlichen Wunsch, das Thema zu wechseln.

„Und an den Tag, an dem mein Vater das erste

Fernsehgerät mit nach Hause brachte. Für kein Kind gibt es völlige Geborgenheit. Selbst mit einer Nanny nicht. Aber wir werden erwachsen. Ich bin eine Geschäftsfrau, und Sie sind ein respektierter Komponist. Warum komponieren Sie eigentlich nicht?" Sie fühlte, wie sein Griff um ihre Hand sich festigte. „Es tut mir Leid", sagte sie rasch. „Ich hätte das nicht fragen dürfen. Es geht mich nichts an."

„Das ist schon in Ordnung." Seine Finger entspannten sich. „Ich komponiere nicht, weil ich es nicht mehr kann."

Natasha zögerte, bevor sie aussprach, was ihr auf der Seele lag. „Ich kenne Ihre Musik. Etwas so Intensives vergeht doch nicht."

„Sie hat mir in den letzten Jahren nicht besonders viel bedeutet. Erst kürzlich wieder."

„Seien Sie nicht zu geduldig."

Als er lächelte, schüttelte sie den Kopf, zugleich hoheitlich und unwirsch. „Nein, wirklich. Ich meine es ernst. Man sagt immer, die Zeit muss stimmen, die Stimmung, der Ort. Auf diese Weise verschwendet man Jahre. Wenn mein Vater gewartet hätte, bis wir älter sind, bis der Fluchtweg sicherer ist, säßen wir vielleicht heute noch in der Ukraine. Es gibt Dinge, bei denen man mit beiden Händen zugreifen und sie festhalten muss. Das Leben kann sehr, sehr kurz sein."

Er fühlte es an ihren Händen, wie ernst sie es

meinte. Und er sah den Schatten der Reue in ihren Augen. Die Gründe dafür musste er so bald wie möglich erfahren.

„Vielleicht haben Sie Recht", erwiderte er langsam, bevor er ihre Handfläche an die Lippen presste. „Warten ist nicht immer die beste Lösung."

„Es ist schon spät." Natasha entzog ihm die Hand und ballte sie auf ihrem Schoß zur Faust. Aber auch das richtete gegen das Hitzegefühl, das ihr durch den Arm schoss, nichts aus.

Als er sie zu ihrer Wohnungstür begleitete, war sie bereits wieder gelöst. Während der kurzen Fahrt nach Hause hatte er ihr von Freddie erzählt. Sie hatte lachen müssen, als er ihr schilderte, mit welchen Tricks seine Tochter ihn für ein Kätzchen zu begeistern versuchte.

„Katzenfotos aus einer Zeitschrift zu schneiden und daraus ein Poster für Sie zu basteln, finde ich raffiniert." Sie lehnte sich gegen die Tür. „Werden Sie ihr erlauben, eines zu halten?"

„Ich will nicht zu schnell weich werden."

Natasha lächelte verständnisvoll. „Große alte Häuser wie Ihres neigen dazu, im Winter Mäuse anzuziehen. So geräumig wie Ihres ist, sollten Sie vielleicht gleich zwei von JoBeths Kätzchen nehmen."

„Falls Freddie mir mit dem Argument kommt, weiß ich, woher sie es hat." Er wickelte sich eine ihrer Locken um den Finger. „Und Sie werde ich nächste Woche im Unterricht abfragen."

„Erpressung, Dr. Kimball?"

„Ganz genau."

„Ihre Prüfung bestehe ich locker. Und ich habe das Gefühl, Freddie könnte Sie auch ohne meine Hilfe dazu überreden, den gesamten Wurf zu nehmen, wenn sie es sich vornimmt."

„Nur die kleine Graue."

„Sie haben sie also schon angesehen?"

„Mehrmals sogar. Wollen Sie mich nicht hereinbitten?"

„Nein."

„Na schön." Er legte ihr den Arm um die Taille.

„Spence ..."

„Ich befolge lediglich Ihren Rat", murmelte er, während seine Lippen über ihr Kinn glitten. „Ich bin nicht geduldig." Er zog sie näher zu sich heran. Sein Mund streifte ihr Ohrläppchen. „Ich nehme mir, was ich will." Seine Zähne zupften an ihrer Unterlippe. „Und verschwende keine Zeit."

Dann presste er den Mund auf ihre halb geöffneten Lippen, auf denen er noch Spuren des Weins schmeckte. Allein daran hätte er sich berauschen können. Sie schmeckte exotisch und verführerisch, und er wusste, dass er süchtig nach ihr werden konnte. Wie der Herbst, der schon in der Luft lag, weckte sie in ihm Assoziationen von rauchenden

Feuern und driftenden Nebelschwaden. Ihr Körper schmiegte sich an ihn und signalisierte spontane Zustimmung.

Die Leidenschaft wuchs nicht gemächlich, tastend, sie explodierte einfach, sodass die Luft um sie herum zu vibrieren schien.

Natasha ließ ihn seine gewohnte Zurückhaltung vergessen. Ohne zu wissen, was er ihr zuflüsterte, erkundete er mit den Lippen jeden Winkel ihres Gesichts und kehrte dabei immer wieder zu ihrem ungeduldig wartenden Mund zurück. Seine Hände wanderten wie in Ekstase über ihren Körper.

In ihrem Kopf drehte sich alles. Sie wollte glauben, dass es am Wein lag. Aber sie wusste, dass es Spence war, der sie schwindlig und benommen machte. Sie wollte berührt werden. Von ihm. Sie warf den Kopf in den Nacken und spürte seine Lippen an ihrem Hals hinabwandern. Das Glücksgefühl überwältigte sie fast.

Es musste falsch sein, sich solchen Empfindungen hinzugeben. Alte Ängste und Zweifel wirbelten in ihr auf und hinterließen eine Leere, die danach verlangte, ausgefüllt zu werden. Und wenn das geschah, würde die Angst nur noch stärker werden.

„Spence." Ihre Finger gruben sich in seine Schultern. Sie trug in sich einen Krieg aus, zwischen dem Bedürfnis, ihn aufzuhalten, und dem unmöglichen Wunsch, einfach weiterzumachen. „Bitte."

Seine Knie waren so weich wie ihre, und er atmete den Duft ihres Haars ein, bis er die Fassung wiedergefunden hatte. „Wenn wir zusammen sind, passiert mit mir etwas. Ich kann es nicht erklären."

Sie wollte ihn festhalten, an sich pressen, aber sie ließ die Arme nach unten sinken. „Es darf aber nicht mehr passieren."

Er wich zurück, gerade so weit, dass er ihr Gesicht noch in beide Hände nehmen konnte. Die Kühle des Abends und die Hitze der Erregung hatten Farbe auf ihre Wangen gezaubert. „Selbst wenn ich es verhindern wollte – und ich will es nicht –, könnte ich es nicht."

Sie sah ihm direkt in die Augen. Der zärtliche, fürsorgliche Druck seiner Hände an ihrem Gesicht durfte sie nicht beeinflussen. „Sie wollen mit mir schlafen."

„Ja." Er wusste nicht, ob er ihre sachliche Art amüsant oder irritierend finden sollte. „Aber das klingt simpler, als es ist."

„Sex ist niemals simpel."

„An Sex bin ich nicht interessiert."

„Aber Sie haben gerade ..."

„Ich möchte mit Ihnen Liebe machen. Das ist ein Unterschied."

„Mir liegt nichts daran, es zu romantisieren."

Die Verärgerung verschwand so schnell aus seinen Augen, wie sie darin aufgetaucht war. „Dann tut es mir Leid, Sie enttäuschen zu müssen. Wenn wir Liebe machen, wo und wann auch immer, wird es sehr romantisch sein." Bevor sie ihm ausweichen konnte, küsste er sie. „Das ist ein Versprechen, das ich zu halten beabsichtige."

5. KAPITEL

„Natasha! He, äh, Natasha!"

Aus nicht sonderlich produktiven Gedanken gerissen, sah Natasha auf und erkannte Terry. Er kam auf sie zugerannt, und sein gelb-weiß gestreifter Schal flatterte hinter ihm her. Als er sie erreichte, war ihm die Brille bis zur sich rötenden Nasenspitze gerutscht.

„Hi, Terry."

Der Dreißig-Meter-Sprint hatte ihm den Atem geraubt. Er hoffte inständig, dass sich sein Asthma durch die Anstrengung nicht verschlimmern würde. „Hi. Ich war ... Ich habe dich zufällig gesehen." Seit zwanzig Minuten hatte er auf sie gewartet.

Natasha kam sich ein bisschen wie die Mutter eines unbeholfenen Kindes vor, als sie ihm die Brille zurechtrückte und den Schal fester um seinen dünnen Hals wickelte. „Du solltest Handschuhe tragen. Es ist kalt geworden", sagte sie und rieb ihm die kalte Hand, bevor sie die Stufen hinaufging.

Er folgte ihr überwältigt, wollte etwas sagen, brachte aber nur einen erstickten Laut heraus.

„Du wirst dich doch nicht etwa erkälten?" Sie suchte in ihrer Tasche nach einem Papiertaschentuch, fand eins und reichte es ihm.

Er räusperte sich geräuschvoll. „Nein, nein." Er

nahm das Taschentuch und schwor sich, es sein Leben lang zu behalten. „Ich habe mich nur gefragt, ob wir heute Abend, nach dem Kurs ... Natürlich nur, wenn du sonst nichts vorhast ... Wahrscheinlich hast du das längst, aber wenn nicht ... Wir könnten eine Tasse Kaffee trinken. Zwei natürlich", fügte er verzweifelt hinzu. „Eine für dich und eine für mich, meine ich." Sein Gesicht war inzwischen glutrot.

Der arme Junge ist einsam, dachte Natasha mitfühlend und lächelte ihn automatisch an. „Gern." Warum sollte sie ihm nicht eine Stunde oder zwei Gesellschaft leisten? Es wird mich ablenken, überlegte sie, als sie den Unterrichtsraum betrat.

Und zwar von dem Mann, der vor der Klasse stand. Von dem Mann, der ihr vor zwei Wochen mit einem Kuss fast die Sinne geraubt hatte und der jetzt gerade lachte und die flotte Blondine anstrahlte, die garantiert keinen Tag älter als zwanzig war.

Spence hatte ihr Hereinkommen sofort bemerkt. Und auch der Anflug von Eifersucht war ihm nicht entgangen, bevor sie ihr Gesicht hinter einem Buch verbarg. Offenbar war ihm das Schicksal wohl gewogen gewesen, während er bis über beide Ohren in privaten und beruflichen Problemen steckte. Zwischen der leckenden Wasserleitung, dem Elternbeirat in der Schule, der Pfadfinderversammlung und der Fachbereichskonferenz war ihm kaum eine freie

Stunde geblieben. Aber jetzt lief alles etwas ruhiger ab. Er würde die verlorene Zeit wieder aufholen.

Auf der Schreibtischkante sitzend, eröffnete er eine Diskussion über die Unterschiede zwischen kirchlicher und weltlicher Musik im Barock.

Zweimal rief er Natasha auf und bat um ihre Meinung.

Er ist ganz schön gerissen, dachte sie. Nicht das geringste Mienenspiel, keine noch so kleine Änderung im Tonfall ließ etwas von ihrer persönlicheren Beziehung erahnen. Niemand in der Klasse würde auf den Gedanken kommen, dass dieser selbstsichere, ja brillante Dozent sie stürmisch geküsst hatte, und das gleich dreimal. Jetzt sprach er ruhig über die Entwicklung der Oper im frühen siebzehnten Jahrhundert.

In dem schwarzen Rollkragenpullover und dem grauen Tweed-Jackett sah er wie immer lässig-elegant aus. Und natürlich hingen die Studenten auch diesmal gebannt an seinen Lippen. Als er über eine Bemerkung aus der Klasse lächelte, hörte Natasha, wie zwei Reihen hinter ihr die kleine Blonde aufseufzte.

Vermutlich war sie nicht die Einzige, die ihn bedingungslos anhimmelte. Ein Mann, der so aussah, so redete, so küsste, war überaus begehrt. Er war der Typ, der um Mitternacht einer Frau Versprechungen machte und sich beim Frühstück im Bett an eine andere schmiegte.

War es nicht ein Glück, dass sie nicht mehr an Versprechungen glaubte?

Spence fragte sich die ganze Zeit, was wohl in Natasha vorging. Seit Wochen versuchte er nach dem Unterricht mit ihr zu reden, aber sie war jedes Mal vorher hinausgeschossen. Heute Abend würde er sich etwas einfallen lassen müssen.

Kaum war die Stunde beendet, da stand sie auch schon. Spence sah, wie sie dem Mann, der ihr gegenübersaß, zulächelte. Dann bückte sie sich und sammelte die Bücher und Bleistifte auf, die der Student beim hastigen Aufstehen auf dem Boden verstreut hatte.

Wie hieß er doch noch gleich? Maynard. Genau. Mr. Maynard war in mehreren seiner Kurse und schaffte es, in keinem davon sonderlich aufzufallen. Aber im Moment hockte der farblose Mr. Maynard Knie an Knie mit Natasha auf der Erde.

„So, jetzt haben wir sie alle." Natasha gab Terrys Brille einen freundschaftlichen Stups.

„Danke."

„Vergiss deinen Schal ni...", begann sie und sah auf, als sich eine Hand auf ihren Arm legte und ihr aufhalf. „Danke, Dr. Kimball."

„Ich möchte mit Ihnen sprechen, Natasha."

„Möchten Sie das?" Sie sah kurz auf seine Hand hinab und raffte ihren Mantel und die Bücher zusammen. Sie kam sich wieder vor wie auf einem Schachbrett und beschloss, seinen Zug mit einem Gegenangriff zu erwidern. „Tut mir Leid, das wird warten müssen. Ich habe eine Verabredung."

„Eine Verabredung?" Sofort stellte sich bei ihm das Bild eines dunkelhaarigen, athletischen Draufgängers ein.

„Ja. Entschuldigen Sie mich." Sie schüttelte seine Hand ab und steckte den Arm in die Ärmel ihres Mantels. Da die beiden Männer links und rechts gleichermaßen gelähmt schienen, nahm sie die Bücher in die andere Hand und suchte hinter dem Rücken nach dem zweiten Ärmel. „Können wir, Terry?"

„Äh, ja, sicher, ja." Er starrte Spence ehrfurchtsvoll und fast ein wenig ängstlich an. „Aber ich warte gern, wenn du erst noch mit Dr. Kimball reden willst."

„Nicht nötig." Sie ergriff seinen Arm und zog ihn zur Tür.

Frauen, dachte Spence. Nie werde ich sie verstehen.

„Mensch, Tash, meinst du nicht, du hättest abwarten sollen, was Dr. Kimball von dir will?" fragte Terry auf dem Weg zur Bar, die neben dem College lag.

„Ich weiß, was er wollte." Als Terry fast gestolpert wäre, ging ihr auf, dass sie ihn noch immer hinter sich herzog. „Und ich bin nicht in der Stimmung, darüber zu reden." Sie verlangsamte ihr

Tempo. „Außerdem wollten wir doch einen Kaffee zusammen trinken."

Die Bar war nur halb voll. Auf den Plastiktischen standen leere Gläser. An der alten Theke murmelten zwei Männer in ihre Bierkrüge. In der Ecke ignorierte ein Pärchen seine Drinks. Die Frau saß schon fast auf dem Schoß des Mannes.

Natasha mochte diesen schummrigen Raum mit den alten Schwarz-Weiß-Postern von James Dean und Marilyn Monroe. Es roch nach Zigaretten und Wein aus der Karaffe. Auf dem Regal hinter der Theke stand ein großes Kofferradio, aus dem ein Chuck-Berry-Oldie so laut plärrte, dass es den Mangel an Gästen vergessen ließ.

„Nur Kaffee, Joe", rief sie dem Mann hinter der Theke zu und setzte sich. „Also, Terry", sagte sie, „wie geht's dir so?"

„Ganz gut", erwiderte Terry. Er konnte es kaum fassen, dass er hier mit ihr saß.

Offenbar würde sie ihm jedes Wort aus der Nase ziehen müssen. Geduldig schlüpfte sie aus ihrem Mantel. „Du hast mir noch gar nicht gesagt, wo du vorher studiert hast."

„Ich habe an der Michigan State einen ersten Abschluss gemacht." Seine Brillengläser waren wieder beschlagen und tauchten Natasha in einen mysteriösen Nebel. „Als ich hörte, dass Dr. Kimball hier lehrt, beschloss ich sofort, bei ihm hier weiterzustudieren."

„Du bist extra wegen Spence ... Dr. Kimball hergekommen?"

„Die Gelegenheit wollte ich mir nicht entgehen lassen. Letztes Jahr bin ich sogar nach New York gefahren, um ihn zu hören." Terry hob eine Hand und hätte fast den Zuckertopf umgestoßen. „Er ist einfach unglaublich."

„Ist er wohl", murmelte sie, während ihnen von Joe Kaffee gebracht wurde.

„Wo hast du denn die ganze Zeit gesteckt?" fragte der Barkeeper und drückte ihr kurz die Schulter. „Seit einem Monat habe ich dich hier nicht mehr gesehen."

„Viel zu tun, Joe. Wie geht's Darla?"

„Ist in die Geschichte eingegangen." Er zwinkerte ihr freundschaftlich zu. „Stehe dir jetzt ganz und gar zur Verfügung."

„Merke ich mir." Lachend drehte sie sich wieder zu Terry um. „Ist etwas nicht in Ordnung?" fragte sie, als er nervös an seinem Kragen zupfte.

„Ja. Nein. Ist das dein ... Freund?"

Um ihn nicht auszulachen, trank sie hastig einen Schluck Kaffee. „Joe? Nein. Wir sind einfach nur ..." Sie suchte nach dem richtigen Wort. „Kumpel."

„Ach so." Terry klang erleichtert. „Ich dachte nur, weil ... Na ja, schon gut."

„Joe hat nur gescherzt", erklärte Natasha ihm. „Und du? Hast du eine Freundin zu Hause in Michigan, die auf dich wartet?"

„Nein. Es gibt niemanden. Überhaupt niemanden."

Sein Tonfall war unmissverständlich. Und vor allem sein Blick. Wie hatte sie das nur nicht merken können? Er himmelte sie geradezu an. Sie musste vorsichtig sein. Sehr vorsichtig.

„Terry", begann sie, „du bist sehr ... süß."

Das reichte schon. Seine Hand begann zu zittern, und Sekunden später rann ihm der Kaffee übers Hemd. Natasha rückte ihren Stuhl an seine Seite und setzte sich. Sie zog eine Papierserviette aus dem Ständer und tupfte den Kaffee ab.

„Gut, dass er hier ohnehin nicht heiß ist", sagte sie lächelnd.

Die plötzliche Nähe gab Terry den Rest. Er packte ihre beiden Hände. „Ich liebe dich", platzte er heraus und spitzte die Lippen. Die Brille rutschte ihm erneut auf die Nasenspitze.

Natasha fühlte, wie sein Mund ihre Wange traf, kalt und zitternd. Weil sie ihn mochte und Mitleid mit ihm hatte, blieb sie ganz ruhig.

„Nein, das tust du nicht", erwiderte sie mit fester Stimme und rückte weit genug von ihm ab, um mit der Serviette die Pfütze auf der Tischplatte aufzusaugen.

„Das tue ich nicht?" Ihre Antwort hatte ihn aus dem Konzept gebracht. Es lief nicht so, wie er es sich in seiner Fantasie ausgemalt hatte. Da war die Version, in der er sie vor einem ins Schleudern geratenen Lastwagen rettete. Und die, in der er ihr den für sie komponierten Song vorspielte und sie sich ihm anschließend zu Tränen gerührt in die Arme warf. Aber dass sie Kaffee aufwischte und ihm erklärte, er liebe sie gar nicht, so weit hatte seine Fantasie beim besten Willen nicht gereicht.

„Doch, das tue ich", sagte er trotzig.

„Also gut. Warum liebst du mich?"

„Weil du wunderschön bist", stieß er hervor. „Du bist die schönste Frau, die ich je gesehen habe."

„Und das ist Grund genug?" Sie zog ihre Hand unter seiner hervor und verschränkte die Finger, um das Kinn aufzustützen. „Und wenn ich nun eine Diebin bin? Oder mit dem Wagen Jagd auf kleine niedliche Tiere mache? Vielleicht war ich schon dreimal verheiratet und habe alle meine Ehemänner ermordet, während sie schliefen."

„Tash ..."

Sie lachte, widerstand aber dem Drang, ihm die Wange zu streicheln. „Ich meine, du kennst mich doch gar nicht genug, um mich zu lieben. Wenn du das wirklich tätest, wäre dir mein Aussehen egal."

„Soll das heißen, dass du nicht mit mir ausgehst?"

Er klang so jämmerlich, dass sie es riskierte, seine Hand zu berühren. „Das tue ich doch gerade." Sie schob ihm ihre Tasse hin. „Aber nur als gute Freunde", fügte sie hinzu, bevor seine Augen wieder aufleuchteten. „Ich danke dir für das Kompliment, Terry, aber mehr können wir füreinander nicht sein. Ich bin doch viel zu alt für dich."

„Nein, das bist du nicht." Ihm war anzusehen, dass er sich plötzlich erniedrigt fühlte.

„Terry, jetzt hör mir einmal zu ..."

Bevor sie ihn daran hindern konnte, schob er seinen Stuhl zurück und stand ruckartig auf. „Ich muss jetzt gehen."

Schon war er verschwunden. Natasha griff nach dem gestreiften Schal, den er in der Eile vergessen hatte. Es hatte keinen Sinn, ihm zu folgen. Er brauchte Zeit. Und sie brauchte frische Luft.

Auf dem Weg nach Hause fielen Natasha gleich mehrere Möglichkeiten ein, wie sie die Situation mit dem armen Terry hätte meistern können. Aber jetzt war es zu spät. Sie hatte einen sensiblen, zart besaiteten Jungen tief verletzt. Und alles nur, weil ihre eigenen unerwünschten Gefühle sie für seine Empfindungen blind gemacht hatten. Sie konnte sich nur zu gut in Terrys Lage versetzen und wusste, wie es war, wenn man glaubte, verliebt zu sein. Und sie wusste, wie es war, wenn derjenige, den man liebte, diese Liebe nicht erwiderte. Nachdenklich strich sie über den Schal in ihrer Tasche.

„Hat er Sie nicht einmal nach Hause gebracht?"

Natasha blieb wie angewurzelt stehen. Vor der Haustür saß Spence auf den Stufen. Das fehlt mir gerade noch, dachte sie und fuhr sich mit der Hand durchs Haar. Verglichen mit Spence war Terry ein zahmes Hündchen. Jetzt sah sie sich einem großen hungrigen Wolf gegenüber.

„Was tun Sie hier?"

„Ich erfriere."

Sein Atem hing wie eine weiße Wolke in der kalten Luft. Bei dem eisigen Wind mussten es weniger als null Grad sein. Natasha kam zu dem Ergebnis, dass es unfair wäre, sich über ihn lustig zu machen. Schließlich saß er seit einer Stunde auf dem kalten Beton.

Spence stand auf, als sie den Weg entlangkam. „Haben Sie Ihren Freund nicht noch zu einem Drink in Ihrer Wohnung eingeladen?"

„Nein." Sie streckte die Hand aus und drehte den Türknopf. Wie die meisten Türen in der Stadt, so war auch diese unverschlossen. „Wenn ich es getan hätte, wären Sie blamiert gewesen."

„Das ist nicht der richtige Ausdruck."

„Vermutlich kann ich von Glück sagen, dass Sie mir nicht drinnen auflauern."

„Das können Sie", murmelte er. „Aber nur, weil ich gar nicht auf die Idee gekommen bin, dass die Tür offen sein könnte."

„Gute Nacht."

„Warten Sie eine Minute." Er presste die Handfläche gegen die Tür, bevor sie sie zuschlagen konnte. „Ich habe nicht aus Gesundheitsgründen hier in der Kälte herumgesessen. Ich will mit Ihnen reden."

Irgendwie genoss sie das kurze Kräftemessen, bei dem die Tür zwischen ihnen hin- und herwanderte. „Es ist schon spät."

„Und wird immer später. Wenn Sie die Tür schließen, werde ich so lange dagegen hämmern, bis sämtliche Nachbarn die Köpfe aus den Fenstern stecken."

„Fünf Minuten", erwiderte sie großzügig, weil sie ihm die ohnehin hatte geben wollen. „Sie bekommen von mir einen Brandy, und dann gehen Sie wieder."

„Sie sind herzensgut, Natasha."

„Nein." Sie warf ihren Mantel über die Sofalehne. „Das bin ich nicht."

Wortlos verschwand sie in der Küche. Als sie mit zwei Brandy-Schwenkern zurückkehrte, stand er mitten im Zimmer und ließ Terrys Schal durch die Finger gleiten.

„Was für ein Spiel spielen Sie mit mir?"

Sie stellte ihm seinen Brandy hin und nippte an ihrem Glas. „Ich weiß nicht, was Sie meinen."

„Was soll das? Mit einem College-Knaben auszugehen, der noch nicht trocken hinter den Ohren ist!"

Sie straffte sich. „Mit wem ich ausgehe, geht Sie nichts an."

„Doch, das tut es", gab Spence zurück. Ihm war klar geworden, wie sehr es das tat.

„Nein, das tut es nicht. Und Terry ist ein sehr netter junger Mann."

„Jung, das ist das entscheidende Wort." Spence warf den Schal zur Seite. „Er ist ganz sicher viel zu jung für Sie."

„Ist das so?" Sie hatte es selbst zu Terry gesagt. Aber aus Spences Mund traf es sie wie eine Beschuldigung. „Ich glaube, das kann ich selbst entscheiden."

„Jetzt habe ich wohl einen bloßen Nerv getroffen", murmelte Spence mehr zu sich selbst als zu ihr. Es hatte einmal eine Zeit gegeben – oder etwa nicht? –, in der ihm nachgesagt wurde, gut mit Frauen umgehen zu können. „Vielleicht hätte ich sagen sollen, Sie sind zu alt für ihn."

„Oh ja." Gegen ihren Willen begann der Wortwechsel sie zu amüsieren. „Das klingt viel, viel besser. Möchten Sie diesen Brandy trinken oder warten, bis er verdunstet ist?"

„Ich trinke ihn, danke." Er hob den Schwenker, trank aber nicht, sondern ging im Zimmer auf und ab. Ich bin eifersüchtig, schoss es ihm durch den Kopf. So erbärmlich es auch aussah, er war allen Ernstes auf einen unbeholfenen, schüchternen Studenten höheren Semesters eifersüchtig. Und er machte sich verdammt lächerlich dabei. „Hören Sie, vielleicht sollten wir einfach von vorn anfangen."

„Wie sollen wir mit etwas von vorn anfangen, das eigentlich gar nicht hätte beginnen dürfen?"

Er ließ nicht locker. Wie ein Hund, der sich nicht von seinem abgenagten Knochen trennen konnte. „Es ist nur, dass er so offensichtlich nicht Ihr Typ ist ..."

„Ach, und Sie wissen, was mein Typ ist, wie Sie es nennen?"

Spence hob die freie Hand. „Also schön, nur noch eine direkte Frage, bevor ich mich endgültig zum Clown mache. Sind Sie an ihm interessiert?"

„Natürlich bin ich das." Wie hatte sie das nur sagen können? Es war unmöglich, Terry und seine Gefühle als Barrikade gegen Spence einzusetzen. „Er ist ein sehr netter Junge."

Spence schien erleichtert. Doch dann fiel sein Blick wieder auf den Schal. „Was haben Sie denn damit vor?"

„Er hat ihn liegen lassen. Nachdem ich ihm das Herz gebrochen habe." Der bunte Schal wirkte auf ihrem Sofa wie ein Fremdkörper. Plötzlich wurde ihr Schuldgefühl unerträglich. „Ach, lassen Sie mich doch in Ruhe." Sie ließ sich auf einen Sessel fallen. „Ich weiß gar nicht, warum ich überhaupt mit Ihnen rede!"

„Weil Ihnen etwas auf der Seele brennt und ich der Einzige bin, der hier ist."

„Schätze, das ist ein hinreichender Grund." Sie protestierte nicht, als Spence sich ihr gegenüber hinsetzte. „Er war so süß und aufgeregt. Und ich hatte keine Ahnung, was er fühlte. Oder zu fühlen glaubte. Ich hätte es wissen sollen. Aber erst, als er sich den Kaffee über das Hemd schüttete und ... Lachen Sie nicht über ihn!"

Spence hörte nicht auf zu lächeln, aber er schüttelte den Kopf. „Das tue ich nicht. Glauben Sie mir, ich weiß genau, wie er sich gefühlt haben muss. Es gibt Frauen, die einen unbeholfen machen."

Ihre Blicke trafen sich. „Flirten Sie nicht mit mir."

„Das Stadium habe ich längst hinter mir, Natasha."

Sie erhob sich und marschierte ruhelos durchs Zimmer. „Sie wechseln das Thema!"

„Wirklich?"

Sie machte eine ungeduldige Handbewegung. „Ich habe seine Gefühle verletzt. Weil ich nicht ahnte, was in ihm vorging. Es gibt nichts Schlimmeres", fuhr sie mit leidenschaftlicher Stimme fort, „als jemanden zu lieben und abgewiesen zu werden."

„Nein." Das verstand er. Und sie tat es auch, er sah es ihren Augen an. „Aber glauben Sie denn, er hat sich wirklich in Sie verliebt?"

„Er glaubt es. Ich habe ihn gefragt, warum, und wissen Sie, was er gesagt hat?" Sie wirbelte herum, das Haar flog ihr um die Schultern. „Weil er mich für schön hält. Stellen Sie sich das vor." Sie warf die Hände in die Höhe und ging wieder auf und ab. Spence war fasziniert von ihrer Art, sich zu bewegen, und von dem melodischen Klang, den ihre Stimme bekam, wenn sie verärgert war. „Ich hätte ihn ohrfeigen können, ihn anschreien, ihn fragen, was er denn überhaupt von mir weiß."

„Mich anzuschreien ist Ihnen nie schwer gefallen."

„Sie sind ja auch kein Junge, der glaubt, verliebt zu sein."

„Ich bin kein Junge", stimmte er zu und legte ihr von hinten die Hände auf die Schultern. „Und ich mag mehr als nur Ihr Gesicht, Natasha. Obwohl ich nicht leugnen will, wie sehr ich es mag."

„Sie wissen doch auch nichts von mir."

„Doch, das tue ich." Behutsam drehte er sie zu sich herum. „Ich weiß, dass Sie Dinge erlebt haben, die ich mir kaum vorstellen kann. Ich weiß, dass Sie Ihre Familie lieben und sie vermissen, dass Sie ein Gefühl für Kinder besitzen und sie von Natur aus gern haben. Sie sind vernünftig, trotzig und leidenschaftlich zugleich." Seine Hände glitten an ihren Armen hinab und dann wieder hinauf. „Ich weiß, dass Sie schon einmal verliebt waren." Bevor sie sich ihm entziehen konnte, festigte er seinen Griff um ihre Schultern. „Und Sie sind noch nicht bereit, darüber zu reden. Sie haben einen scharfen, neugierigen Verstand und ein mitfühlendes Herz, und Sie wünschen sich, sich von mir nicht angezogen zu fühlen. Aber Sie werden es."

Sie verbarg ihren Blick hinter gesenkten Wimpern. „Offenbar wissen Sie mehr über mich als ich über Sie."

„Das lässt sich leicht ändern."

„Ich weiß nicht, ob ich das möchte. Oder warum."

Er küsste sie so kurz, dass sie gar nicht darauf reagieren konnte. „Da ist etwas", flüsterte er. „Und das ist Grund genug."

„Vielleicht ist da wirklich etwas", begann sie. „Nein." Sie wich zurück, als er sie erneut küssen wollte. „Nicht. Ich bin heute Abend nicht sehr stark."

„Dann will ich Ihre Schwäche nicht ausnutzen, sonst habe ich hinterher ein schlechtes Gewissen." Er ließ sie los, und sie verspürte Erleichterung und Enttäuschung zugleich.

„Ich koche Ihnen ein Abendessen", sagte sie spontan.

„Jetzt?"

„Morgen. Nur ein Abendessen", fügte sie rasch hinzu und fragte sich, ob sie die Einladung bereits bedauern sollte. „Vorausgesetzt, Sie bringen Freddie mit."

„Sie wird sich freuen. Und ich auch."

„Gut. Sieben Uhr." Sie griff nach seinem Mantel und hielt ihn ihm hin. „Und jetzt müssen Sie gehen."

Spence nahm den Mantel. „Nur eines noch."

Blitzschnell zog er sie an sich und küsste sie lang und tief. Als er sie wieder losließ, registrierte er zufrieden, wie sie sich mit weichen Knien auf die Sofalehne sinken ließ.

„Gute Nacht", sagte er, ging hinaus und atmete die kalte Luft ein.

Es war das erste Mal, dass Freddie zu einem Abendessen der Erwachsenen eingeladen worden war. Ungeduldig wartete sie darauf, dass ihr Vater endlich mit dem Rasieren fertig wurde. Normalerweise sah sie gern zu, wenn er mit dem Rasierer durch den weißen Schaum fuhr. Manchmal wünschte sie sich sogar insgeheim, ein Junge zu sein und das Ritual an sich selbst veranstalten zu können. Doch heute Abend fand sie ihren Vater schrecklich langsam.

„Können wir jetzt gehen?"

Spence spülte sich den Schaum vom Gesicht und sah auf seinen Bademantel hinunter. „Vielleicht sollte ich mir doch besser noch eine Hose anziehen."

Freddie verdrehte die Augen. „Und wann tust du das?"

Spence hob sie hoch und biss ihr zärtlich in den Hals. „Sobald du mir die Ruhe dazu lässt."

Sofort raste sie nach unten, um in der Halle auf und ab zu gehen und dabei bis sechzig zu zählen. Nach der fünften Runde setzte sie sich auf die unterste Treppenstufe und spielte mit der Schnalle ihres linken Schuhs.

Freddie hatte sich schon alles genau überlegt. Ihr Vater würde entweder Tash oder Mrs. Patterson heiraten, weil die beiden hübsch waren und so nett lächelten. Danach würde die, die er geheiratet hatte, mit ihnen in dem neuen Haus wohnen. Bald würde sie eine neue kleine Schwester haben. Ein Bruder würde auch reichen, war aber eindeutig zweite Wahl. Alle würden glücklich sein, weil alle sich mochten. Und ihr Daddy würde abends spät wieder seine Musik spielen.

Als sie Spence herunterkommen hörte, sprang sie auf. „Daddy, ich habe eine Trillion Mal bis sechzig gezählt."

„Ich wette, du hast wieder die Dreißiger ausgelassen." Er holte ihren Mantel aus dem Garderobenschrank und half ihr hinein.

„Nein, habe ich nicht." Jedenfalls glaubte sie das. „Du hast ewig gebraucht." Seufzend zog sie ihn zur Tür.

„Wir kommen immer noch zu früh."

„Das macht ihr nichts aus."

In genau diesem Moment zog Natasha sich gerade zum dritten Mal um. Anschließend sah sie in den Spiegel. Der weite blaue Sweater und die Jeans beruhigten sie irgendwie. Ihre Kleidung war ungezwungen, und sie würde es auch sein. Sie befestigte die silbernen Ohrringe, warf ihr Haar zurück und eilte in die Küche. Kaum hatte sie nach der Soße gesehen, da klopfte es auch schon.

Sie sind zu früh, dachte sie ein wenig verärgert. Und sie sehen wunderbar aus. Die Missstimmung verschwand in einem Lächeln. Natasha konnte nicht anders, sie musste sich einfach zu Freddie hinabbeugen und sie auf beide Wangen küssen. „Hi."

„Danke, dass Sie mich zum Essen eingeladen haben." Freddie sagte den Satz auf und sah ihren Vater fragend an. Er nickte anerkennend.

„Gern geschehen."

„Wollen Sie denn Daddy nicht auch küssen?"

Natasha zögerte und registrierte Spences herausforderndes Grinsen. „Natürlich." Ihre Küsse fielen äußerst förmlich aus. „Dies ist eine traditionelle ukrainische Begrüßung."

„Ich bin sehr dankbar für Glasnost." Noch immer lächelnd, hob er ihre Hand an die Lippen.

„Gibt es Borschtsch?" wollte Freddie wissen.

„Borschtsch?" Natasha half ihr aus dem Mantel.

„Als ich Mrs. Patterson erzählte, dass ich und Daddy bei Ihnen essen würden, sagte sie, dass Borschtsch das russische Wort für Kohlsuppe ist." Freddie verschwieg Natasha, dass es in ihren Ohren ziemlich unfein klang.

„Ich habe leider keinen Borschtsch gemacht",

erwiderte Natasha mit ernster Miene, obwohl sie sich über Freddie amüsierte. „Ich habe stattdessen ein anderes traditionelles Gericht zubereitet. Spaghetti und Fleischklöße."

Zu ihrer Überraschung herrschte eine vollkommen entspannte Atmosphäre. Sie aßen an dem alten Klapptisch am Fenster, und die Gesprächsthemen reichten von Freddies Kämpfen mit der Mathematik bis zur neapolitanischen Oper. Natasha musste nicht lange gebeten werden, von ihrer Familie zu erzählen. Freddie wollte ganz genau wissen, wie es war, eine ältere Schwester zu sein.

„Wir haben uns nicht oft gestritten", erinnerte Natasha sich, während sie den Kaffee trank und Freddie auf ihrem Knie sitzen ließ. „Aber wenn wir es taten, war ich die Siegerin, weil ich die Älteste war. Und die Gemeinste."

„Sie sind nicht gemein."

„Wenn ich wütend bin, bin ich das manchmal." Sie sah zu Spence hinüber und dachte daran, dass sie ihm erklärt hatte, er verdiene Freddie nicht. „Hinterher tut es mir dann Leid."

„Wenn Menschen sich streiten, bedeutet das nicht immer, dass sie sich nicht mögen", murmelte Spence. Er gab sich alle Mühe, es nicht geradezu perfekt zu finden, wie Freddie sich in Natashas Schoß kuschelte.

Freddie war sich nicht sicher, ob sie das verstand, aber schließlich war sie erst fünf. Dann fiel ihr ein, dass sie ja bald sechs sein würde. „Ich habe bald Geburtstag."

„Wirklich?" Natasha sah angemessen beeindruckt aus. „Wann denn?"

„In zwei Wochen. Kommen Sie zu meiner Party?"

„Sehr gern." Natasha blickte Spence an, während Freddie all die tollen Sachen aufzählte, die es geben würde.

Vielleicht war es gefährlich, eine so enge Beziehung zu dem kleinen Mädchen aufzubauen. Denn das kleine Mädchen war die Tochter eines Mannes, der in Natasha Wünsche weckte, die sie in der Vergangenheit zurückgelassen hatte. Spence lächelte ihr zu.

Es ist gefährlich, beschloss sie, aber es ist auch unwiderstehlich.

6. KAPITEL

"Windpocken." Spence wiederholte das Wort. Er stand in der Tür und sah zu seiner schlafenden Tochter hinüber. "Da hast du ja ein tolles Geburtstagsgeschenk bekommen, meine Süße."

In zwei Tagen würde sein kleines Mädchen sechs werden und, wenn der Doktor Recht behielt, ganz von dem juckenden Ausschlag bedeckt sein, der vorläufig noch auf Bauch und Brust begrenzt war.

Die Krankheit grassierte, hatte der Kinderarzt erklärt. Bei Kindern in dem Alter ganz normal. Der Mann hat leicht reden, dachte Spence. Es war ja nicht seine Tochter, die mit tränenden Augen und erhöhter Temperatur im Bett lag.

Nina hatte ihm vorwurfsvoll erklärt, dass Freddie sich die Windpocken geholt habe, weil sie auf eine öffentliche Schule ging. Das war natürlich Unsinn. Dennoch fühlte er sich irgendwie schuldig, als er das vom Fieber gerötete Gesicht Freddies sah und ihr leises Stöhnen hörte.

Er hatte Nina gerade noch davon abhalten können, mit der nächsten Maschine zu ihnen zu kommen. Jetzt bereute er es schon fast. Er wünschte sich, jemanden zu haben, der ihm in dieser Situation beistand. Der nicht das Kommando übernahm oder ihm das Gefühl gab, ein Rabenvater zu sein.

Der einfach nur da war. Der verstand, was im Vater eines kranken oder traurigen Kindes vorging. Jemand, mit dem er mitten in der Nacht reden konnte, wenn die Sorgen ihn nicht schlafen ließen.

Als er sich diese Person ausmalte, dachte er an keine andere als Natasha.

Er kühlte Freddie die Stirn mit dem feuchten Tuch, das Vera ihm gebracht hatte. Sie schlug die Augen auf.

„Daddy?"

„Ja, Funny Face. Ich bin bei dir."

Ihre Unterlippe zitterte. „Ich habe Durst."

„Ich hole dir etwas Kaltes."

Krank oder nicht, Freddie war raffiniert. „Kann ich Kool-Aid haben?"

Er drückte ihr einen Kuss auf die Wange. „Sicher. Welche Sorte?"

„Die blaue Sorte."

„Die blaue Sorte." Er gab ihr noch einen Kuss. „Ich bin gleich wieder zurück." Er war halb die Treppe hinunter, als gleichzeitig das Telefon läutete und jemand an die Haustür klopfte. „Vera, gehen Sie an den Apparat, ja?" rief er und riss ungeduldig die Tür auf.

Das Lächeln, das Natasha den ganzen Abend lang geübt hatte, verging ihr. „Tut mir Leid. Ich komme wohl zu einer ungünstigen Zeit."

„Ja." Aber er zog sie ins Haus. „Augenblick. Vera ... Na endlich", fügte er hinzu, als er die

Haushälterin mit dem Telefonhörer in der Hand warten sah. „Freddie möchte etwas Kool-Aid. Die blaue Sorte."

„Ich mache sie ihr." Vera faltete die Hände vor der Schürze. „Mrs. Barklay ist am Apparat."

„Sagen Sie ihr, sie soll ..." Er brach ab, als Vera unwillig die Lippen zusammenzog. Sie sagte Nina nur ungern etwas. „Na gut, ich gehe schon selbst."

„Ich will nicht länger stören", warf Natasha ein. Sie kam sich plötzlich überflüssig vor. „Ich bin nur gekommen, weil Sie heute nicht im Kurs waren. Ich wollte mich erkundigen, ob Sie vielleicht krank sind."

„Freddie ist es." Spence blickte auf das Telefon und überlegte, ob er seine Schwester durch die Leitung hindurch erwürgen könnte. „Sie hat Windpocken."

„Oh. Das arme Ding. Dann gehe ich jetzt besser", sagte sie, obwohl sie am liebsten nach Freddie gesehen hätte.

„Tut mir Leid. Hier herrscht ein ziemliches Durcheinander."

„Kein Problem. Ich hoffe, es geht ihr bald wieder gut. Lassen Sie es mich wissen, wenn ich helfen kann."

In diesem Moment rief Freddie halb krächzend, halb schluchzend nach ihrem Vater.

Spences hilfloser Blick nach oben ließ Natasha das Gegenteil von dem tun, wozu ihr Verstand sie aufforderte. „Möchten Sie, dass ich mich eine Minute zu ihr setze? Ich bleibe bei ihr, bis Sie die Dinge wieder im Griff haben."

„Nein. Ja." Spence überlegte. Wenn er jetzt nicht mit Nina sprach, würde sie später erneut anrufen. „Dafür wäre ich Ihnen dankbar." Mit der Geduld am Ende, griff er nach dem Hörer. „Nina."

Natasha folgte dem Schein der Nachtleuchte bis in Freddies Zimmer. Die Kleine saß aufrecht im Bett, umgeben von Puppen. Zwei dicke Tränen kullerten ihr die Wangen hinunter. „Ich will meinen Daddy", sagte sie weinerlich.

„Er kommt gleich." Natasha setzte sich zu Freddie und zog sie in die Arme, ohne erst lange darüber nachzudenken.

„Ich fühle mich nicht gut."

„Ich weiß. Hier, putz dir die Nase."

Freddie tat es und ließ dann ihren Kopf gegen Natashas Brust sinken. Sie seufzte. Es war ein angenehmeres Gefühl als an der harten Brust ihres Vaters oder der weichen Veras. „Ich war beim Doktor und habe Medizin bekommen. Deshalb kann ich morgen nicht zu meinem Pfadfindertreffen."

„Es wird noch andere Treffen geben. Warte, bis die Medizin dich wieder gesund gemacht hat."

„Ich habe Windpocken", verkündete Freddie mit einer Mischung aus Stolz und Selbstmitleid. „Und mir ist heiß, und es juckt."

„Dumme Sache, diese Windpocken", sagte Natasha tröstend und strich Freddies zerzauste Haare hinter die Ohren. „Und dabei bekommt der Wind gar keine Pocken."

Freddies Mundwinkel hoben sich um wenige Millimeter. „JoBeth hatte sie letzte Woche und Mikey auch. Jetzt kann ich keine Geburtstagsparty haben!"

„Du bekommst sie später, wenn alle wieder gesund sind."

„Das hat Daddy auch gesagt." Aber es schien sie nicht zu trösten, denn eine frische Träne rann ihr über die Wange.

„Möchtest du geschaukelt werden?"

„Ich bin zu groß, um zu schaukeln."

„Ich nicht." Sie wickelte Freddie in eine Decke und trug sie zu dem weißen Korbschaukelstuhl hinüber. Sie räumte die Plüschtiere fort, legte Freddie ein besonders abgenutztes Kaninchen in den Arm und setzte sie in den Stuhl. „Als ich klein war, hat meine Mutter mich in dem großen, quietschenden Stuhl am Fenster geschaukelt. Immer, wenn ich krank war. Und sie hat mir Lieder vorgesungen. Dann ging es mir gleich viel besser."

„Meine Mutter hat mich nicht geschaukelt." Freddie tat der Kopf weh, und sie hätte zu gern den Daumen in den Mund gesteckt. Aber sie wusste, dass sie für so etwas zu alt war. „Sie hat mich nicht lieb gehabt."

„Das stimmt nicht." Natasha hielt das Kind instinktiv fester als zuvor. „Ich bin sicher, sie hat dich sehr geliebt."

„Sie wollte, dass mein Daddy mich wegschickt."

Ratlos legte Natasha die Wange auf Freddies Kopf. Was sollte sie darauf erwidern? Freddies Tonfall war so nüchtern und sachlich gewesen, dass ihre Worte nicht als Fantasie abzutun waren. „Menschen sagen manchmal Dinge, die sie gar nicht meinen. Hinterher tut es ihnen dann sehr, sehr Leid. Hat dein Daddy dich weggeschickt?"

„Nein."

„Siehst du!"

„Hast du mich lieb?"

„Natürlich." Sie bewegte den Schaukelstuhl sanft hin und her. „Ich habe dich sehr lieb."

Das Schaukeln, der weibliche Duft und die leise Stimme machten Freddie schläfrig. „Warum hast du kein kleines Mädchen?"

Der Schmerz kam schlagartig, dumpf und tief. Natasha schloss die Augen. „Vielleicht habe ich eines Tages eins."

Freddie spielte mit einer von Natashas Locken. „Singst du für mich, wie deine Mutter?"

„Ja. Versuch jetzt zu schlafen."

„Geh nicht weg."

„Nein, ich bleibe noch eine Weile hier."

Spence sah ihnen von der Tür aus zu. Im Halbdunkel wirkten sie bezaubernd schön, das kleine, flachsblonde Mädchen in den Armen der dunkelhaarigen Frau mit der goldenen Haut. Der Schaukelstuhl schien zu flüstern, während er sich sacht bewegte und Natasha ein Volkslied aus ihrer ukrainischen Heimat sang.

Dann sah sie plötzlich auf und entdeckte ihn.

„Sie schläft jetzt", beruhigte sie ihn lächelnd.

Seine Knie waren weich, und Spence hoffte, dass es vom dauernden Treppensteigen kam. Er gab ihnen nach und setzte sich auf die Bettkante.

„Der Arzt sagte, es würde erst noch schlimmer werden, bevor es sich endgültig legt."

„Das stimmt." Sie strich Freddie behutsam über das Haar. „Als Kinder hatten wir alle Windpocken. Und wir alle haben es überlebt."

Er stieß den Atem geräuschvoll aus. „Schätze, ich benehme mich wie ein Idiot."

„Nein, wie ein besorgter Vater." Sie fragte sich, wie schwer es ihm gefallen sein musste, ein Baby ohne die Liebe der Mutter aufzuziehen.

„Wenn wir als Kinder früher krank waren, ließ mein Vater dem Arzt keine Ruhe. Und er ging in die Kirche, um eine Kerze anzuzünden. Das tut er heute noch, wenn einer von uns krank ist. Schließlich sagte er noch den alten Zigeunerspruch auf, den ihm seine Großmutter beigebracht hat. Er wollte auf Nummer sicher gehen."

„Den Teil mit dem Arzt habe ich schon erledigt." Spence lächelte. „Sie erinnern sich nicht zufällig an den Zigeunerspruch?"

„Ich sage ihn für Sie auf." Sie stand vorsichtig auf, nahm Freddie auf den Arm. „Soll ich sie hinlegen?"

„Danke." Zusammen stopften sie die Decke fest. „Und das meine ich auch so."

„Ich tue es gern." Mit einem letzten Blick auf das schlafende Kind richtete Natasha sich auf. Langsam begann ihr die Situation unangenehm zu werden. „Ich gehe jetzt besser. Die Eltern kranker Kinder brauchen ihre Ruhe."

„Darf ich Ihnen wenigstens einen Drink anbieten?" Er hob das Glas. „Wie wär's mit einem Schluck Kool-Aid? Es ist die blaue Sorte."

„Ich glaube, ich verzichte lieber." Sie ging um das Bett herum zur Tür. „Wenn das Fieber erst vorbei ist, wird sie sich schrecklich langweilen. Da kommt eine Menge Arbeit auf Sie zu."

„Haben Sie ein paar Vorschläge für mich?" Er nahm ihre Hand, als sie die Treppe hinuntergingen.

„Buntstifte. Neue. Die einfachen Dinge sind immer die besten."

„Wie kommt es, dass jemand wie Sie keine Horde eigener Kinder hat?" Er brauchte gar nicht erst zu spüren, wie sie sich verkrampfte, um zu wissen, dass er das Falsche gesagt hatte. Ihre Augen verrieten es ihm. „Tut mir Leid."

„Muss es nicht." Sie nahm ihren Mantel vom Treppenpfosten. „Wenn es Ihnen recht ist, würde ich gern kommen und wieder nach Freddie schauen."

Er nahm ihr den Mantel ab und legte ihn übers Geländer. „Wenn Sie das blaue Zeug nicht mögen, wie wäre es dann mit etwas Tee? Ich könnte Gesellschaft gebrauchen."

„Einverstanden."

„Ich will nur noch ..." Als er sich umdrehte, wäre er fast mit Vera kollidiert.

„Ich mache den Tee", sagte die Haushälterin mit einem nachdenklichen Blick auf Natasha.

„Sie denkt, ich wäre hinter Ihnen her", meinte Natasha, als Vera in der Küche verschwand.

„Ich hoffe, Sie werden sie nicht enttäuschen", erwiderte Spence auf dem Weg ins Musikzimmer.

„Ich fürchte, ich werde Sie beide enttäuschen müssen." Sie lachte und ging zum Flügel. „Aber Sie können sich nicht beklagen. All die jungen Frauen auf dem College reden von Dr. Kimball. Sie sind ein Star. In der Beliebtheitsskala führen Sie zusammen mit dem Kapitän der Football-Mannschaft."

„Sehr komisch."

„Ich scherze nicht. Aber es ist wirklich lustig, Sie verlegen zu machen." Sie setzte sich und ließ die Finger über die Tasten gleiten. „Komponieren Sie an diesem Flügel?"

„Früher einmal."

„Es ist ein Fehler von Ihnen, es nicht mehr zu tun." Sie spielte einige Takte. „Kunst ist mehr als ein Privileg. Sie ist eine Verpflichtung." Sie suchte nach der Melodie, schüttelte dann verärgert den Kopf. „Ich kann nicht spielen. Ich war schon zu alt, als ich mit dem Lernen anfing."

„Wenn Sie wollen, bringe ich es Ihnen bei."

„Mir wäre es lieber, wenn Sie etwas komponierten." Es war mehr als ein spontaner Einfall. Er sah aus, als brauche er heute Abend so etwas wie Freundschaft. Lächelnd streckte sie ihm die Hand entgegen. „Hier, mit mir."

Er sah auf, als Vera ein Tablett hereintrug. „Stellen Sie es dort ab, Vera. Danke."

„Brauchen Sie sonst noch etwas?"

Sein Blick wanderte zu Natasha hinüber. Ja, er brauchte noch etwas. Sehr sogar. „Nein. Gute Nacht." Er lauschte den schlurfenden Schritten der Haushälterin. „Warum tun Sie das?"

„Weil Sie lachen müssen. Kommen Sie, schreiben Sie mir einen Song. Er muss nicht gut sein."

Jetzt lachte er tatsächlich. „Sie wollen, dass ich Ihnen einen schlechten Song schreibe?"

„Er kann sogar schrecklich sein. Wenn Sie ihn Freddie vorspielen, wird sie sich kichernd die Ohren zuhalten."

„Ein missratener Song ist so ungefähr das Einzige, was ich in diesen Tagen zu Stande bringe.

Aber Sie müssen mir hoch und heilig versprechen, ihn vor keinem meiner Studenten zu wiederholen."

„Großes Ehrenwort."

Er begann mit den Tasten herumzuexperimentieren. Natasha ließ sich inspirieren und fügte hin und wieder einige Tonfolgen hinzu. Gar nicht mal übel, dachte Spence, als er die Takte nochmals durchging. Niemand würde die Komposition brillant nennen, aber sie besaß einen gewissen simplen Charme.

„Lassen Sie mich mal versuchen." Natasha warf das Haar zurück und kämpfte mit den Tasten.

„Hier." Wie er es manchmal bei seiner Tochter tat, legte er seine Hände auf Natashas, um sie zu führen. „Entspannen Sie sich", murmelte er ihr ins Ohr.

Genau das konnte sie nicht. „Ich blamiere mich äußerst ungern", erwiderte sie, ohne den Blick von den Tasten zu nehmen. Es fiel ihr schwer, sich auf die Musik zu konzentrieren.

„Das tun Sie nicht." Ihr Haar strich ihm weich und duftend über die Wange.

Seit Jahren hatte er nicht mehr auf dem Flügel herumgespielt. Sicher, er hatte gespielt – Beethoven, Gershwin, Mozart und Bernstein. Aber nie einfach so, aus Spaß. Es war viel zu lange her, dass er sich aus Vergnügen an die Tasten gesetzt hatte.

„Nein, nein. Vielleicht lieber a-Moll."

Trotzig spielte Natasha erneut B-Dur. „So gefällt es mir besser."

„Aber es passt nicht zur Melodie."

„Genau darum geht es mir."

Er grinste. „Wollen Sie mir Konkurrenz machen?"

„Ich glaube, Sie können es besser ohne mich."

„Das glaube ich nicht." Sein Gesicht wurde ernst. Er legte ihr eine Hand unters Kinn. „Das glaube ich ganz und gar nicht."

„Der Tee wird kalt." Aber sie wich nicht zurück, stand nicht auf. Als er sich vorbeugte, um seine Lippen auf ihren Mund zu legen, schloss sie nur die Augen. „Dies kann doch zu nichts führen."

„Das hat es bereits." Seine Hand glitt ihren Rücken hinauf. „Ich denke die ganze Zeit an dich, daran, mit dir zusammen zu sein, dich zu berühren. Ich habe noch nie jemanden so gewollt, wie ich dich will." Langsam ließ er die Hand über ihren Hals wandern, über die Schulter, den Arm hinab, bis ihre Finger sich über den Tasten verschränkten. „Es ist wie Durst, Natasha. Ein andauernder Durst. Und wenn ich wie jetzt mit dir zusammen bin, weiß ich, dass es dir ebenso geht."

Ihre Hände gruben sich wie von selbst in sein Haar und zogen seinen Kopf hinab. Sie küsste ihn mit einer Intensität, die sie sich niemals zugetraut hätte. Es war, als ob er ihr erster Mann wäre, aber das war er nicht. Sie wünschte sich verzweifelt, ihr Leben wieder von vorn beginnen zu können. Mit ihm, in genau diesem Moment.

In ihr war mehr als Leidenschaft, das spürte er. Da gab es zudem Verzweiflung, Angst und eine uneingeschränkte Großzügigkeit, die ihn benommen machte.

„Warte." Erstmals gestattete sie es sich, ihre Schwäche einzugestehen, und legte den Kopf an seine Schulter. „Es geht mir alles zu schnell."

„Nein." Mit den Fingern kämmte er ihr das Haar. „Wir haben beide Jahre gebraucht, bis wir so weit waren."

„Spence ..." Sie richtete sich wieder auf. „Ich weiß nicht, was ich tun soll", sagte sie langsam und sah ihn an. „Und es ist wichtig für mich, dass ich das weiß."

„Ich glaube, das finden wir schon heraus." Aber als er nach ihr griff, sprang sie auf und trat einen Schritt zurück.

„Für mich ist das nicht so einfach." Nervös schob sie das Haar mit beiden Händen zurück. „Auch wenn es anders aussieht, weil ich so auf dich reagiere. Ich weiß, dass es für Männer einfacher ist als für Frauen, irgendwie weniger persönlich."

Er erhob sich betont langsam. „Das musst du mir erklären."

„Ich meine nur, dass Männer Dinge wie diese

unproblematischer finden. Sie sind für sie weniger schwierig zu rechtfertigen."

„Rechtfertigen", wiederholte er und wippte auf den Absätzen vor und zurück. „Das klingt, als ob es ein Verbrechen wäre."

„Ich finde nicht immer die richtigen Worte", entgegnete sie kurz angebunden. „Ich bin kein College-Professor. Ich habe kein Englisch gesprochen, bis ich acht war. Und lesen konnte ich es noch später."

„Was hat denn das damit zu tun?"

„Nichts. Und zugleich alles." Frustriert eilte sie in die Halle und griff im Vorbeigehen nach ihrem Mantel. „Ich hasse es, mich dumm zu fühlen ... dumm zu sein. Ich gehöre nicht hierher. Ich hätte nicht kommen sollen!"

„Aber das bist du." Er packte sie an den Schultern, sodass ihr Mantel auf die unterste Treppenstufe flatterte. „Warum bist du gekommen?"

„Ich weiß es nicht. Ist auch egal." Sie fühlte den ungeduldigen Druck seiner Hände.

„Warum kommt es mir bloß vor, als führte ich zwei Gespräche zur gleichen Zeit?" fragte er gereizt. „Was geht in deinem Kopf vor, Natasha?"

„Ich will dich", sagte sie leidenschaftlich. „Und ich will dich nicht wollen."

„Du willst mich." Bevor sie zurückzucken konnte, hatte er sie bereits an sich gezogen.

Diesmal hatte sein Kuss nichts Geduldiges,

nichts Bittendes an sich. Er dauerte unendlich lange. Bis Natasha sicher war, ihm nichts mehr geben zu können.

„Warum macht dir das Angst?" flüsterte er.

Sie konnte nicht widerstehen und ließ ihre Hände über sein Gesicht gleiten, um nichts davon zu vergessen. „Ich habe meine Gründe."

„Erzähl mir davon."

Sie schüttelte den Kopf, und als sie zurückwich, ließ er sie los. „Ich will nicht, dass mein Leben sich verändert. Wenn etwas zwischen uns geschieht, ändert dein Leben sich nicht, aber meines vielleicht. Ich möchte sicher sein, dass das nicht eintritt."

„Ist das jetzt die alte Geschichte, dass Männer und Frauen unterschiedlich empfinden?"

„Ja."

Er fragte sich, wer ihr wohl das Herz gebrochen hatte, und er lächelte nicht dabei. „Du bist doch viel zu intelligent, um an das Märchen zu glauben. Was ich für dich empfinde, hat mein Leben bereits verändert."

„Gefühle kommen und gehen."

„Ja, das tun sie. Einige jedenfalls. Und was wäre, wenn ich dir sagte, dass ich dabei bin, mich ernsthaft in dich zu verlieben?"

„Ich würde dir nicht glauben." Ihre Stimme zitterte. Sie bückte sich nach ihrem Mantel. „Und ich wäre wütend auf dich."

Vielleicht sollte er besser warten, bis sie ihm glaubte. „Und wenn ich dir sagte, dass ich vor dir gar nicht wusste, wie einsam ich war?"

Seine Worte bewegten sie mehr als jede Liebeserklärung. „Ich würde darüber nachdenken."

Er berührte sie zaghaft nur mit der Hand an ihrem Haar. „Denkst du über alles so gründlich nach?"

Ihr Blick war vielsagend, als sie ihn ansah. „Ja."

„Dann denk einmal über dies nach. Ich hatte nicht vor, dich zu verführen. Sicher, ich habe es mir oft ausgemalt. Aber ganz bestimmt nicht, während meine Tochter oben krank im Bett liegt."

„Du hast mich nicht verführt."

„Jetzt kratzt du auch noch an meinem geringen Selbstbewusstsein."

Das brachte sie zum Lächeln. „Es gab keine Verführung. Dazu gehört Planung. Ich lasse mich nicht verplanen."

„Werde ich mir merken. Wie auch immer, ich habe keine Lust, dies alles auseinander zu nehmen wie ein Musikstudent ein Beethoven-Konzert. In beiden Fällen bleibt von der Romantik nichts übrig."

Sie lächelte erneut. „Ich will keine Romantik."

„Das ist schade!" Und eine Lüge, dachte er. Er hatte noch gut in Erinnerung, wie sie ihn angesehen hatte, als er ihr eine Rose gab. „Da die Windpocken mich noch für ein oder zwei Wochen auf

Trab halten werden, hast du noch etwas Zeit. Wirst du wiederkommen?"

„Ja. Um nach Freddie zu sehen." Sie schlüpfte in den Mantel. „Und nach dir."

Natasha hielt ihr Versprechen. Eigentlich hatte sie nur rasch ein Gute-Besserung-Geschenk für Freddie vorbeibringen wollen, doch dann war fast ein kompletter Abend daraus geworden. Sie musste ein trauriges Kind mit einem juckenden Ausschlag trösten und sich um den erschöpften, gehetzt wirkenden Vater kümmern. Überraschenderweise hatte sie die Aufgabe genossen und es sich zur Gewohnheit gemacht, nach dem Lunch der noch immer misstrauischen Vera zu helfen oder nach Ladenschluss Spence eine Stunde Ruhe und Frieden zu verschaffen.

Seit zehn Tagen kam sie jetzt schon vorbei. Ein Mädchen, dem die Haut juckte, in Stärkemehl zu baden, hatte mit Romantik nicht viel zu tun. Trotzdem fühlte Natasha sich umso mehr von Spence angezogen, und seine Tochter fand sie von Tag zu Tag liebenswerter.

Sie erlebte mit, wie er sich alle Mühe gab, die missmutige Patientin an ihrem Geburtstag aufzuheitern, und half ihm mit dem Kätzchenpaar, das sich als Freddies Lieblingsgeschenk erwies. Als der Ausschlag zurückging und die Langeweile einsetzte, half sie Spence mit eigenen Geschichten aus. Seine Fantasie war langsam, aber sicher erschöpft.

„Nur noch eine Geschichte."

Natasha strich ihr die Decke glatt. „Das hast du vor drei Geschichten auch schon gesagt."

„Du erzählst immer so gute."

„Schmeichelei hilft da auch nichts. Ich müsste längst schlafen." Sie sah auf den großen roten Wecker. „Und du auch."

„Der Doktor hat gesagt, ich kann Montag wieder in die Schule. Ich bin nicht mehr fektiös."

„Infektiös", korrigierte Natasha. „Du freust dich bestimmt, deine Freunde wiederzusehen, stimmts?"

„Die meisten." Freddie spielte mit dem Deckenrand, um Zeit zu gewinnen. „Besuchst du mich, wenn ich nicht mehr krank bin?"

„Ich glaube schon." Sie beugte sich vor und griff nach einem miauenden Kätzchen. „Und Lucy und Desi."

„Und Daddy."

Behutsam kraulte Natasha dem Kätzchen die Ohren. „Ja, vermutlich."

„Du magst ihn, nicht?"

„Ja. Er ist ein sehr guter Lehrer."

„Er mag dich auch." Freddie erzählte nicht, dass sie gesehen hatte, wie ihr Vater Natasha gestern Abend vor dem Bett geküsst hatte. „Wirst du ihn heiraten und dann bei uns wohnen?"

„Soll das ein Antrag sein?" Natasha rang sich ein Lächeln ab. „Ich freue mich, dass du das möchtest, aber dein Daddy und ich sind nur gute Freunde. So wie du und ich."

„Wenn du bei uns wohnst, können wir immer noch Freunde sein."

Das Kind, dachte Natasha, ist ebenso schlau wie der Vater. „Bleiben wir denn nicht auch Freunde, wenn ich bei mir zu Hause wohne?"

„Mmh." Freddie schob trotzig die Unterlippe vor. „Aber es wäre schöner, wenn du hier wohnst. Wie JoBeths Mutter. Sie macht immer Kekse."

Natasha beugte sich hinunter, bis ihre Nasen sich fast berührten. „So, so, du willst mich also wegen der Kekse hier haben."

„Ich hab dich lieb." Freddie schlang die Arme um Natashas Hals und klammerte sich an sie. „Wenn du kommst, bin ich auch ganz artig."

Verblüfft umarmte Natasha das Mädchen und schaukelte sie hin und her. „Oh, Baby, ich hab dich doch auch lieb."

„Dann heiratest du uns auch."

Natasha wusste nicht, ob sie lachen oder weinen sollte. „Heiraten wäre jetzt für keinen von uns die richtige Lösung. Aber wir bleiben Freunde, und ich besuche dich und erzähle dir Geschichten."

Freddie seufzte gedehnt. Sie merkte es, wenn ein Erwachsener ihr auswich, und beschloss, nicht weiterzubohren. Zumal sie ihr Urteil bereits gefällt hatte. Natasha war genau das, was sie als Mutter wollte. Außerdem brachte Natasha ihren Daddy zum Lachen. Freddies geheimster Weihnachtswunsch stand fest. Natasha sollte ihren Vater heiraten und eine kleine Schwester mitbringen.

„Versprochen?" fragte Freddie mit ernster Stimme.

„Ehrenwort." Natasha gab ihr einen Kuss auf die Wange. „Und jetzt schlaf. Ich schicke dir deinen Daddy hoch, damit er dir einen Gutenachtkuss gibt."

Freddie ließ ihre Augen zufallen. Ihre Lippen kräuselten sich zu einem wissenden Lächeln.

Mit dem Kätzchen auf dem Arm ging Natasha nach unten. Im Haus war es ruhig, aber aus dem Musikzimmer drang Licht. Sie setzte das Kätzchen ab, und es rannte sofort in die Küche.

Spence lag im Musikzimmer auf dem zweisitzigen Sofa. Seine Beine baumelten an der einen Seite über der Lehne. In seiner abgetragenen Freizeitkleidung und mit bloßen Füßen sah er nicht aus wie ein brillanter Komponist und Ordentlicher Professor der Musikwissenschaft. Rasiert hatte er sich auch nicht. Natasha musste zugeben, dass die Stoppeln ihn noch attraktiver machten, vor allem in Kombination mit dem leicht zerzausten Haar, dessen Schnitt schon seit einer oder zwei Wochen überfällig war.

Er schlief fest, ein kleines Kissen unter den Kopf gestopft. Vera hatte ihre Zurückhaltung aufgegeben, von ihr wusste Natasha, dass Spence zwei Nächte lang aufgeblieben war, als Freddies Fieber den Höhepunkt erreicht hatte.

Und sie wusste, dass er sich zwischen den Terminen am College immer wieder Zeit nahm, um nach Hause zu fahren. Mehr als einmal hatte sie bei ihren Besuchen gesehen, wie er sich bis über beide Ohren in Papiere vertiefte.

Noch vor kurzem hatte sie ihn für einen Mann gehalten, dem das Talent und die Karriere gewissermaßen in die Wiege gelegt worden waren. Was das Talent betraf, so stimmte das ja vielleicht, aber den Rest hatte er sich schwer erarbeitet. Für sich und für sein Kind. Es gab nichts, was sie an einem Mann mehr bewunderte.

Ich bin dabei, mich in ihn zu verlieben, dachte sie. Vielleicht gibt es doch eine Grundlage für unsere Beziehung.

Und sie wollte sich ihm völlig hingeben. Das hatte sie noch nie gewollt. Mit Anthony war es einfach passiert. Sie hatte sich überwältigen und davontragen lassen, bis zum bitteren Ende. Mit Spence würde es anders sein. Eine bewusste Entscheidung. Diesmal war sie nicht so leicht zu verletzen. Und schon gar nicht so tief. Vielleicht würde es sogar glücklich enden.

Sollte sie das Risiko eingehen? Leise faltete sie

die blaue Wolldecke auf, die über der Sofalehne lag, und deckte ihn damit zu. Es war lange her, dass sie ein Risiko eingegangen war. Vielleicht war es jetzt an der Zeit. Sie beugte sich zu ihm hinab und küsste ihn behutsam auf die Augenlider.

7. KAPITEL

Die schwarze Katze stieß einen warnenden Schrei aus. Ein Windstoß ließ die Tür gegen die Wand knallen, und von draußen drang ein irres Lachen herein. Es mussten schwere Tropfen sein, die die Wände hinabrannen und geräuschvoll auf dem Boden des Verlieses aufschlugen. Die Gefangenen rasselten mit den Ketten. Einem ohrenbetäubenden Aufschrei folgte ein langes, verzweifeltes Stöhnen.

„Toll", meinte Annie und steckte sich einen Kaugummi in den Mund.

„Von den Schallplatten hätte ich mehr bestellen sollen!" Natasha griff nach einer orangefarbenen Schreckensmaske und verwandelte einen harmlosen Plüschbären in ein Halloween-Gespenst. „Das war die letzte."

„Nach heute Abend wirst du ohnehin für Weihnachten planen müssen." Annie schob ihren spitzen Zaubererhut zurück. Sie grinste und entblößte dabei ihre geschwärzten Zähne. „Da kommen die Freedmont-Jungen." Sie rieb sich die Hände und probierte ein hämisches Gackern. „Falls dieses Kostüm etwas taugt, werde ich die beiden in Frösche verwandeln."

Das schaffte sie zwar nicht, aber immerhin verkaufte sie ihnen künstliches Blut und gruselige aufklebbare Gumminarben.

„Ich möchte wissen, was die beiden Rabauken heute Abend bei ihren Nachbarn alles anstellen", dachte Natasha laut.

„Nichts Gutes." Annie bückte sich unter einer herabbaumelnden Fledermaus. „Musst du jetzt nicht los?"

„In einer Minute." Natasha widmete sich ihrem schwindenden Vorrat an Masken und falschen Nasen. „Die Schweineschnauzen haben sich besser verkauft, als ich dachte. Ich konnte mir nicht vorstellen, dass so viele Leute sich als Vieh verkleiden wollen." Sie hielt sich eine davon vor die Nase. „Vielleicht sollten wir sie das ganze Jahr hindurch im Angebot führen."

Annie merkte, dass ihre Freundin Zeit gewinnen wollte, und fuhr sich mit der Zunge über die Zähne, um nicht zu grinsen. „Ich finde es schrecklich nett von dir, bei der Dekoration für Freddies Party heute Abend zu helfen."

„Ist doch selbstverständlich." Natasha ärgerte sich über ihre Nervosität. Sie legte die Schnauze zurück und strich mit dem Finger über den faltigen Elefantenrüssel, der an einer übergroßen Brille befestigt war. „Schließlich habe ich selbst vorgeschlagen, dass sie eine Halloween-Party veranstaltet, nachdem die zu ihrem Geburtstag ausfallen musste."

„Hmm", murmelte Annie. „Ob ihr Vater wohl als Märchenprinz kommt?"

„Er ist kein Märchenprinz."

„Der große böse Wolf?" Annie lachte und hob begütigend die Hände. „Tut mir Leid. Ich finde es nur lustig, wenn du entnervt bist."

„Ich bin nicht entnervt." Das war eine dicke Lüge, und Natasha gestand es sich ein, während sie zusammenpackte, was sie zur Party beisteuern wollte. „Du kannst gern mitkommen, weißt du."

„Vielen Dank. Aber ich bleibe lieber zu Hause und schütze mein Heim vor halbwüchsigen Bösewichten. Mach dir keine Sorgen um mich", schnitt sie Natasha das Wort ab. „Ich schließe ab."

„Na schön. Vielleicht werde ich einfach ..." Sie brach ab, als die Ladentür sich öffnete. Noch ein Kunde, dachte sie erleichtert. Das verschafft mir etwas mehr Zeit. Es war schwer zu entscheiden, wer von beiden überraschter war, als sie Terry sah. „Hi, Terry."

Er schluckte und versuchte ihr Kostüm zu ignorieren. „Tash?"

„Ja." Sie hoffte, dass er ihr inzwischen verziehen hatte, und streckte ihm lächelnd die Hand entgegen. Er hatte sich in der Klasse umgesetzt und war ihr jedes Mal aus dem Weg gegangen, wenn sie ihn ansprechen wollte.

Jetzt stand er verlegen und unsicher vor ihr. Er gab ihr kurz die Hand und steckte sie hastig in die Hosentasche. „Ich habe nicht damit gerechnet, dich hier zu treffen."

„Nein?" Sie legte den Kopf auf die Seite. „Dies ist mein Laden. Er gehört mir."

„Er gehört dir?" Beeindruckt sah er sich um. „Wow. Nicht schlecht."

„Danke. Möchtest du etwas kaufen, oder willst du dich nur mal umsehen?"

Einen Laden, dessen Besitzerin er eine Liebeserklärung gemacht hatte, zu betreten, war für ihn eine völlig neue Erfahrung. „Ich wollte nur ... äh ..."

„Etwas für Halloween?" half sie ihm auf die Sprünge. „Im College werden Partys veranstaltet."

„Ja, ich weiß. Nun, ich dachte mir ... Vielleicht schleiche ich mich auf ein paar davon. Eigentlich ist es ja kindisch, aber ..."

„Hier im ‚Fun House' ist Halloween eine äußerst ernste Angelegenheit", erwiderte sie feierlich. Noch während sie sprach, drang einer der grässlichen Schreie aus den Lautsprechern. „Siehst du?"

Dass er zusammengezuckt war, war ihm ungemein peinlich. Terry gelang die Andeutung eines Lächelns. „Ja. Nun, ich dachte mir, vielleicht eine Maske oder so." Er wedelte mit den Händen in der Luft herum und ließ sie dann wieder in den Taschen verschwinden.

„Möchtest du lieber etwas Gruseliges oder vielleicht etwas Lustiges?"

„Darüber habe ich noch gar nicht nachgedacht."

„Schau dir einfach an, was wir noch zu bieten haben. Annie, dies ist ein Freund von mir, Terry Maynard. Er ist Violinist."

„Hi!" Annie sah, wie er ihr nervös zunickte und damit seine Brille ins Rutschen brachte. Sie fand ihn hinreißend. „Wir haben zwar nicht mehr viel, aber es sind ein paar tolle Sachen darunter. Kommen Sie, ich helfe Ihnen, etwas auszusuchen."

„Ich muss los." Natasha nahm ihre zwei Einkaufstaschen. „Amüsier dich auf deiner Party, Terry."

„Danke."

„Annie, wir sehen uns morgen früh."

„Alles klar." Sie schob sich ihren Zaubererhut wieder aus der Stirn und lächelte Terry an. „So, Sie sind also Violinist ..."

Draußen überlegte Natasha, ob sie nach Hause laufen und den Wagen holen sollte. Aber sie beschloss, die kühle, klare Luft zu genießen. Die Blätter der Bäume hatten ihre Farbe gewechselt. Aus dem leuchtenden Rot und dem lebhaften Gelborange war ein eher blasses Rotbraun geworden. Auf den Bürgersteigen sammelte sich trockenes Laub, das unter Natashas Füßen raschelte, als sie sich auf den kurzen Weg machte.

Die widerstandsfähigsten Blumen blühten noch

und strömten einen würzigen Duft aus, der so anders war als die schweren Aromen des Sommers. Kälter, sauberer, frischer, dachte Natasha.

Sie bog von der Hauptstraße ab und betrat das Viertel, in dem die Häuser hinter Hecken und großen Bäumen standen. Auf den Stufen und Veranden standen Kürbislaternen und warteten grinsend darauf, bei Anbruch der Dunkelheit von innen beleuchtet zu werden. Hier und dort hingen Wachspuppen in Flanellhemden und zerrissenen Jeans von entblätterten Ästen. Hexen und Gespenster aus Stroh hockten auf den Treppen, bereit, die Kinder zu erschrecken oder zu belustigen, wenn sie am Abend von Haus zu Haus zogen.

Natasha wusste, dass dieser Anblick einer der Gründe für ihre Entscheidung war, in einer Kleinstadt zu leben. Hier hatten die Menschen noch Zeit. Die Zeit, einen Kürbis auszuhöhlen oder aus einem Bündel alter Kleidungsstücke einen Reiter ohne Kopf zu formen. Bevor der Mond heute Abend aufging, würden Kinder, als Feen oder Kobolde verkleidet, durch die Straßen laufen. Ihre Sammelbeutel würden sich mit gekauftem Candy und selbst gebackenen Keksen füllen, und die Erwachsenen würden sich nicht anmerken lassen, dass sie die kleinen Landstreicher, Clowns und Gespenster längst erkannt hatten. Das Einzige, was die Kinder noch zu fürchten hatten, war ihre eigene Fantasie.

Ihr Kind wäre jetzt neun Jahre alt.

Natasha blieb kurz stehen und schloss die Augen, bis die Erinnerung und der Schmerz vorübergingen.

Wie oft hatte sie sich selbst aufgefordert, die Vergangenheit endlich ruhen zu lassen? Doch die Erinnerung kam immer wieder, ungebeten, unerwartet, manchmal mit brutaler Deutlichkeit, manchmal schleichend und behutsam. Aber immer schmerzhaft.

Sie holte tief Luft, schüttelte die Benommenheit ab. Heute Abend durfte es für sie keine Trauer geben. Sie hatte einem anderen Kind eine lustige Party versprochen und beabsichtigte, ihr Bestes zu geben.

Lächelnd stieg sie die Stufen zu Spences Haus hinauf. Er hatte sich bereits an die Arbeit gemacht. Neben der Tür hingen zwei riesige Kürbismasken. Die eine grinste schelmisch, die andere zog ein düsteres Gesicht. Komödiant und Tragödie, dachte Natasha. Über dem Geländer der Veranda war ein weißes Laken so befestigt, dass es wie ein schwebendes Gespenst aussah. Unter dem Dachvorsprung lauerten Pappfledermäuse mit roten Augen. In einem alten Schaukelstuhl saß ein Monster mit dem eigenen Kopf in der Hand. Und an der Haustür prangte eine lebensgroße Hexe, die in ihrem dampfenden Kessel rührte.

Natasha klopfte der Hexe direkt unter die warzenbesetzte Nase und lachte noch immer, als Spence ihr öffnete.

Ihm blieb die Sprache weg. Einen Moment lang glaubte er, sich ihren Anblick nur einzubilden. Vor ihm stand die Zigeunerin von der Spieluhr, funkelndes Gold an Ohren und Handgelenken. Ihre wilde Mähne wurde durch einen saphirfarbenen Schal gebändigt, der ihr zusammen mit den Locken fast bis zur Taille hinabfloss. Um ihren Hals hing noch mehr Gold, massive, kunstvolle Ketten, die ihre zarte Gestalt nur betonten. Das rote Kleid saß wie angegossen, über dem weiten Rock unterstrichen farbenfrohe Schals, wie schmal ihre Hüften waren.

Ihre Augen waren groß und dunkel, und sie hatte es verstanden, sie durch irgendeinen fraulichen Kunstgriff noch mysteriöser als sonst erscheinen zu lassen. Natasha verzog die vollen roten Lippen zu einem leisen Lächeln, während sie sich vor ihm drehte. Ihr Rocksaum hob sich so weit, dass ihm die schwarze Spitze, die sie darunter trug, nicht entging.

„Ich habe eine Kristallkugel", sagte sie und griff in die Tasche. Das Glas schien vor seinen Augen aufzublitzen. „Wenn du mir eine Silbermünze auf die Hand legst, schaue ich für dich hinein."

„Du bist wunderschön", stieß er hervor.

Sie lachte nur und trat ins Haus. „Illusionen. Heute ist die Nacht dafür." Sie ließ die Kristallkugel wieder in die Tasche gleiten. Am Bild der rätselhaften Zigeunerin änderte sich dadurch nichts. „Wo ist Freddie?"

Seine Hand war am Türgriff feucht geworden. „Sie ..." Er brauchte einen Moment, bis er wieder einen klaren Gedanken fassen konnte. „Sie ist bei JoBeth. Ich wollte alles arrangieren, wenn sie nicht dabei ist."

„Gute Idee." Sie musterte seinen grauen Sweater und die staubigen Jeans. „Ist das dein Kostüm?"

„Nein. Ich habe Spinnengewebe aufgehängt."

„Ich helfe dir bei den Vorbereitungen." Lächelnd hielt sie die Taschen hoch. „Süßes oder Saures? Ich habe alles dabei. Was möchtest du als Erstes?"

„Das fragst du noch?" erwiderte er leise, legte ihr einen Arm um die Taille und zog sie mit einem Ruck an sich. Sie warf den Kopf in den Nacken. Ihre Augen blitzten protestierend. Doch dann spürte sie seine Lippen. Die Taschen glitten ihr aus den Händen. Als hätten ihre Finger nur darauf gewartet, fuhren sie Spence durchs Haar.

Es war nicht das, was sie gewollt hatte, aber es war genau das, was sie brauchte. Ohne Zögern öffnete sie den Mund und erwiderte den Kuss. Irgendwie fand sie es plötzlich selbstverständlich, hier in seiner offenen Tür zu stehen und ihn in den Armen zu halten, mit dem Duft der Herbstblumen in der Nase und der frischen Brise im Haar.

Perfekt, schoss es ihm durch den Kopf. Ein anderes Wort fiel ihm nicht ein, als ihr Körper sich an ihn schmiegte und er durch den Stoff hindurch die Wärme ihrer Haut spürte. Dies war alles andere als eine Illusion. Und sie war keine Fantasiegestalt, trotz der bunten Schals und glitzernden Goldketten. Sie war real, sie war hier, und sie war sein. Bevor die Nacht vorüber war, würde er es ihnen beiden beweisen.

„Ich höre Violinen", murmelte er, während er die Lippen an ihrem Hals hinabwandern ließ.

„Spence." Sie hörte nur ihr eigenes Herzklopfen, das allerdings laut wie Donnergrollen im Kopf. Sie zwang sich zur Vernunft und schob ihn von sich. „Du bringst mich dazu, Dinge zu tun, die ich nicht tun will." Sie holte tief Luft und sah ihn an. „Ich bin gekommen, um bei Freddies Party zu helfen."

„Und dafür bin ich dir dankbar." Leise schloss er die Haustür. „Und ich bin dankbar dafür, wie du aussiehst, wie du schmeckst, wie du dich anfühlst."

„Dies ist kaum der richtige Zeitpunkt hierfür."

Er liebte es, wie sie ihren Tonfall verändern und sich aus einer Bäuerin in eine Hoheit verwandeln konnte. „Dann müssen wir einen besseren finden."

Sie griff nach ihren Taschen. „Ich helfe dir, die Spinnengewebe aufzuhängen, wenn du mir versprichst, dabei Freddies Vater zu sein. Nur Freddies Vater."

„Okay." Anders würde er einen Abend mit fünfundzwanzig kostümierten Erstklässlern ohnehin nicht überstehen. Außerdem würde die Party ja nicht ewig dauern. „Benehmen wir uns vorläufig wie Kumpel."

Das klang gut. Sie überlegte kurz, griff in eine der Taschen und zog eine Gummimaske heraus. „Da", sagte sie und stülpte ihm das blutverschmierte, mit blauen Flecken übersäte Gesicht über. „Du siehst großartig aus."

Er rückte sich die Maske zurecht, bis er durch die Augenlöcher sehen konnte. Der Drang, sich im Spiegel zu betrachten, war unwiderstehlich. „Hilfe, ich ersticke", sagte er lachend.

„Ein paar Stunden wirst du darin überleben." Sie reichte ihm die zweite Tasche. „Komm schon. Es braucht seine Zeit, ein verwunschenes Haus zu bauen."

Zwei Stunden später hatten sie Spences elegant eingerichtetes Wohnzimmer in ein gruseliges Verlies verwandelt, das wie geschaffen schien für umherhuschende Ratten und die Schreie der Gefolterten. Schwarzes und orangefarbenes Krepppapier hing an Wänden und Decke. Spinngewebe aus Engelshaar zierten die Ecken. In einem Winkel des Raums lehnte eine Mumie mit vor der Brust gekreuzten Armen an der Wand. Eine schwarz gekleidete Hexe schwebte auf ihrem Besenstiel durch die Luft. Im Schatten wartete ein blutrünstiger Graf Dracula auf den Einbruch der Dunkelheit und seine wehrlosen Opfer.

„Findest du es nicht zu gruselig?" fragte Spence, während er einen Kürbiskopf für ein lustiges Halloween-Spiel aufhängte. „Es sind Erstklässler."

Natasha schnippte nach einer Gummispinne und ließ sie an ihrem Faden hin und her wippen. „Das ist noch gar nichts. Meine Brüder haben einmal ein verwunschenes Haus gestaltet. Rachel und mir wurden die Augen verbunden. Mikhail steckte meine Hand in eine Schüssel mit Weintrauben und erzählte mir, das wären die herausgerissenen Pupillen seiner Opfer."

Spence verzog angewidert das Gesicht.

Sie strahlte. „Und dann waren da noch Spaghetti ..."

„Schon gut", fiel er ihr ins Wort. „Ich habe kapiert, worum es bei diesem Spiel geht."

Lachend überprüfte sie den Sitz ihrer Ohrringe. „Jedenfalls fand ich es wunderbar. Unsere kleinen Gäste wären schrecklich enttäuscht, wenn wir nicht ein paar Monster für sie auf Lager hätten. Wenn es ihnen erst einmal richtig gegruselt hat, und das wollen sie, dann schaltest du das Licht ein. Schon sehen sie, dass alles nur eine Illusion war."

„Wirklich zu dumm, dass wir keine Trauben im Haus haben."

„Nicht so schlimm. Wenn Freddie älter ist, zeige ich dir, wie man aus einem Gummihandschuh eine blutige, abgetrennte Hand macht."

„Ich kann es gar nicht abwarten."

„Was gibt es denn zu essen?"

„Vera hat wie ein Pferd geschuftet." Spence schob sich die Maske aus dem Gesicht und sah sich im Zimmer um. Sie hatten ausgezeichnete Arbeit geleistet. Er war zufrieden, besonders darüber, dass er und Natasha diese tolle Leistung gemeinsam vollbracht hatten. „Sie hat ein richtiges Grusel-Menü gezaubert, von Hölleneiern bis zum Hexenbräu-Punsch. Weißt du, was noch fehlt? Eine Nebelmaschine."

„Jetzt hast du's endlich drauf." Sein Grinsen ließ sie lachen. „Nächstes Jahr."

Nächstes Jahr? Das klang vielversprechend. Nächstes Jahr und das übernächste und das danach. Seine Gedanken rasten, und er musterte sie stumm.

„Stimmt etwas nicht?"

Er lächelte. „Nein, alles in Ordnung."

„Ich habe die Preise hier." Natasha wollte sich die Füße ausruhen und setzte sich neben die schaurige Gestalt auf die Sessellehne. „Für die Spiele und die Kostüme."

„Das hättest du nicht zu tun brauchen."

„Ich sagte dir doch, dass ich es gern tue. Dies ist mein Lieblingspreis." Sie zog einen Totenschädel hervor, stellte ihn auf den Boden und betätigte einen verborgenen Schalter. Der Schädel glitt mit blinkenden Augenhöhlen über das Parkett.

Kopfschüttelnd hob Spence den Schädel auf und ließ ihn auf seiner Handfläche rotieren. „Du schreckst ja vor nichts zurück."

„Nein. Für mich kann es gar nicht gruselig genug sein."

Lachend schaltete er den Schädel aus. Dann zog er sich seine Maske übers Gesicht. „Traust du dich, mich so zu küssen?" sagte er und zog sie zu sich hinauf.

„Nein", entschied sie nach kurzem Überlegen. „Du bist zu hässlich."

„Okay." Er schob die Maske wieder hoch. „Und jetzt?"

„Jetzt bist du noch hässlicher." Sie ließ die Maske wieder nach unten gleiten.

„Sehr witzig."

„Es war nötig." Sie hakte sich bei ihm ein und musterte die Dekoration. „Schätze, du wirst einen Volltreffer landen."

„Wir werden einen Volltreffer landen", korrigierte er. „Du weißt, dass Freddie ganz verrückt nach dir ist?"

„Ja. Und es beruht auf Gegenseitigkeit."

Sie hörten plötzlich ein Türenknallen und einen begeisterten Aufschrei. „Wo wir gerade von Freddie reden ..."

Die Kinder trafen zunächst einzeln oder zu zweit ein, bis schließlich eine wahre Flut von ihnen über das Haus hereinbrach. Als die Uhr sechs schlug, war das Zimmer voller Ballerinen und Piraten, Monster und Superhelden. Das verwunschene Haus sorgte für schrilles Gekreische, erschrecktes Aufstöhnen und so manches verlegene Kichern. Niemand war tapfer genug, die Tour allein durchzustehen, aber manche machten sie ein zweites oder drittes Mal. Ab und zu war jemand so mutig, mit dem Finger gegen die Mumie zu drücken oder den Umhang des Vampirs zu berühren.

Als die Lichter eingeschaltet wurden, gab es ein enttäuschtes Aufstöhnen, aber auch einige Seufzer der Erleichterung. Freddie, als lebensgroße Raggedy-Ann-Puppe verkleidet, riss ihr verspätetes Geburtstagsgeschenk auf.

„Du bist ein sehr guter Vater", murmelte Natasha.

„Danke." Er griff nach ihrer Hand und verschränkte die Finger. Schon lange dachte er nicht mehr darüber nach, warum er es so selbstverständlich fand, dass sie gemeinsam die Party seiner Tochter beaufsichtigten. „Womit habe ich das Lob verdient?"

„Du hast es dir verdient, weil du noch kein einziges Aspirin geschluckt hast. Außerdem hast du kaum mit der Wimper gezuckt, als Mikey seinen Punsch auf deinem Teppich verschüttete."

„Ich wollte lediglich Kräfte sparen. Denn die brauche ich für den Moment, in dem Vera den Fleck entdeckt." Mit einer Körperdrehung wich er einer Elfenprinzessin aus, die von einem Kobold gejagt wurde. Aus jeder Zimmerecke drang Quietschen, untermalt vom Gerassel und Gestöhne der Schallplatte. „Was das Aspirin betrifft ... Wie lange halten die das noch durch?"

„Oh, bestimmt länger als wir."

„Du kannst einem wirklich Mut machen."

„Wir beginnen jetzt mit den Spielen. Du wirst dich wundern, wie schnell zwei Stunden vorübergehen."

Sie behielt Recht. Als endlich alle nummerierten Nasen in den von einem Laken verhüllten Kürbiskopf gesteckt worden waren, als die „Reise nach Jerusalem" abgeschlossen war, der letzte einsame Apfel unerreicht in der Luft baumelte und die letzte Wäscheklammer zielsicher in den Steintopf geworfen wurde, trafen die ersten Eltern ein, um ihre widerwilligen Frankensteins und sonstigen Monster abzuholen. Aber der Spaß war für die Kinder noch nicht vorbei.

In kleinen Gruppen zogen verkleidete Kinder durch die Straßen und verdienten sich mit fantasievollen Gruselnummern ihre Candy-Riegel und Karamelläpfel.

Es war fast zehn, als Spence es endlich schaffte, eine erschöpfte, aber strahlende Freddie ins Bett zu bekommen. „Das war der schönste Geburtstag, den ich je hatte", erklärte sie ihm. „Ich bin froh, dass ich die Windpocken bekommen habe."

Spence rieb mit den Fingerspitzen über eine orangefarbene Sommersprosse, die der Reinigungscreme entgangen war. „Ich weiß nicht, ob ich dir da zustimmen kann, aber ich freue mich, dass es dir Spaß gemacht hat."

„Kann ich noch ein ...?"

„Nein!" Er gab ihr einen Kuss auf die Nase. „Wenn du noch ein Stück Candy isst, platzt du."

Sie kicherte, und weil sie zu müde für ihre üblichen raffinierten Manöver war, kuschelte sie sich ins Kissen. „Nächstes Jahr möchte ich eine Zigeunerin sein. Wie Tash. Darf ich?"

„Sicher. Schlaf jetzt. Ich bringe Natasha noch nach Hause, aber Vera ist ja hier."

„Wirst du Tash bald heiraten, damit sie immer hier bleibt?"

Spence öffnete den Mund, schloss ihn jedoch wieder, als Freddie herzhaft gähnte. „Woher bekommst du diese Ideen nur?" murmelte er.

„Wie lange braucht man, um eine kleine Schwester zu bekommen?" fragte sie und schlief gleich darauf ein.

Spence fuhr sich mit der Hand übers Gesicht. Er war froh, dass ihm die Antwort erspart blieb.

Als er nach unten kam, war Natasha dabei, die gröbste Unordnung zu beseitigen. Sie sah auf.

„Wenn eine Party ein solches Chaos hinterlässt, weiß man, dass sie gelungen war." Etwas an seinem Gesichtsausdruck ließ sie genauer hinsehen. „Ist etwas nicht in Ordnung?"

„Nein, nein. Es ist nur wegen Freddie."

„Sie hat Bauchweh, stimmt's?"

„Noch nicht." Mit einem Schulterzucken tat er es ab. „Sie schafft es immer wieder, mich zu überraschen." Er lachte. „Nicht", sagte er und nahm ihr den Müllsack ab. „Du hast genug getan."

„Es macht mir nichts aus." Sie zögerte. „Jetzt gehe ich wohl besser. Morgen ist Samstag, da ist der Laden immer voll."

Er fragte sich, wie es wohl wäre, wenn sie jetzt einfach zusammen nach oben gingen, in sein Schlafzimmer. In sein Bett. „Ich bringe dich nach Hause."

„Das brauchst du nicht."

„Ich möchte es aber." Die Spannung war zurückgekehrt. Ihre Blicke trafen sich, und er wusste, dass sie sie ebenfalls spürte. „Bist du müde?"

„Nein." Die Zeit war reif für einige Wahrheiten, das ahnte sie. Er hatte getan, was sie von ihm verlangt hatte, und war während der Party nicht mehr als Freddies Vater gewesen. Jetzt war die Party vorüber. Aber die Nacht nicht.

„Möchtest du laufen?"

Ihre Mundwinkel hoben sich. Dann legte sie ihre Hand in seine. „Ja, gern."

Es war jetzt kälter. Die schneidende Luft kündigte den Winter an. Über ihnen stand der Vollmond in eisigem Weiß. Wolken tanzten über ihn hinweg und ließen die Schatten wandern. Vereinzelt raschelten die Blätter, und hin und wieder hörten sie die Rufe oder das Lachen der letzten kostümierten Gruppen. Um den Stamm der gewaltigen Eiche an der Ecke hatten Teenager das unvermeidliche Toilettenpapier gewickelt.

„Ich liebe diese Jahreszeit", murmelte Natasha. „Vor allem nachts, wenn es etwas windig ist. Man kann den Rauch der Schornsteine riechen."

Auf der Hauptstraße begegneten sie älteren Kindern und College-Studenten in Schreckensmasken oder mit bemalten Gesichtern. Ein Wagen voller Monster hielt kurz neben ihnen. Die Insassen kurbelten die Fenster hinunter, und schon ertönte ein schauriges Geheul.

Spence sah dem Wagen nach, als er um die Ecke bog. Das Geheul verklang erst einige Sekunden später. „Ich kann mich nicht erinnern, jemals irgendwo gewesen zu sein, wo man Halloween so ernst nimmt wie hier."

„Warte erst einmal ab, was sich Weihnachten abspielt."

Natashas eigener Kürbis stand mit flackernder Kerze vor ihrer Haustür. Daneben eine halb volle Schüssel Candy-Riegel. An der Tür hing ein Schild. „Jeder nur einen, sonst …"

„Und das reicht?" fragte Spence kopfschüttelnd.

Natasha warf einen Blick auf das Schild. „Sie kennen mich."

Er beugte sich hinunter und nahm einen Riegel. „Bekomme ich einen Brandy dazu?"

Sie zögerte die Antwort hinaus. Wenn sie ihn hereinließ, würden sie unvermeidlich wieder dort anfangen, wo der Kuss vorhin geendet hatte. Zwei Monate, dachte sie, zwei Monate voller Fragen, voller Zweifel, voller Verstellungen. Sie wussten beide, dass es so nicht weitergehen konnte.

„Natürlich." Sie öffnete die Tür und ließ ihn eintreten.

Nervös eilte sie in die Küche, um die Drinks einzugießen. Ja oder nein, jetzt musste die Entscheidung fallen. Ihre Antwort hatte schon lange vor dieser Nacht festgestanden, und sie war auf alles vorbereitet. Aber wie würde es mit ihm sein? Wie würde sie sein? Und wie würde sie nach dieser Nacht so tun können, als wäre sie mit diesem einen Mal zufrieden?

Mehr als diese Nacht durfte sie aber nicht wollen. Welcher Art ihre Gefühle für ihn auch sein mochten – und sie waren sehr tief –, das Leben musste so weitergehen wie bisher. Keine Versprechungen, keine Schwüre.

Keine gebrochenen Herzen.

Als sie zurückkehrte, drehte er sich zu ihr um,

sagte aber nichts. Seine Gedanken waren widersprüchlich und konfus. Was wollte er eigentlich? Sie natürlich. Aber wie viel oder wie wenig würde er akzeptieren? Dabei brauchte er sie nur anzusehen, und schon erschien ihm alles so unproblematisch.

„Danke." Er nahm den Brandy und beobachtete sie, während er daran nippte. „Als ich das erste Mal eine Vorlesung hielt, stand ich auf dem Podium, und mein Kopf war plötzlich völlig leer. Einen schrecklichen Moment lang fiel mir nichts von dem ein, was ich hatte sagen wollen. Jetzt geht es mir ebenso."

„Du musst gar nichts sagen."

„Es ist nicht so einfach, wie ich es mir vorgestellt habe." Er nahm ihre Hand. Sie war kalt und zitterte. Instinktiv presste er die Lippen auf ihre Handfläche. Er wusste, dass sie genauso nervös war wie er. „Ich möchte dir keine Angst machen."

„Ich bin es selbst, die mir Angst macht." Sie entzog ihm die Hand wieder, um sich selbst ihre Stärke zu beweisen. „Ich gebe mich viel zu sehr meinen Gefühlen hin ... Es gab eine Zeit, da haben sie mich völlig beherrscht, mir die Entscheidung abgenommen. Für manche Fehler bezahlt man sein Leben lang."

„Dies ist kein Fehler." Er stellte das Glas ab und nahm ihr Gesicht zwischen die Hände.

Ihre Finger legten sich um seine Handgelenke.

„Das darf es auch nicht sein. Ich will keine Versprechungen, Spence. Ich würde es nicht ertragen, wenn sie gebrochen werden. Ich brauche und will keine schönen Worte. Sie kommen einem allzu leicht über die Lippen." Der Griff der Finger festigte sich. „Ich möchte mit dir schlafen, aber ich brauche Respekt, keine Gedichte."

„Bist du fertig?"

„Ich will, dass du mich verstehst", beharrte sie.

„Ich fange an, genau das zu tun. Du musst ihn sehr geliebt haben."

Sie ließ die Hände sinken. „Ja."

Es schmerzte so sehr, dass es ihn überraschte. Wie konnte er sich von jemandem bedroht fühlen, der zu ihrer Vergangenheit gehörte? Er hatte doch selbst eine Vergangenheit. Aber trotzdem fühlte er sich verletzt. Und bedroht. „Ich will nicht wissen, wer er war und was zwischen euch passiert ist." Das war eine glatte Lüge, aber damit würde er später fertig werden müssen. „Aber ich will nicht, dass du an ihn denkst, wenn du mit mir zusammen bist."

„Das tue ich nicht. Jedenfalls nicht so, wie du es meinst."

„Du sollst es überhaupt nicht tun."

Sie zog eine Augenbraue hoch. „Du kannst weder meine Gedanken noch etwas anderes von mir steuern."

„Du irrst dich." Getrieben von ohnmächtiger

Eifersucht, zog er sie in die Arme. Der Kuss war stürmisch, fordernd, besitzergreifend. Und verlockend. So verlockend, dass sie fast nachgegeben hätte. Doch in letzter Sekunde brach sie ihn ab und ging auf Distanz.

„Ich lasse mich nicht erobern." Sie wusste nicht, ob das stimmte, und ihre Stimme klang umso trotziger.

„Sind das deine Regeln, Natasha?"

„Ja. Weil sie fair sind."

„Wem gegenüber?"

„Uns beiden." Sie presste die Finger gegen ihre Schläfen. „Lass uns nicht streiten", sagte sie leiser als zuvor. „Es tut mir Leid." Schulterzuckend und mit einem Lächeln signalisierte sie ihm die Entschuldigung. „Ich habe Angst. Es ist lange her, dass ich mit jemandem zusammen war. Dass ich mit jemandem zusammen sein wollte."

Er griff nach seinem Brandy, schwenkte ihn und starrte auf die goldbraune Flüssigkeit. „Du machst es mir schwer, dir böse zu sein."

„Ich möchte, dass wir gute Freunde bleiben. Ich habe noch nie mit einem guten Freund geschlafen."

Und er hatte sich noch nie in eine gute Freundin verliebt. Dass Freundschaft und Liebe sich für ihn immer ausgeschlossen hatten, war ein erschreckendes Eingeständnis. Nie würde er es laut aussprechen können.

„Wir sind Freunde." Er streckte die Hand aus und ergriff behutsam ihre Finger. „Freunde vertrauen einander, Natasha."

„Ja."

Er sah auf ihre beiden Hände hinab. „Lass uns doch ..."

Ein Geräusch am Fenster ließ ihn verstummen und hinübersehen. Bevor er sich bewegen konnte, festigte sich Natashas Griff an seiner Hand. Ihrem Gesicht war anzusehen, dass das Geräusch sie nicht ängstigte, sondern belustigte. Sie hob einen Finger an den Mund.

„Ich finde es eine gute Idee, mit einem Professor befreundet zu sein", sagte sie mit etwas lauterer Stimme und nickte ihm auffordernd zu.

„Ich ... äh ... bin froh, dass Freddie und ich so viele nette Leute kennen gelernt haben." Verblüfft sah er Natasha zu, wie sie in einer Schublade wühlte.

„Es ist eine sympathische kleine Stadt. Natürlich haben wir auch unsere Probleme. Hast du schon von der Frau gehört, die aus der Anstalt geflohen ist?"

„Aus welcher Anstalt?" Er sprach hastig weiter, als sie verärgert den Kopf schüttelte. „Nein, ich glaube nicht."

„Die Polizei will es möglichst geheim halten. Sie weiß, dass die Frau sich in dieser Gegend aufhält, und will nicht, dass die Leute in Panik geraten." Natasha schaltete die Taschenlampe kurz ein und nickte zufrieden. Die Batterien waren noch stark genug. „Sie ist geistesgestört, weißt du, und entführt kleine Kinder. Am liebsten kleine Jungs. Dann foltert sie sie auf grausame Art. In Vollmondnächten schleicht sie sich von hinten an sie heran und packt sie am Hals, bevor sie schreien können."

Kaum hatte sie das letzte Wort ausgesprochen, da ließ sie die Jalousie am Fenster nach oben sausen. Mit der Taschenlampe unter dem Kinn presste sie das Gesicht gegen die Scheibe und grinste.

Draußen ertönten zwei entsetzte Schreie fast gleichzeitig. Es gab ein Poltern, einen Ausruf, dann Fußgetrappel.

Natasha krümmte sich fast vor Lachen und stützte sich auf die Fensterbank.

„Die Freedmont-Jungs", erklärte sie. „Im letzten Jahr haben sie Annie eine tote Ratte vor die Tür gehängt." Sie presste sich eine Hand auf die Brust, als Spence sich neben sie stellte und durchs Fenster schaute. Alles, was er sehen konnte, waren zwei Schatten, die über den Rasen davonrannten.

„Schätze, diesmal hast du den Spieß umgedreht."

„Du hättest ihre Gesichter sehen sollen." Sie tupfte sich eine Lachträne von den Wimpern. „Ich glaube, ihre Herzen schlagen erst wieder, wenn sie sich die Bettdecke über den Kopf gezogen haben."

„Dies dürfte ein Halloween sein, das sie nie vergessen werden."

„Jedes Kind sollte einmal einen so gehörigen Schrecken bekommen, dass es sich immer an ihn erinnert." Noch immer lächelnd klemmte sie sich die Taschenlampe wieder unters Kinn. „Wie sehe ich aus?"

„Ich lasse mich nicht mehr verjagen." Er nahm die Taschenlampe und legte sie zur Seite. Dann zog er Natasha zu sich heran. „Es ist an der Zeit herauszufinden, was Illusion ist und was Realität." Langsam ließ er die Jalousie nach unten gleiten.

8. KAPITEL

Es war real. Schmerzhaft real. Sie fühlte seinen Mund und zweifelte nicht mehr daran, dass sie ebenso lebendig war wie ihre Bedürfnisse. Die Zeit, der Ort, darauf kam es nicht an. Sie hätten Illusionen sein können. Aber er nicht. Die Sehnsucht und das Begehren nicht. Die Berührung ihrer Lippen reichte aus, sie das wissen zu lassen.

Nein, einfach war es nicht. Nichts, was zwischen ihnen beiden geschah, war einfach. Das hatte sie von Anfang an gewusst. Und dabei hatte sie sich immer das Gegenteil gewünscht. Einen bequemen Weg, einen geraden Pfad, ohne Steigungen, ohne Kurven.

Mit ihm würde es das nicht geben. Niemals.

Natasha fand sich damit ab und schlang die Arme um Spence. In dieser Nacht würde es keine Vergangenheit und keine Zukunft geben. Nur einen Moment der Gegenwart, nach dem sie mit beiden Händen greifen und den sie so lange wie möglich genießen würde.

Sie hatte gesagt, dass sie sich nicht erobern lassen wollte. Aber jetzt schmiegte sie sich an ihn und fühlte sich dennoch nicht schwach. Sie fühlte sich geliebt. Dankbar und wie zur Bestätigung presste sie die Lippen auf seinen Hals. Als er sie ins Schlafzimmer trug, kam es ihr gar nicht in den

Sinn, sich zu wehren oder auch nur zu protestieren Sie ließ es einfach zu.

Dann gab es nur noch den Mondschein. Er kroch durch die dünne Gardine, sanft und leise, wie ein Mann, der ins Zimmer seiner Geliebten schleicht. Natashas Geliebter sagte nichts, als er sie vor dem Bett auf die Füße stellte. Sein Schweigen verriet ihr mehr als alle Worte.

So hatte er sie sich vorgestellt. Es schien unmöglich, aber er hatte es tatsächlich. In seinen Träumen war sie klar und deutlich zu erkennen gewesen. Er hatte das Haar gesehen, das in einer wilden Flut von Locken ihr Gesicht umrahmte, ihre dunklen Augen, aus denen sie ihn ruhig ansah, ihre Haut, die schimmerte wie das Gold an ihrem Hals.

Behutsam streifte er ihr den Schal vom Kopf und ließ ihn zu Boden fallen. Sie wartete. Ohne sie aus den Augen zu lassen, löste er die anderen Schals, die sie um ihre Taille trug. Einer nach dem anderen, erst saphirblau, dann smaragdgrün, schließlich bernsteingelb, fielen sie hinab, um ihr wie Juwelen zu Füßen zu liegen. Sie lächelte. Mit den Fingerspitzen schob er ihr das Kleid von den Schultern und presste die Lippen auf die entblößte Haut.

Ein Zittern durchlief sie. Dann griff sie nach ihm und bekam vor Erregung kaum noch Luft, als sie ihm das Hemd über den Kopf zog. Unter ihren Handflächen war seine Haut straff und weich, und sie fühlte, wie seine Muskeln sich unter ihrer Berührung spannten.

In ihm tobte ein Kampf, den er nur knapp gewann. Fast hätte der beinahe unwiderstehliche Wunsch, ihr das Kleid einfach vom Leib zu reißen und sich zu nehmen, was sie ihm darbot, über das Versprechen gesiegt, das er ihr gegeben hatte.

Obwohl sie behauptete, keine Versprechen zu wollen, beabsichtigte er, dieses eine zu halten. Sie würde Romantik bekommen, so viel wie er ihr zu geben in der Lage war.

Langsam, mit einer Geduld, die ihm übermenschlich vorkam, öffnete er die Reihe von Knöpfen auf ihrem Rücken. Er spürte ihre vollen Lippen auf seiner Brust und ihre sanften Hände an seinen Hüften, als sie die Hose nach unten schob. Als ihr Kleid zu Boden glitt, zog er sie zu einem ausgiebigen, verschwenderischen Kuss an sich.

Sie schwankte. Es kam ihr unsinnig vor, aber ihr war wirklich schwindlig. Farben schienen ihr im Kopf zu tanzen zu einer ekstatischen Symphonie, die ihr unbekannt war. Stoff raschelte, als er Petticoat nach Petticoat an ihren Beinen hinabgleiten ließ. Ihre Armreifen klirrten hell, als er ihre Hand anhob, um mit dem Mund ihren rasenden Puls zu erfühlen.

Dass sie so atemberaubend schön sein konnte, hatte er nicht geglaubt. Aber jetzt, als sie, nur noch mit einem hauchdünnen roten Teddy und dem glänzenden Gold bekleidet, vor ihm stand, war sie beinahe mehr, als ein Mann aushalten konnte. Ihre Augen hatte sie fast geschlossen, den Kopf jedoch hielt sie hoch. Aus Gewohnheit. Eine Geste des Stolzes, die auch jetzt zu ihr passte. Das Mondlicht umströmte sie.

Ohne Hast hob sie die Arme und kreuzte sie vor der Brust, um sich die Spaghetti-Träger von den Schultern zu streifen. Der hauchdünne Stoff raffte sich über ihren Brüsten, verharrte für den Bruchteil einer Sekunde dort und schwebte dann förmlich an ihrem Körper hinab. Jetzt gab es auf ihrer Haut nur das funkelnde Gold. Erotisch, exotisch, ekstatisch. Sie wartete und hob erneut die Arme. Diesmal um sie nach ihm auszustrecken.

„Ich will dich", sagte sie.

Ich kann nicht anders. Das war der einzige Gedanke, der ihr bei dem Chaos im Kopf klar genug war, um ihn sich bewusst zu machen. Es war unausweichlich.

Und so gab sie sich dem Verlangen hin, mit ganzem Herzen. Ihre Hände glitten mit zärtlicher Leidenschaft über seinen Körper.

Er kannte jetzt keine Geduld mehr. Der Hunger, den er zu lange ungestillt gelassen hatte, tolerierte keinen Aufschub. Bevor er sie dazu bringen musste, gab sie sich ihm bereits hin. Als sie zusammen aufs Bett fielen, erwiderten seine Hände ihre Liebkosungen und tasteten ungestüm über ihre Haut.

Hätte er ahnen können, wie gewaltig, wie berauschend es werden würde? Alles an ihr kam ihm einzigartig vor. Ihre Lippen, an denen er Honig und Milch zugleich zu schmecken glaubte. Ihre Haut, deren Farbe ihn an vom Tau benetzte Rosenblüten denken ließ. Ihr Duft, der ebenso natürlich wie mysteriös war. Ihr Verlangen, das er wie eine frisch geschärfte Klinge auf der Haut spürte.

Sie bog sich ihm entgegen, Angebot und Herausforderung in einem, und stöhnte leise auf, als er an ihr ein Geheimnis nach dem anderen ertastete. Sie presste ihren grazilen, beweglichen Körper an ihn, und die Erregung durchbohrte ihn wie ein Pfeil. Entschlossen rollte sie sich auf ihn und ergriff von ihm Besitz, bis ihm der Atem in den Lungen zu brennen schien und sein Körper eine einzige Empfindung war.

Fast unbewusst raffte er die zerwühlten Laken zusammen und zog sie über ihre Körper. Als er sich über Natasha hob, kamen ihm ihre Augen hinter dem ins Gesicht gefallene Haar vor wie zwei dunkel glühende Sonnen, vor die sich eine Wolke geschoben hatte.

Nie wieder würde er eine Frau finden, die so perfekt zu ihm passte, alles verkörperte, was er sich in den kühnsten Träumen ausgemalt hatte. Was immer er brauchte, das brauchte auch sie, was immer er wollte, wollte sie ebenfalls. Bevor er fragen konnte, gab sie ihm bereits die Antwort. Zum ersten Mal in seinem Leben wusste er, was es bedeutete, nicht nur mit dem Körper zu lieben, sondern darüber hinaus mit Herz und Seele.

Sie dachte nur an ihn, an nichts anderes und an keinen anderen. Wenn er sie berührte, hatte sie das Gefühl, nie zuvor berührt worden zu sein. Wenn er ihren Namen rief, glaubte sie, ihn das allererste Mal zu hören. Sein Mund gab ihr den ersten Kuss, den Kuss, auf den sie gewartet, nach dem sie sich ihr ganzes Leben gesehnt hatte.

Handfläche an Handfläche verschränkten sie ihre Finger ineinander, als wollten sie sich nie wieder loslassen. Sie sahen einander tief in die Augen, als er schließlich zu ihr kam. Und das Versprechen, das ihre Blicke in sich trugen, spürten sie beide. In einem Anflug von Panik schüttelte sie den Kopf. Doch dann war er auch schon vorüber. Es gab nur noch sie beide und das, was sie einander gaben.

„Und ich habe geglaubt, mir vorstellen zu können, wie es mit dir sein würde!" Ihr Kopf lag an seiner Schulter, und er ließ die Finger an ihrem Arm hinab- und wieder hinaufgleiten. „Meine Fantasie kam nicht einmal in die Nähe der Realität."

„Ich habe nie geglaubt, einmal hier mit dir zu liegen." Sie lächelte in die Dunkelheit. „Da habe ich mich gewaltig geirrt."

„Zum Glück, Natasha ..."

Mit einem raschen Kopfschütteln legte sie ihm einen Finger auf den Mund. „Sag nicht zu viel. Im Mondschein sagt man manchmal mehr, als einem später lieb ist."

Er unterdrückte, was er hatte aussprechen wollen. Schon einmal hatte er den Fehler gemacht, zu viel zu schnell zu wollen. Bei Natasha wollte er alles richtig machen. „Darf ich dir denn wenigstens sagen, dass goldene Ketten für mich nie mehr einfach nur Schmuck sein werden?"

Schmunzelnd küsste sie ihn auf die Schulter. „Ja, das darfst du mir sagen."

Er spielte mit den Armreifen. „Darf ich dir sagen, dass ich glücklich bin?"

„Ja."

„Bist du es auch?"

Sie drehte den Kopf, um ihn anzusehen. „Ja. Glücklicher, als ich es für möglich gehalten hätte. Bei dir fühle ich mich wie ...", sie lächelte, zuckte leicht mit den Schultern, „... wie verzaubert."

„Es war eine magische Nacht."

„Ich hatte Angst", murmelte sie. „Vor dir, vor dem hier, vor mir selbst. Für mich ist es sehr lange her."

„Für mich auch." Er spürte ihre Unruhe und nahm ihr Kinn in die Hand. „Seit dem Tod meiner Frau bin ich mit niemandem mehr zusammen gewesen."

„Hast du sie sehr geliebt? Es tut mir Leid", fuhr

sie hastig fort und schloss die Augen. „Das geht mich nichts an."

„Doch, das tut es." Er ließ ihr Kinn nicht los. „Ich habe sie einmal geliebt. Oder das Bild, das ich mir von ihr gemacht hatte. Aber das Bild hielt der Realität nicht stand. Schon lange, bevor sie starb."

„Bitte. Dies ist nicht der richtige Zeitpunkt, um über die Dinge, die einmal waren, zu sprechen."

Als sie sich aufsetzte, tat er es ebenfalls. „Kann sein. Aber es gibt Dinge, die ich dir erzählen muss, über die wir reden werden."

„Ist es denn so wichtig, was früher passiert ist?"

Er hörte die Verzweiflung heraus und wünschte, er wüsste den Grund dafür. „Ich glaube schon."

„Aber dies ist das Jetzt." Sie legte ihre Hand auf seine, wie zur Bekräftigung. „Und im Jetzt möchte ich für dich Freundin und Geliebte sein."

„Dann sei beides."

„Vielleicht möchte ich nicht über andere Frauen reden, wenn ich mit dir im Bett bin."

Er spürte, dass sie auf eine Auseinandersetzung gefasst war. Seine Reaktion bestand aus einem behutsamen Kuss auf die Augenbraue und überraschte sie. „Also gut", flüsterte er, „vertagen wir die Diskussion."

„Danke." Sie fuhr ihm mit gespreizten Fingern durchs Haar.

„Ich würde sehr gern die Nacht mit dir verbringen. Die ganze."

Sie schüttelte mit einem bedauernden Lächeln den Kopf. „Du kannst nicht bleiben."

„Ich weiß." Er hob ihre Hand an ihre Lippen. „Wenn ich morgen am Frühstückstisch fehle, wird Freddie mir einige unangenehme Fragen stellen."

„Sie hat einen verständnisvollen Vater."

„Ich möchte aber nicht so einfach aufstehen und gehen."

Sie küsste ihn. „Wenn meine Rivalin erst sechs ist, darfst du das ruhig."

„Wir sehen uns morgen." Er beugte sich vor.

„Ja." Sie schlang die Arme um ihn. „Einmal noch", murmelte sie und zog ihn mit sich aufs Bett hinab. „Nur einmal noch."

In dem engen Büro hinter dem Laden saß Natasha am Schreibtisch. Sie war schon vor Öffnung des Geschäfts gekommen, um die Schreibarbeit zu bewältigen. Die Buchführung war auf dem letzten Stand, die Überweisungsformulare für die Lieferantenrechnungen ausgefüllt. In zwei Monaten war Weihnachten, und sie hatte die Bestellung rechtzeitig vorgenommen. In jeder freien Ecke stapelten sich bereits die Waren. Es war ein gutes Gefühl, von Sachen umgeben zu sein, die sich am Weihnachtsmorgen vor leuchtenden Kinderaugen in die ersehnten Geschenke verwandeln würden.

Aber das Weihnachtsfest brachte für Natasha auch ganz handfeste Probleme mit sich. Sie musste anfangen, über die Dekoration des Ladens nachzudenken, und sich bald entscheiden, ob sie für die turbulentesten Wochen des Jahres eine Aushilfsverkäuferin einstellen sollte.

Jetzt, am späten Vormittag, hatte sie Annie das Kommando über den Laden übergeben und sich ihre Lehrbücher vorgenommen.

Im Kurs stand ein Test über das Barock an, und sie hatte sich vorgenommen, ihrem Dozenten, ihrem Geliebten zu beweisen, dass sie eine gute Studentin war.

Vielleicht nahm sie es zu wichtig. Aber es hatte Zeiten in ihrem Leben gegeben, in denen sie sich unfähig, ja dumm vorgekommen war. Das kleine Mädchen mit dem gebrochenen Englisch, der magere Teenager, der mehr ans Tanzen als an die Schule dachte, die Tänzerin, die sich mit dem harten Training abquälte, die junge Frau, die mehr auf ihr Herz als auf den Verstand hörte.

Sie war keine dieser Personen mehr und gleichzeitig alle zusammen. Spence sollte ihre Intelligenz respektieren, sie als gleichwertig ansehen, nicht nur als Frau, die er begehrte.

Machte sie sich deswegen unnötig Sorgen? Spence war ganz anders als Anthony. Abgesehen von einigen Äußerlichkeiten, in denen sie sich entfernt ähnelten, waren sie vollkommen gegensätzlich. Sicher, der eine war ein brillanter Tänzer, der andere ein brillanter Musiker. Aber Anthony war selbstsüchtig, unehrlich und am Ende feige gewesen.

Ein großzügigerer, freundlicherer Mann als Spence war ihr nie begegnet. Er war ehrlich und einfühlsam. Oder sprach jetzt nur ihr Herz? Bestimmt sogar. Aber ein Herz war kein mechanisches Spielzeug, auf das man eine Garantie bekam. An jedem Tag, an dem sie mit ihm zusammen war, fühlte sie ihre Liebe tiefer werden. So tief, dass es Momente gab, in denen sie kurz davor war, alle Bedenken zur Seite zu schieben und ihm alles zu erzählen.

Schon einmal hatte sie einem Mann ihr Herz geschenkt. Ein reines und äußerst zerbrechliches Herz. Als er es ihr zurückgegeben hatte, waren Narben darin gewesen.

Nein, es gab keine Garantien.

Was die Gegenwart betraf, wollte sie nicht pessimistisch sein. So wie die Dinge waren, waren sie gut. Schließlich waren sie zwei erwachsene Menschen, die einander Vergnügen bereiteten. Und sie waren Freunde.

Natasha nahm die Rose aus der Vase auf dem Schreibtisch und rieb sich mit der Blüte über die Wange. Es war schade, dass sie und ihr Freund immer nur ab und zu und dann nur für einige Stunden allein sein konnten. Es gab das Kind, die Arbeit und andere Verpflichtungen. Aber in den Stunden, in denen ihr Freund zu ihrem Liebhaber wurde, erfuhr sie die wahre Bedeutung des Glücks.

Sie steckte die Blume in die Vase und konzentrierte sich wieder auf ihre Studienarbeit. Fünf Minuten später läutete das Telefon.

„Fun House. Guten Morgen."

„Guten Morgen, Geschäftsperson."

„Mama!"

„Also, bist du beschäftigt oder hast du einen Moment Zeit, um mit deiner Mutter zu reden?"

Natasha hielt den Hörer mit beiden Händen. Sie liebte den vertrauten Klang der Stimme, die aus der Ferne an ihr Ohr drang. „Natürlich habe ich einen Moment Zeit. So viele Momente, wie du willst."

„Ich habe mich nur gewundert, weil du dich seit zwei Wochen nicht mehr gemeldet hast."

„Tut mir Leid." Seit zwei Wochen stand ein Mann im Mittelpunkt ihres Lebens. Aber das konnte sie ihrer Mutter schlecht erzählen. „Wie geht es dir und Papa und allen anderen?"

„Papa und mir und allen anderen geht es gut. Papa bekommt eine Gehaltserhöhung."

„Wunderbar."

„Mikhail trifft sich nicht mehr mit dem italienischen Mädchen." Nadia schickte einen ukrainischen Dankesspruch durch die Leitung, und Natasha musste lachen. „Alex trifft sich dauernd mit irgendwelchen Mädchen. Schlauer Junge, mein

Alex. Und Rachel hat nur noch für ihr Studium Zeit. Wie sieht's bei Natasha aus?"

„Bei Natasha ist alles in Ordnung. Ich esse gut und schlafe viel", fügte sie hinzu, bevor Nadia sie danach fragen konnte.

„Gut. Und dein Laden?"

„Wir bereiten uns gerade auf das Weihnachtsgeschäft vor, und ich erwarte ein besseres Jahr als das letzte."

„Ich möchte, dass du aufhörst, uns Geld zu schicken."

„Ich möchte, dass du aufhörst, dir um deine Kinder Sorgen zu machen."

Nadia seufzte schwer. Es war ein Dauerthema zwischen ihnen. „Du bist eine dickköpfige Frau!"

„Wie meine Mama."

Nadia wusste, dass ihre Tochter da Recht hatte, und vertagte die Diskussion. „Wir reden darüber, wenn du zum Thanksgiving-Fest kommst."

Thanksgiving, dachte Natasha. Wie hatte sie das bloß vergessen können? Sie klemmte sich den Hörer zwischen Ohr und Schulter und blätterte ihren Kalender durch. Weniger als zwei Wochen noch. „An Thanksgiving kann ich mich doch nicht mit meiner Mutter streiten." Natasha notierte sich, dass sie am Bahnhof anrufen musste. „Ich komme am späten Mittwochabend. Ich bringe den Wein mit."

„Du bringst dich selbst mit."

„Mich selbst und den Wein!" Natasha kritzelte eine weitere Notiz. Zu dieser Jahreszeit ließ sie den Laden nur ungern allein, aber sie hatte noch nie einen Familienfeiertag wie Thanksgiving zu Hause ausgelassen und würde es auch nie tun. „Ich freue mich darauf, euch alle wiederzusehen."

„Vielleicht bringst du ja einen Freund mit."

Auch das kannte Natasha schon, aber diesmal zögerte sie. Zum ersten Mal. Nein, sagte sie sich sogleich. Warum sollte Spence diesen Tag in Brooklyn verbringen wollen?

„Natasha?" Nadias ausgeprägter Instinkt hatte dafür gesorgt, dass ihr nicht entgangen war, was sich im Kopf ihrer Tochter abspielte. „Hast du einen Freund?"

„Natürlich. Ich habe viele Freunde."

„Sei nicht so frech zu deiner Mama. Wer ist er?"

„Er ist niemand." Sie verdrehte die Augen, als Nadia eine Salve von Fragen auf sie losließ. „Schon gut, schon gut. Er ist Professor am College, ein Witwer", fügte sie rasch hinzu. „Mit einem kleinen Mädchen. Ich dachte nur, sie brauchen Thanksgiving vielleicht etwas Gesellschaft, das ist alles."

„Aha."

„Du brauchst gar nicht so komisch ‚aha' zu sagen, Mama. Er ist ein Freund, und ich habe das kleine Mädchen gern."

„Seit wann kennst du ihn?"

„Sie sind im Spätsommer hergezogen. Ich bin in einem seiner Kurse, und das kleine Mädchen kommt manchmal in den Laden." Das war die Wahrheit, nicht so komplett, aber eben auch keine Lüge. Sie gab sich alle Mühe, unbeschwert zu klingen. „Wenn ich es schaffe, frage ich ihn, ob er mitkommen möchte."

„Das kleine Mädchen kann bei dir und Rachel schlafen."

„Ja, falls ..."

„Der Professor kann Alex' Zimmer nehmen. Alex kann auf dem Sofa schlafen."

„Vielleicht hat er schon etwas anderes vor, das könnte ich mir jedenfalls vorstellen."

„Du fragst ihn."

„Na schön. Ich kann es bei passender Gelegenheit ansprechen."

„Du fragst ihn", wiederholte Nadia. „Und jetzt geh wieder an die Arbeit."

„Ja, Mama. Ich liebe dich."

So, jetzt war es raus, dachte Natasha, als sie auflegte. Sie konnte sich vorstellen, wie ihre Mutter jetzt neben dem klapprigen Telefontischchen stand und sich die Hände rieb.

Was würde er von ihrer Familie halten, und sie von ihm? Würde er ein ausgiebiges, lebhaftes Festessen genießen? Sie dachte an ihr erstes gemeinsames Abendessen, den elegant gedeckten Tisch, den leisen, diskreten Service. Aber vermutlich hatte er ohnehin schon Pläne. Wozu sollte sie sich also den Kopf zerbrechen?

Zwanzig Minuten später läutete das Telefon erneut. Vermutlich schon wieder Mama, dachte Natasha, mit einem Dutzend Fragen über diesen „Freund". Sie nahm den Hörer auf. „Fun House. Guten Morgen."

„Natasha."

„Spence?" Automatisch sah sie auf die Uhr. „Warum bist du nicht in der Universität? Geht's dir nicht gut?"

„Nein, nein. Ich habe mich zwischen zwei Kursen abgesetzt. Ich habe eine Stunde Zeit. Du musst sofort kommen."

„Zu dir nach Hause? Aber warum denn?"

„Das kann ich dir so nicht erklären. Komm einfach. Bitte."

„In zehn Minuten bin ich da." Sie griff nach dem Mantel. Irgendwie hatte er anders geklungen. Glücklich. Nein, begeistert, euphorisch. Sie zog sich die Handschuhe über und stürzte in den Laden.

„Annie, ich muss ..." Wie angewurzelt blieb sie stehen und starrte auf Annie, die gerade von Terry Maynard geküsst wurde. „Oh, Entschuldigung."

„Oh, Tash, Terry wollte nur ... Nun, er..." Annie pustete sich das Haar aus den Augen und grinste verlegen.

Natasha wollte sie nicht länger zappeln lassen. „Ich verschwinde mal kurz. Schaffst du es allein? In einer Stunde bin ich wieder zurück."

„Kein Problem." Annie strich sich über die Frisur, während Terry neben ihr mit dem Gesicht eine ganze Palette von Rottönen durchprobierte. „Lass dir ruhig Zeit!"

Was für ein Tag, dachte Natasha, während sie die Straße entlanglief. Erst ihre Mutter, dann Spence und jetzt auch noch Annie und Terry, eng umschlungen neben der Kasse.

Als Spence ihr die Haustür öffnete, fand sie ihre Befürchtung bestätigt. Er war doch krank, hatte offenbar Fieber. Seine Augen leuchteten, die Wangen glänzten. Sein Sweater war zerknittert, die Krawatte hing ihm ungeknotet um den Hals.

„Spence, du bist doch nicht etwa ..."

Sie brachte die Frage nicht zu Ende. Er küsste sie, zog sie in die Arme und wirbelte sie in der Luft herum. Nein, Fieber hatte er wohl doch nicht. Jedenfalls nicht die Art, die medizinische Betreuung erforderte.

„Wenn ich deswegen den ganzen Weg gerannt bin, kannst du was erleben", sagte sie, als er sie wieder freigab.

„Ausgezeichnete Idee", erwiderte er lachend. „Aber deshalb habe ich nicht angerufen."

„Weshalb denn dann? Hast du das große Los gezogen?"

„Noch besser. Komm herein." Er zog sie ins Musikzimmer. „Sag nichts. Setz dich einfach hin."

Und dann begann er zu spielen.

Schon nach wenigen Takten war Natasha klar, dass sie etwas völlig Neues hörte. Etwas, das noch nie zuvor komponiert worden war. Sie bekam eine Gänsehaut. Gebannt lauschte sie.

Leidenschaft. Jede Note trug die Leidenschaft in sich, drückte sie aus, in allen Schattierungen. Sie starrte auf Spence, auf seine intensiv leuchtenden Augen, auf die Finger, die flink und geschmeidig über die Tasten glitten. Wie schaffte er es nur, das, was sie im Innersten fühlte, in Musik umzusetzen?

Das Tempo wurde schneller. Sprachlos, atemlos saß sie da. Dann ging die Musik in etwas Kraftvolles, Trauriges über. Und in etwas Lebendiges. Natasha schloss die Augen, überwältigt, ohne die Tränen zu bemerken, die ihr über die Wangen rannen.

Als es vorbei war, wagte sie nicht, sich zu bewegen.

„Ich muss nicht fragen, was du davon hältst", murmelte Spence. „Ich sehe es dir an."

Sie konnte nur mit dem Kopf schütteln. Ihr fehlten die Worte. Dafür gab es keine Worte. „Wann?"

„In den letzten paar Tagen." Die Emotionen, die die Musik aus ihm herausgesogen hatte, kehrten zurück. Er stand auf, ging zu ihr und zog sie hoch. Als er sie berührte, spürte sie die Intensität, mit der er gespielt hatte. „Sie ist wieder da." Er presste ihre Hand an die Lippen. „Zuerst war es erschreckend. Ich hörte sie im Kopf, wie früher. Es ist, als ob man über eine Direktleitung mit dem Himmel verbunden ist, Natasha. Ich kann es nicht erklären."

„Das brauchst du auch nicht. Ich habe es gehört."

Irgendwie hatte er gewusst, dass sie es verstehen würde. „Erst dachte ich, es wäre reines Wunschdenken, oder dass die Musik verschwindet, sobald ich mich hinsetze ..." Er sah zum Flügel hinüber. „Aber das tat sie nicht. Sie floss mir in die Hände. Ich komme mir vor wie ein Blinder, der wieder sehen kann."

„Sie war immer da." Sie strich ihm übers Gesicht. „Sie hat sich nur ausgeruht."

„Nein, du hast sie zurückgeholt. Ich habe dir einmal gesagt, du hättest mein Leben verändert. Jetzt weiß ich erst, wie sehr. Die Musik ist für dich, Natasha."

„Nein, sie ist für dich." Sie schlang die Arme um ihn. „Das ist erst der Anfang."

„Ja." Er fuhr ihr mit den Händen durchs Haar, sodass sie ihm das Gesicht zuwandte. „Das ist es. Wenn du gehört hast, was die Musik bedeutet, und ich glaube, das hast du, dann weißt du jetzt auch, was ich fühle."

„Spence, sag jetzt nichts. Die Musik hat dich aufgewühlt. Du könntest das, was sie in dir ausgelöst hat, leicht mit anderen Dingen verwechseln."

„Unsinn. Du willst nur nicht hören, wenn ich dir sage, dass ich dich liebe."

„Nein." Panik stieg in ihr auf. „Nein, das will ich wirklich nicht. Denn ich bin noch nicht stark genug, dir dasselbe zu sagen."

„Dann sage ich dir eben nicht, dass ich dich liebe." Er küsste sie auf die Lippen, ganz sanft. „Aber irgendwann kommt der Zeitpunkt, an dem du mir zuhören wirst. Und mir antworten wirst."

„Das klingt wie eine Drohung."

„Nein, es ist nur eines der Versprechen, die du nicht hören willst." Er küsste sie auf beide Wangen. „Ich muss zurück zum College."

„Ich muss auch los." Sie griff nach ihren Handschuhen und ließ sie nervös durch eine Hand gleiten. „Spence, ich bin stolz auf dich und freue mich für dich. Und ich danke dir, dass ich es miterleben durfte."

„Komm heute Abend zum Essen. Wir werden es feiern."

Sie lächelte. „Gern."

Natasha kaufte nicht sehr oft Champagner, aber diesmal schien es ihr das angemessene Getränk. Sie nahm die Flasche in die andere Hand, setzte für Vera ein zurückhaltendes Lächeln auf und klopfte.

„Guten Abend", begrüßte Natasha die Haushälterin freundlich.

„Miss." Mit dieser eher förmlichen Erwiderung hielt Vera ihr die Tür auf. „Dr. Kimball ist mit Freddie im Musikzimmer."

„Danke. Würden Sie mir die Flasche abnehmen?"

„Gern."

Insgeheim aufseufzend sah Natasha Vera hinterher. Sie war entschlossen, den Kampf um die Sympathie der Haushälterin nicht aufzugeben.

Aus dem Musikzimmer drang belustigtes Kichern. Als sie eintrat, sah sie, wie Freddie und Jo-Beth sich aneinander klammerten. Spence trug einen lächerlich aussehenden Helm auf dem Kopf und hielt eine Papprolle wie eine Waffe auf die beiden Mädchen gerichtet.

„Auf meinem Schiff werden blinde Passagiere an das Beta-Monster verfüttert", erklärte er gerade. „Und das hat zwei Meter lange Zähne und einen schlechten Atem."

„Nein!" Freddie versteckte sich hinter dem Flügel. „Nicht das Beta-Monster!"

„Kleine Mädchen schmecken ihm am besten." Mit hämischem Lachen klemmte Spence sich die kreischende JoBeth unter den Arm. „Kleine Jungen verschluckt es ganz, aber wenn ich es mit kleinen Mädchen füttere, kaut es extra sorgfältig."

„Wie eklig!" JoBeth hielt sich erschreckt beide Hände vor den Mund.

„Das kannst du laut sagen." Spence tauchte hinter den Flügel und kam mit einer zappelnden Freddie unter dem zweiten Arm wieder hoch. „Sprecht eure Gebete. Ihr werdet das Hauptgericht abgeben." Mit einem dumpfen „Uff" ließ er sich mit seiner lebenden Last aufs Sofa fallen.

„Wir haben dich bezwungen!" verkündete Freddie und kletterte auf ihren Vater. „Die Wunderschwestern haben dich bezwungen!"

„Diesmal vielleicht. Aber das nächste Mal werdet ihr dem Beta-Monster ausgeliefert." Als er sich das Haar aus dem Gesicht pustete, entdeckte er Natasha in der Tür. „Hi." Sie fand sein verlegenes Lächeln einfach hinreißend. „Ich bin ein Weltraumpirat."

„Ach so, jetzt ist mir alles klar." Bevor sie richtig eintreten konnte, ließen die beiden Mädchen den Weltraumpiraten zurück und stürzten sich auf sie.

„Wir besiegen ihn immer", sagte Freddie stolz. „Immer, immer!"

„Das freut mich zu hören. Wäre auch nicht sehr schön, wenn jemand vom Beta-Monster verspeist würde."

„Er hat es sich bloß ausgedacht", erklärte JoBeth ernst. „Dr. Kimball denkt sich immer so tolle Sachen aus."

„Ja, ich weiß."

„JoBeth bleibt auch zum Essen. Du bist Daddys Gast und JoBeth meiner. Du darfst dir als Erste einen Nachschlag nehmen."

„Das ist sehr zuvorkommend." Natasha beugte sich zu den beiden Mädchen herunter und küsste sie auf die Wangen. „Wie geht es deiner Mama?"

„Sie bekommt ein Baby." JoBeth verzog das Gesicht.

„Das habe ich gehört. Passt du denn auch gut auf sie auf?"

„Ihr ist jetzt morgens nicht mehr schlecht, aber Daddy sagt, sie wird bald dick sein."

Sichtbar neidisch trat Freddie von einem Fuß auf den anderen. „Lass uns in mein Zimmer gehen", sagte sie zu JoBeth. „Wir können mit den Kätzchen spielen."

„Ihr werdet euch jetzt erst mal das Gesicht und die Hände waschen", erklärte Vera, als sie mit Gläsern und dem Eiskübel hereinkam. „Und dann kommt ihr wie Damen zum Essen herunter, nicht wie trampelnde Elefanten." Sie nickte Spence zu. „Miss Stanislaski hat Champagner mitgebracht."

„Danke, Vera." Erst jetzt fiel ihm ein, seinen Helm abzunehmen.

„Dinner in fünfzehn Minuten", verkündete sie beim Hinausgehen.

„Jetzt weiß sie endlich genau, dass ich hinter dir her bin", murmelte Natasha. „Um an deinen großen Reichtum zu gelangen, natürlich."

Lachend zog er den Korken heraus. „Ich mache

mir darüber keine Sorgen. Schließlich weiß ich, dass du nur hinter meinem Körper her bist." Der Champagner schäumte auf, stieg bis zum Rand und sank wieder ab.

„Ich mag ihn sehr. Deinen Körper, meine ich." Lächelnd nahm sie die Champagnerflöte entgegen.

„Dann wirst du ihn vielleicht nachher genießen wollen." Er stieß mit ihr an. „Freddie hat nicht locker gelassen, bis ich damit einverstanden war, dass sie heute Nacht bei den Rileys schläft. Vielleicht darf ich ja, damit ich mich nicht ausgeschlossen fühle, die Nacht bei dir verbringen. Die ganze Nacht."

Natasha nippte an ihrem Glas und ließ den exquisiten Geschmack auf der Zunge zergehen. „Ja", gab sie lächelnd zurück.

9. KAPITEL

Die Kerzen flackerten, und Natasha sah den Schatten zu, wie sie durchs Zimmer tanzten. Sie wanderten über die Gardinen, über die Lehne des alten Stuhls in der Ecke, über das Schilf, das sie einfach in eine leere Milchflasche gesteckt hatte. Mein Zimmer, dachte sie, aber jetzt teile ich es ab und zu ...

Ihre Hand ruhte auf Spences Brust, direkt über dem Herzen.

Draußen war es nicht mehr still. Der Wind war stärker geworden und trieb den kalten Regen gegen die Fensterscheibe. Die Nacht war stürmisch und frisch und ließ einen kühlen, fast frostigen Morgen erwarten. Der Winter kam oft früh in diese kleine Stadt, die sich an die Ausläufer der Blue-Ridge-Mountains schmiegte. Aber Natasha fühlte sich in Spences Armen warm und geborgen.

Seine Hand glitt über ihren Oberschenkel, über die Taille, bis ihre Finger sich fanden.

„Wirst du nach New York zurückkehren?" fragte sie leise.

Er atmete den Duft ihres Haars ein und küsste es. „Warum sollte ich?"

„Du komponierst wieder." Sie konnte sich ihn gut vorstellen, im Smoking, bei der Uraufführung seiner eigenen Symphonie.

„Ich muss nicht in New York sein, um zu komponieren. Und selbst wenn, es gibt mehr Gründe, hier zu bleiben."

„Freddie."

„Ja, Freddie. Und dich gibt es auch."

Das Laken raschelte, als sie sich bewegte. Sie sah ihn vor sich, nach der Symphonie, in irgendeinem noblen Privatklub, auf einer intimen Party. Natürlich tanzte er mit einer wunderschönen Frau. „Das New York, in dem du gelebt hast, ist anders als meins."

„Das glaube ich." Er fragte sich, warum ihr das wichtig war. „Denkst du ab und zu daran, nach Brooklyn zurückzukehren?"

„Um dort zu leben? Nein. Nur zu Besuch." Verärgert registrierte sie die Nervosität, die in ihr aufstieg. „Meine Mutter hat mich heute angerufen."

„Ist zu Hause alles in Ordnung?"

„Ja. Sie rief nur an, um mich an das Thanksgiving-Fest zu erinnern. Ich hätte es beinahe vergessen. Wir haben jedes Jahr ein großes Essen und schlagen uns die Bäuche viel zu voll. Fährst du zum Festtag nach Hause?"

„Ich bin zu Hause."

„Zu deiner Familie, meine ich." Sie stützte sich auf, um sein Gesicht sehen zu können.

„Ich habe nur Freddie. Und Nina", fügte er hinzu. „Sie geht immer ins Waldorf."

„Und deine Eltern? Ich habe dich noch gar nicht nach ihnen gefragt."

„Sie sind in Cannes." Oder war es Monte Carlo? Ihm ging auf, dass er es nicht genau wusste. Die familiären Bande waren locker, bequem für alle Beteiligten.

„Kommen sie Thanksgiving nicht herüber?"

„Im Winter kommen sie niemals nach New York."

„Oh." So sehr sie es auch versuchte, sie konnte sich den Festtag nicht ohne Familie vorstellen.

„Wir haben Thanksgiving nie zu Hause gegessen. Wir gingen immer aus. Meistens waren wir auf Reisen." In seinen Kindheitserinnerungen spielten Orte eine größere Rolle als Menschen, Musik eine größere Rolle als Worte. „Als ich mit Angela verheiratet war, trafen wir uns normalerweise mit Freunden im Restaurant und gingen anschließend ins Theater."

„Aber ..." Sie brach ab und schwieg.

„Aber was?"

„Und als ihr Freddie bekamt?"

„Änderte sich gar nichts." Er legte sich auf den Rücken und starrte an die Decke. Es war an der Zeit, ihr von seiner Ehe, von sich selbst, von dem Mann, der er einmal gewesen war, zu erzählen. „Ich habe mit dir noch nie über Angela gesprochen."

„Es ist nicht nötig." Sie nahm seine Hand. Sie hatte ihn zum Familienschmaus einladen wollen. Stattdessen beschwor sie die Geister seiner Vergangenheit herauf.

„Für mich ist es nötig." Er setzte sich auf, griff nach der Flasche Champagner, die sie mitgenommen hatten, füllte beide Gläser und reichte ihr eins.

„Ich brauche keine Erklärungen, Spence."

„Aber du hörst mir zu?"

„Ja, wenn es für dich wichtig ist."

Spence dachte einen Moment lang nach. „Ich war fünfundzwanzig, als ich ihr begegnete. Ich war ein berühmter junger Komponist und hatte eigentlich nur die Musik im Kopf. Und das Vergnügen. Als ich sie sah, wollte ich sie."

Natasha starrte in ihr Glas, sah die Perlen aufsteigen. „Und sie wollte dich."

„Auf ihre Art, ja. Was wir füreinander empfanden, war oberflächlich. Und schließlich sogar zerstörerisch. So hart es klingt, ich liebte schöne Dinge." Er nahm einen Schluck und lachte. „Und ich war es gewöhnt, sie zu bekommen. Angela war exquisit, wie eine anmutige Porzellanpuppe. Wir bewegten uns in denselben Kreisen, mochten dieselbe Literatur und Musik."

„Es ist wichtig, Gemeinsamkeiten zu haben." Sie kam sich auf einmal sehr provinziell und unscheinbar vor.

„Oh, davon hatten wir reichlich. Sie war ebenso verwöhnt und verzogen wie ich, genauso ichbezogen und ehrgeizig."

„Du bist zu hart zu dir."

„Du kanntest mich damals nicht." Glücklicherweise nicht, fügte er in Gedanken hinzu. „Ich war ein reicher junger Mann, für den alles ganz selbstverständlich war, weil ich es nie anders gekannt hatte."

„Als Nachteil können das wohl nur Menschen ansehen, die reich geboren wurden."

Er warf ihr einen Blick zu. Sie saß mit untergeschlagenen Beinen auf dem Bett, ihr Glas in beiden Händen, und sah ihn ernst an. „Ja, da hast du Recht", fuhr er fort. „Ich frage mich, was geworden wäre, wenn ich dich mit fünfundzwanzig getroffen hätte ... Jedenfalls heirateten Angela und ich nach weniger als einem Jahr. Die Tinte auf der Heiratsurkunde war noch nicht richtig trocken, da ödeten wir uns bereits an."

„Warum?"

„Ich glaube, wir waren uns viel zu ähnlich. Als unsere Ehe zu zerbrechen begann, wollte ich sie unbedingt kitten. Weil ich unter allen Umständen einen Misserfolg verhindern wollte, denn bisher war ich ja bei allem erfolgreich gewesen. Ich liebte nicht Angela. Ich liebte das Bild, das ich mir von ihr machte, und das Bild, das wir beide zusammen abgaben."

„Ja." Sie dachte an sich und ihre Gefühle für Anthony. „Ich verstehe."

„Wirklich? Ich habe Jahre gebraucht, bis ich es verstand. Und als ich es endlich kapiert hatte, war alles nicht mehr so einfach."

„Freddie", sagte Natasha.

„Ja, Freddie. Angela und ich führten eine ... zivilisierte Ehe. Privat hatten wir uns nichts mehr zu sagen, aber in der Öffentlichkeit, vor anderen Leuten benahmen wir uns zivilisiert. Eine solche Ehe ist erniedrigend, grauenhaft. Ein Betrug an beiden Seiten. Eines Tages kam sie wutentbrannt nach Hause. Ich weiß noch genau, wie sie ihren Nerz abschüttelte und zur Bar ging. Sie goss sich einen Drink ein, schüttete ihn herunter und schleuderte das Glas an die Wand. Dann erzählte sie mir, dass sie schwanger sei."

In Natasha krampfte sich etwas zusammen. „War dir das recht?"

„Ich weiß nicht. Ich war wie vom Donner getroffen. Wir hatten nie Kinder gewollt, waren ja selbst noch welche. Angela hatte ihre Entscheidung schon getroffen. Sie wollte nach Europa in eine Privatklinik, um einen Schwangerschaftsabbruch vornehmen zu lassen. Sie erzählte mir schon am selben Tag davon."

Natasha schloss die Augen. „Wolltest du das auch?"

Wie gern hätte er jetzt mit einem deutlichen Nein geantwortet. „Es schien vernünftig. Unsere Ehe war kaputt, an ein Kind hatte ich nie gedacht. Trotzdem platzte mir der Kragen. Wahrscheinlich weil es wieder einmal die leichteste Lösung gewesen wäre, für beide von uns. Sie wollte, dass ich mit den Fingern schnippte und ihr diese ... Unbequemlichkeit aus dem Weg räumte."

Sie starrte auf ihre geballte Faust. Seine Worte gingen ihr durch und durch. „Was hast du getan?"

„Ich habe ein Geschäft mit ihr gemacht. Sie würde das Kind bekommen, und wir würden versuchen, unsere Ehe zu retten. Bei einer Abtreibung hätte ich mich scheiden lassen und dafür gesorgt, dass sie vom Kimball-Vermögen nicht annähernd das bekommt, was sie sich erhoffte."

„Weil du das Kind wolltest?"

„Nein." Es war ein schmerzhaftes Eingeständnis. Eines, das ihm noch immer schwer fiel. „Ich glaube, ich habe gehofft, durch ein gemeinsames Kind die Ehe wieder in den Griff zu bekommen."

Natasha schwieg einen Moment lang. „Manche Menschen glauben, mit einem Baby etwas Kaputtes reparieren zu können."

„Und das funktioniert nicht", beendete er den Satz für sie. „Und das kann es auch nicht. Vielleicht ist das gut so. Als Freddie zur Welt kam, fingen meine Probleme mit der Musik schon an. Ich hatte seit Monaten keine Note mehr geschrieben. Angela brachte Freddie zur Welt und übergab sie sofort Vera, wie ein lästiges Kätzchen. Aber ich war auch nicht viel besser."

Sie griff nach seinem Handgelenk. „Ich weiß, wie sehr du Freddie liebst."

„Jetzt. Als du mir damals auf den Stufen vor

dem College sagtest, ich hätte Freddie nicht verdient, hat mir das sehr wehgetan. Weil du Recht hattest." Er sah, wie Natasha den Kopf schüttelte, ging aber nicht darauf ein. „Dauernd begleitete ich Angela ins Ballett oder Theater. Ich hörte ganz auf zu arbeiten. Um Freddie kümmerte ich mich überhaupt nicht. Nie habe ich sie gebadet oder gefüttert oder ins Bett gebracht. Manchmal hörte ich sie im Nebenzimmer weinen und fragte mich, was das für ein Geräusch ist. Dann fiel mir ein, dass ich ja eine Tochter hatte."

Er nahm die Flasche und füllte sein Glas auf. „Irgendwann wurde mir klar, dass ich keine Ehe, keine Frau, keine Musik mehr hatte. Aber dafür hatte ich ein Kind, für das ich verantwortlich war. Ich beschloss, mich dieser Verantwortung zu stellen. Das ist alles, was Freddie zunächst für mich war. Eine Verpflichtung. Doch dann habe ich mir dieses wunderschöne kleine Kind genauer angesehen, und da wusste ich plötzlich, wie sehr ich mein Baby liebte." Er hob das Glas, trank und schüttelte mit gerunzelter Stirn den Kopf. „Ich hob Freddie aus der Wiege und hielt sie in den Armen. Ich hatte eine Höllenangst, etwas falsch zu machen. Und was tat meine Tochter? Sie schrie so lange, bis Vera kam und sie tröstete."

Er lachte bitter und starrte auf seinen Champagner. „Es dauerte Monate, bis sie sich in meiner Nähe einigermaßen wohl fühlte. Damals hatte ich

Angela schon um die Scheidung gebeten. Sie akzeptierte ohne mit der Wimper zu zucken. Als ich sagte, dass ich das Kind behalten würde, wünschte sie mir viel Glück und ging. In all den Monaten, in denen unsere Anwälte sich um die finanzielle Seite stritten, ist sie nicht ein einziges Mal gekommen, um nach Freddie zu sehen."

Erst nach einer Weile sprach er weiter. „Dann hörte ich, dass sie ums Leben gekommen war. Bei einem Bootsunfall im Mittelmeer. Manchmal habe ich Angst, dass Freddie sich daran erinnert, wie ihre Mutter war. Und was noch schlimmer ist, ich hoffe, sie hat vergessen, wie ihr Vater damals war."

Natasha dachte daran, was Freddie über ihre Mutter gesagt hatte. Damals, auf dem Schaukelstuhl. Sie stellte das Glas ab und nahm sein Gesicht in beide Hände. „Kinder verzeihen", erklärte sie. „Wenn man geliebt wird, verzeiht man leichter. Sich selbst zu verzeihen ist viel, viel schwerer. Aber du musst es tun."

„Ich glaube, so langsam fange ich damit an, auch wenn es schwer ist."

Sie nahm ihm sein Glas ab und stellte es neben ihres. „Lass mich dich lieben", sagte sie einfach und umarmte ihn.

Diesmal waren ihre Zärtlichkeiten nicht so wild und ungestüm. Sie waren sich einander sicherer als zuvor und kosteten ihre Leidenschaft geradezu genießerisch aus.

Es war eine Verführung, die Spence mit ihr anstellte. Sie hatte ihn nicht darum gebeten, sie nicht gewollt. Aber jetzt ließ sie es sich nur zu gern gefallen. Sein Mund glitt über ihre Haut. Seine Hände spielten mit ihrem Körper wie mit einem Instrument. Und ihr Körper war so fein gestimmt, dass jede Berührung die erwartete Reaktion hervorbrachte.

Fast glaubte sie, Musik zu hören. Symphonien, Kantaten, Préluden. Die Musik schwoll an, ging wieder in ruhigere Takte über. Immer wieder dirigierte er ihren Körper bis dicht ans Finale, immer wieder zögerte er es hinaus.

Schließlich hielt sie es nicht mehr aus und zog ihn auf sich. Ihre Arme schlangen sich um ihn. Ihr Atem strich ihm heiß und heftig über die Wange, bis er zu ihr kam und die Symphonie in ein gewaltiges Crescendo mündete, um noch lange nachzuhallen.

Als Natasha erwachte, stieg ihr der Duft von Kaffee und Seife in die Nase und sie spürte einen Mund an ihrem Hals.

„Wenn du jetzt nicht aufwachst", murmelte Spence ihr ins Ohr, „bleibt mir nichts anderes übrig, als zurück zu dir ins Bett zu kriechen."

„Tu's doch", erwiderte sie und schmiegte sich an ihn.

Spence starrte auf ihre Schultern, von denen das

Laken heruntergerutscht war. „Es ist verlockend, aber ich muss in einer Stunde zu Hause sein."

„Warum?" Mit geschlossenen Augen tastete sie nach ihm. „Es ist doch noch früh."

„Es ist fast neun."

„Neun Uhr? Morgens?" Sie riss die Augen auf und schoss hoch. Er hatte die Kaffeetasse in sicherer Entfernung gehalten. „Ich schlafe nie so lange." Sie schob ihr Haar mit beiden Händen zurück und sah ihn an. „Du bist ja angezogen."

„Leider", stimmte er zu. „Freddie wird um zehn nach Hause kommen. Ich habe geduscht." Seine freie Hand spielte mit ihrem Haar. „Ich wollte dich wecken und fragen, ob du dich anschließt, aber du hast so fest geschlafen, dass ich es nicht übers Herz brachte." Er beugte sich vor, um an ihrer Unterlippe zu knabbern. „Ich habe dich noch nie im Schlaf beobachtet."

Die Vorstellung behagte ihr nicht sehr. „Du hättest mich wecken sollen."

„Ja." Mit der Andeutung eines Lächelns reichte er ihr den Kaffee. „Vorsicht, er schmeckt bestimmt grauenhaft. Ich habe noch nie welchen gekocht."

Sie nahm einen winzigen Schluck und verzog das Gesicht. „Du hättest mich wirklich wecken sollen!" Dann trank sie tapfer weiter. Schließlich hatte er ihn für sie gemacht und ans Bett gebracht. „Hast du noch Zeit fürs Frühstück? Ich mache dir etwas." Sie stellte ihre Tasse ab. „Eier zum Beispiel. Und Kaffee."

Zehn Minuten später stand sie in einem kurzen roten Bademantel am Herd und briet dünne Scheiben Schinken. Er sah ihr zu, und sie gefiel ihm, wie sie war. Mit zerzaustem Haar und noch ein wenig schläfrigen Augen. Zielstrebig wechselte sie zwischen Herd und Arbeitsplatte hin und her, ohne überflüssige Bewegungen oder Handgriffe. Wie eine Frau, zu deren Alltag ganz selbstverständlich auch die Hausarbeit gehörte.

Draußen fiel ein leichter Novemberregen vom zinnfarbenen Himmel. Aus der Wohnung oben drangen gedämpft Schritte durch die Decke, dann leise Musik. Jazz aus dem Radio des Nachbarn. Und das Geräusch des brutzelnden Fleischs, das Summen der Fußleistenheizung unter dem Fenster. Morgenmusik, dachte Spence.

„Daran könnte ich mich gewöhnen", dachte er laut.

„An was denn?" Natasha schob zwei Scheiben Brot in den Toaster.

„Daran, mit dir aufzuwachen und zu frühstücken."

Ihre Hände zuckten kurz, als hätten ihre Gedanken plötzlich eine scharfe Kurve genommen. Dann setzte sie ihre Arbeit wieder fort, sorgfältig und ruhig. Und sie sagte kein Wort.

„Jetzt habe ich schon wieder das Falsche gesagt, stimmt's?"

„Es ist weder richtig noch falsch." Sie brachte ihm eine Tasse Kaffee. Als sie sich wieder umdrehen wollte, ergriff er ihr Handgelenk.

„Du willst nicht, dass ich mich in dich verliebe, Natasha, aber keiner von uns kann das frei entscheiden."

„Es gibt immer eine Entscheidung", erwiderte sie nachdrücklich. „Manchmal ist es allerdings schwer, die richtige zu treffen, oder überhaupt zu wissen, welche die richtige ist."

„Dann ist sie bereits gefallen. Ich habe mich in dich verliebt."

Er sah, wie ihr Gesicht sich veränderte, sanfter, nachgiebiger wurde, sah in ihren Augen etwas Tiefes, im Schatten Liegendes und unglaublich Schönes. Dann war es wieder fort.

„Die Eier brennen an."

Seine Hand ballte sich zur Faust, als Natasha zum Herd zurückging. Langsam streckte er die Finger wieder. „Ich sagte, ich liebe dich, und du machst dir Sorgen um angebrannte Eier."

„Ich bin eine praktische Frau, Spence. Ich musste es immer sein."

Es war anstrengend, sich auf die Arbeit zu konzentrieren. Sie richtete das Essen mit einer solchen Sorgfalt auf den Tellern an, als würde sie ein Staatsbankett veranstalten. Seine Worte klangen ihr noch in den Ohren, während sie die Teller auf den Tisch stellte und ihm gegenüber Platz nahm.

„Wir kennen uns erst kurze Zeit."

„Mir ist sie lang genug."

Sie befeuchtete sich die Lippen. In seiner Stimme lag nicht Verärgerung, sondern verletzter Stolz. Und verletzen wollte sie ihn am allerwenigsten. „Es gibt Dinge, die du von mir nicht weißt. Dinge, über die zu reden ich noch nicht bereit bin."

„Sie spielen keine Rolle."

„Doch, das tun sie." Sie holte tief Luft. „Zwischen uns ist etwas. Es wäre lächerlich, das bestreiten zu wollen. Aber Liebe? Ich glaube, es gibt kein größeres Wort auf der Welt. Wenn wir es für uns in Anspruch nehmen, ändert sich alles."

„Ja."

„Das kann ich nicht zulassen. Ich habe dir von Anfang an gesagt, dass es keine Versprechungen, keine Pläne geben darf. Ich will mein Leben nicht grundlegend verändern."

„Ist es, weil ich ein Kind habe?"

„Ja und nein." Zum ersten Mal sah er ihr an den Fingern an, dass sie nervös war. „Freddie würde ich sogar lieben, wenn ich dich hasste. Ihretwegen. Und weil du mir etwas bedeutest, liebe ich sie umso mehr. Aber gerade deshalb will ich die Verantwortung für ihr Leben nicht übernehmen." Unter dem Tisch presste sie sich eine Hand auf den Bauch. „Ob mit oder ohne Freddie, ich möchte den nächsten Schritt nicht mit dir gehen. Es tut mir Leid, und ich kann es gut verstehen, wenn du mich nicht wiedersehen möchtest."

Er stand auf und ging zum Fenster. Verzweiflung und Zorn rangen in ihm. Der Regen fiel noch in dünnen Fäden herab, kalt und feucht, auf die sterbenden Blumen in den Gärten. Einen wichtigen, zentralen Punkt hatte sie ausgelassen. Sie vertraute ihm noch nicht. Jedenfalls nicht genug.

„Du weißt, dass ich nicht aufhören kann, dich zu sehen. Ebenso wenig wie ich aufhören kann, dich zu lieben."

Man kann aufhören zu lieben, dachte sie, fürchtete jedoch, es ihm zu sagen. „Spence, vor drei Monaten kannte ich dich noch gar nicht."

„Dann beschleunige ich den Lauf der Dinge eben."

Sie machte eine Bewegung mit der Schulter und stocherte in ihren Eiern. Er musterte sie von hinten. Sie hatte Angst, das war ihm klar. Irgendein verdammter Kerl hatte ihr irgendwann einmal das Herz gebrochen, und sie hatte Angst, dass das wieder geschah.

Na schön, dachte er. Die würde er ihr nehmen müssen. Früher hatte er geglaubt, es gebe nichts Wichtigeres als die Musik. In den letzten Jahren hatte seine Einstellung sich gewandelt. Ein Kind war unendlich viel wichtiger, wertvoller und schöner. Und jetzt hatte er innerhalb weniger Wochen erfahren, dass eine Frau ebenso wichtig sein konnte, auf andere Weise zwar, aber ebenso wichtig.

Freddie hatte auf ihn gewartet. Er würde auf Natasha warten.

„Möchtest du zu einer Matinee gehen?"

Sie hatte mit einem Zornesausbruch gerechnet und sah jetzt verständnislos über die Schulter. „Wie bitte?"

„Ich fragte, ob du zu einer Matinee gehen möchtest. Ins Kino." Lässig kehrte er an den Tisch zurück. „Ich habe Freddie versprochen, heute Nachmittag mit ihr ins Kino zu gehen."

„Ich ... Ja." Sie lächelte zaghaft. „Ich würde gern mitgehen. Bist du mir nicht böse?"

„Doch, das bin ich." Aber er erwiderte ihr Lächeln und begann zu essen. „Ich nehme dich nur mit, damit du das Popcorn bezahlst."

„Einverstanden."

„Das Jumbo-Format."

„Ah, jetzt durchschaue ich deine Strategie. Du willst mir ein Schuldgefühl einimpfen, damit ich mein ganzes Geld ausgebe."

„Genau. Und wenn du pleite bist, musst du mich heiraten. Großartige Eier", fügte er hinzu, als ihr der Mund offen stehen blieb. „Du solltest deine essen, bevor sie kalt werden."

„Ja." Sie räusperte sich. „Ich habe übrigens auch eine Einladung für dich. Ich wollte es gestern

Abend schon sagen, aber du hast mich dauernd abgelenkt."

„Ich erinnere mich." Er rieb ihren Fuß mit seinem. „Du lässt dich leicht ablenken, Natasha."

„Kann sein. Es geht um den Anruf meiner Mutter und das Thanksgiving-Fest. Sie fragte, ob ich jemanden mitbringen möchte." Sie sah auf ihren Teller. „Aber du hast wahrscheinlich schon etwas vor."

Er lächelte. Vielleicht würde er doch nicht so lange warten müssen. „Lädst du mich zum Thanksgiving-Schmaus bei deiner Mutter ein?"

„Meine Mutter lädt ein", verbesserte Natasha. „Sie macht immer viel zu viel, und sie und Papa freuen sich über Gesellschaft. Als das Thema darauf kam, dachte ich an dich und Freddie."

„Gibt's Borschtsch?"

Ihre Mundwinkel verzogen sich. „Ich könnte fragen." Sie schob ihren Teller fort, als sie das Leuchten in seinen Augen sah. „Ich möchte nicht, dass du es falsch verstehst. Es ist einfach nur eine freundschaftliche Einladung."

„Richtig."

Sie runzelte die Stirn. „Ich denke mir, Freddie würde ein großer Familienschmaus Spaß machen."

„Wieder richtig."

Sie hatte nicht damit gerechnet, dass er so schnell zustimmen würde, und stieß den Atem geräuschvoll aus. „Nur weil es im Haus meiner Eltern ist, musst du nicht glauben, dass ich dich mitnehme, um ...", sie wedelte mit der Hand, suchte nach der angemessenen Formulierung, „... um dich vorzuführen oder zu präsentieren."

„Du meinst, dein Vater wird nicht mit mir in sein Arbeitszimmer gehen und mich aushorchen?"

„Wir haben kein Arbeitszimmer", murmelte sie. „Nein, das wird er nicht. Ich bin eine erwachsene Frau." Spence grinste, und sie hob eine Braue. „Nun, vielleicht wird er dich diskret mustern."

„Ich werde mein bestes Benehmen an den Tag legen."

„Dann kommst du mit?"

Er lehnte sich zurück, trank einen Schluck Kaffee und lächelte insgeheim. „Um nichts in der Welt würde ich mir das entgehen lassen."

10. KAPITEL

Freddie saß auf dem Rücksitz, die Decke bis zum Kinn hochgezogen und ihre Raggedy Ann fest im Arm. Sie tat, als schliefe sie, denn sie wollte sich ihren Tagträumen hingeben. Sie tat es so gut, dass sie ab und zu wirklich in einen Halbschlaf fiel. Es war eine lange Fahrt von West Virginia nach New York, aber sie war viel zu aufgeregt, um sich zu langweilen.

Aus dem Autoradio drang leise Musik. Als Tochter ihres Vaters erkannte sie natürlich Mozart, aber sie war Kind genug, um sich einen Text zum Mitsingen zu wünschen. Vera hatten sie bereits bei ihrer Schwester in Manhattan abgesetzt. Die Haushälterin würde bis zum Sonntag dort bleiben. Jetzt lenkte Spence den großen Wagen durch den dichten Verkehr nach Brooklyn.

Freddie war zwar ein bisschen enttäuscht, dass sie nicht den Zug genommen hatten, aber im Auto gefiel es ihr auch gut. Sie liebte es, ihrem Vater und Natasha zuzuhören. Was genau sie sagten, war nicht wichtig. Der Klang ihrer Stimmen war genug.

Sie würde Natashas Familie kennen lernen und mit den Erwachsenen zusammen einen gewaltigen Truthahn essen. Vor Aufregung war Freddie fast übel. Truthahn mochte sie zwar nicht besonders, aber Natasha hatte ihr erzählt, dass es reichlich

Preiselbeersoße und Succotash geben würde. Succotash hatte sie noch nie gegessen, aber da der Name lustig klang, würde es bestimmt toll schmecken. Selbst wenn es das nicht tat oder sogar eklig war, würde sie höflich sein und ihren Teller leeren. JoBeth hatte ihr erzählt, dass ihre Großmutter immer böse wurde, wenn JoBeth ihr Gemüse nicht aufaß, und Freddie wollte kein Risiko eingehen.

Sie hörte, wie Natashas Lachen mit dem ihres Vaters verschmolz, und lächelte zufrieden. In ihren Tagträumen waren sie bereits eine Familie. Statt Raggedy Ann hielt Freddie ihre kleine Schwester in den Armen, während sie durch die Nacht zum Haus der Großeltern fuhren.

Ihre kleine Schwester hieß Katie, und sie hatte dasselbe schwarze lockige Haar wie Natasha. Wenn Katie schrie, war Freddie die Einzige, die sie beruhigen konnte. Katie schlief in einer weißen Wiege in Freddies Zimmer, und Freddie deckte sie immer sorgfältig mit der pinkfarbenen Decke zu. Freddie wusste, dass Babys sich leicht erkälteten. Dann musste man ihnen Tropfen aus einem Fläschchen geben. Babys konnten sich nicht selbst die Nase putzen. Alle sagten, dass Katie ihre Medizin gern nahm, wenn Freddie sie ihr gab.

Freddie strahlte ihre Puppe an und zog sie fester an sich. „Wir fahren zu Großmutter", flüsterte sie und ließ ihrer Fantasie freien Lauf.

Das Problem war nur, dass Freddie nicht wusste, ob die Leute, die sie zu ihren Großeltern machte, sie auch mögen würden. Nicht jeder mag Kinder, dachte sie. Vielleicht würden die Leute wollen, dass sie die ganze Zeit mit auf dem Schoß gefalteten Händen auf einem Stuhl saß. Tante Nina hatte Freddie erklärt, dass junge Damen so saßen. Freddie hasste es, eine junge Dame zu sein. Aber sie würde stundenlang so dasitzen müssen, die Erwachsenen nicht unterbrechen dürfen. Und schon gar nicht würde sie im Haus herumlaufen dürfen.

Wenn sie kleckerte oder etwas verschüttete, würden sie böse werden und die Stirn runzeln. Vielleicht wurden sie sogar laut schimpfen. So wie JoBeths Vater es immer tat. Vor allem dann, wenn JoBeths großer Bruder, der schon in der dritten Klasse war und es eigentlich besser wissen sollte, mit einem der Golfschläger seines Vaters die Steine im Hof traktierte. Einer der Steine war direkt durchs Küchenfenster gekracht.

Vielleicht würde sie ja auch ein Fenster zerbrechen. Dann würde Natasha ihren Daddy nicht heiraten und nicht bei ihnen wohnen. Sie würde keine Mutter und keine Schwester bekommen, und Daddy würde aufhören, nachts seine Musik zu spielen.

Die Vorstellung lähmte Freddie fast, und sie schrumpfte auf dem Sitz zusammen, als der Wagen seine Fahrt verlangsamte.

„Hier musst du abbiegen." Beim Anblick ihres

heimatlichen Viertels wurde es Natasha warm ums Herz. „Die Straße halb hinunter, auf der linken Seite. Vielleicht findest du einen Parkplatz ... Ja, da vorn." Gleich hinter dem uralten Pick-up ihres Vaters war Platz. Offenbar hatten die Stanislaskis verlauten lassen, dass ihre Tochter mit Freunden zu Besuch kam, und die Nachbarn hatten den Wink verstanden.

So sind die Leute hier, dachte sie. Seit sie sich erinnern konnte, wohnten die Poffenbergers auf der einen, die Andersons auf der anderen Seite. Die Familien brachten einander Essen, wenn jemand krank war, oder passten nach der Schule auf die Kinder auf. Freud und Leid wurde miteinander geteilt, und natürlich blühte der Klatsch.

Mikhail war häufiger mit der hübschen Tochter der Andersons ausgegangen und war schließlich Trauzeuge gewesen, als sie einen seiner Freunde heiratete. Natashas Eltern waren bei einem der Poffenberger-Babys Taufpaten. Vielleicht hatte sie sich deshalb eine Kleinstadt für ihr neues Leben ausgesucht. Shepherdstown sah zwar nicht so aus wie Brooklyn, aber die Menschen waren einander so nah wie hier.

„Woran denkst du?" fragte Spence sie.

„Es ist gut, wieder hier zu sein", erwiderte sie mit glücklichem Lächeln. Sie stieg aus und zog in der frostigen Luft die Schultern zusammen, bevor sie Freddie die Tür öffnete. „Schläfst du etwa?"

Freddie blieb zusammengekauert sitzen, riss aber die Augen auf. „Nein."

„Wir sind da. Alles aussteigen."

Freddie schluckte und presste ihre Puppe an die Brust. „Und wenn sie mich nun nicht mögen?"

„Wie kommst du denn darauf?" Natasha beugte sich in den Wagen und schob Freddie das Haar aus dem Gesicht. „Hast du geträumt?"

„Vielleicht wollen sie nicht, dass ich hier bin. Vielleicht denken sie, ich bin eine Plage. Viele Leute denken, Kinder sind eine Plage!"

„Dann sind viele Leute eben dumm", sagte Natasha entschieden und knöpfte Freddie den Mantel zu.

„Kann sein. Aber wenn sie mich nun wirklich nicht mögen?"

„Und wenn du sie nicht magst?"

Auf die Idee war Freddie noch gar nicht gekommen. Während sie darüber nachdachte, wischte sie sich mit dem Handrücken über die Nase, bevor Natasha ein Taschentuch zücken konnte. „Sind sie nett?"

„Ich glaube schon. Aber das musst du selbst entscheiden, wenn du sie erst kennen gelernt hast. Okay?"

„Okay."

„Ladys, vielleicht könntet ihr eure Konferenz vertagen." Spence hatte den Kofferraum entladen und stand schwer bepackt neben dem Auto. „Worum ging's überhaupt?" fragte er, als sie zu ihm auf den Bürgersteig kamen.

„Frauensachen", antwortete Natasha und zwinkerte der kichernden Freddie zu.

„Großartig!" Er betrat die abgenutzten Betonstufen und folgte Natasha. „Dieses Gepäck wiegt Zentner. Was hast du da drin? Steine?"

„Nur ein paar, außerdem noch einige wichtige Dinge." Sie drehte sich zu ihm um und küsste ihn gerade auf die Wange, als Nadia die Tür öffnete.

„Na also." Zufrieden kreuzte Nadia die Arme vor der Brust. „Ich habe Papa gesagt, dass ihr kommen würdet, bevor die Johnny-Carson-Show vorbei ist."

„Mama." Natasha flog die letzten Stufen hinauf und ließ sich von Nadia umarmen. Der gewohnte Duft stieg ihr in die Nase. Talg und Muskat. Und ihre Mutter fühlte sich wie immer an. Stark und zupackend. Ihr Gesicht war genauso. Entschlossen und temperamentvoll und voller Falten, die die Sorgen, das Lachen und die Zeit hinterlassen hatten.

Nadia murmelte ein Kosewort und trat einen Schritt zurück, um Natasha auf die Wangen zu küssen. „Kommt herein. Unsere Gäste stehen in der Kälte."

Natashas Vater kam in den Flur gestürmt, packte seine Tochter an den Hüften und hob sie in die Luft. Er war ein hoch gewachsener Mann, und in seinem Arbeitshemd steckten Arme, die in Jahren harter Arbeit auf Baustellen den Umfang eines Kranhakens bekommen hatten. Mit einem herzhaften Lachen küsste er sie.

„Keine Manieren", sagte Nadia kopfschüttelnd, während sie die Tür schloss. „Yuri, Natasha hat Gäste mitgebracht."

„Hallo." Yuri streckte eine schwielige Hand aus und schüttelte Spences kräftig. „Willkommen."

„Das sind Spence und Freddie Kimball", stellte Natasha die beiden vor und sah dabei, wie Freddie nach der Hand ihres Vaters griff. Sie schien verlegen und neugierig zugleich zu sein.

„Wir freuen uns, dass Sie mitgekommen sind." Weil es ihre Art war, begrüßte Nadia die beiden ebenfalls mit Küssen. „Ich nehme die Mäntel, und ihr setzt euch. Ihr seid bestimmt müde."

„Vielen Dank für die Einladung", begann Spence. Als er spürte, wie nervös Freddie war, nahm er sie auf den Arm und trug sie ins Wohnzimmer.

Es war klein, mit alten Tapeten und abgenutzten Möbeln. Aber auf den Sessellehnen lagen Spitzendeckchen, im gelben Licht der Lampen glänzte das sorgfältig polierte Holz, und hier und dort lagen kunstvoll gestickte Kissen. Gerahmte Familienfotos standen zwischen Topfpflanzen und vielerlei Krimskrams.

Ein heiseres Hecheln ließ Spence nach unten sehen. In der Ecke lag ein alter, grauer Hund. Als das Tier Natasha erblickte, begann es mit dem Schwanz zu wedeln. Es kostete den Hund sichtlich Mühe, aufzustehen und zu ihr zu gehen.

„Sasha." Sie ging in die Knie, um ihr Gesicht in seinem Fell zu vergraben. Sie lachte, als der Hund sich hinsetzte und ihr Bein als Stütze nutzte. „Sasha ist ein alter Mann", erklärte sie Freddie. „Schlafen und Essen sind seine Lieblingsbeschäftigungen."

„Und Wodkatrinken", warf Yuri ein. „Das tun wir auch bald. Außer dir natürlich", fügte er hinzu und tippte Freddie auf die Nase. „Du bekommst stattdessen Champagner, was hältst du davon?"

Freddie kicherte und biss sich dann auf die Unterlippe. Natashas Daddy sah gar nicht so aus, wie sie sich einen Großvater vorgestellt hatte. Er hatte weder schneeweißes Haar noch einen dicken Bauch. Sein Haar war weiß und schwarz zugleich, und einen Bauch hatte er überhaupt nicht. Seine Stimme klang lustig, so tief und rumpelnd. Er duftete angenehm, wie Kirschen. Und sein Lächeln war nett.

„Was ist Wodka?"

„Ein altes russisches Getränk", antwortete Yuri. „Wir machen es aus Getreide."

Freddie kräuselte die Nase. „Das klingt aber eklig", sagte sie und biss sich sofort auf die Lippe. Aber Yuri lachte nur schallend. Sie lächelte scheu.

„Natasha wird dir bestätigen, dass ihr Papa zu gern kleine Mädchen neckt." Nadia stieß Yuri einen Ellbogen in die Rippen. „Das liegt daran, dass er im Herzen ein kleiner Junge geblieben ist. Du möchtest bestimmt viel lieber eine heiße Schokolade, nicht?"

Freddie schwankte zwischen dem geborgenen Gefühl, das sie an der Hand ihres Vaters hatte, und der Verlockung eines ihrer Lieblingsgetränke. Außerdem lächelte Nadia zu ihr herab, nicht so komisch, wie manche Erwachsene es bei Kindern immer taten, sondern ganz warmherzig und natürlich. So wie Natasha.

„Gern, Ma'am."

Nadia nickte. Das Kind war gut erzogen. „Dann komm doch einfach mit. Ich zeige dir, wie man große, dicke Marshmallows macht."

Freddie vergaß ihre Scheu, zog ihre Hand aus Spences und legte sie in Nadias. „Ich habe zwei Katzen", erzählte sie Nadia stolz, während sie in die Küche gingen. „Und an meinem Geburtstag hatte ich Windpocken."

„Setzt euch, setzt euch", befahl Yuri und zeigte auf das Sofa. „Wir nehmen einen Drink."

„Wo sind Alex und Rachel?" Natasha ließ sich in die abgenutzten Polster sinken.

„Alex ist mit seiner neuen Freundin im Kino. Sehr hübsch", sagte Yuri und rollte mit seinen hellen braunen Augen. „Rachel ist in einer Vorlesung. Berühmter Anwalt aus Washington, D. C., besucht ihr College."

„Und wie geht's Mikhail?"

„Hat viel zu tun. Sie renovieren eine Wohnung in Soho." Er verteilte die Gläser, goss den Wodka ein und stieß mit ihnen an. „So", sagte er zu Spence, als er sich in seinen Stammsessel setzte, „Sie unterrichten also Musik."

„Ja. Natasha ist eine meiner besten Studentinnen in Musikgeschichte."

„Schlaues Mädchen, meine Natasha." Er musterte Spence. Aber keineswegs so diskret, wie Natasha gehofft hatte. „Sie sind gute Freunde?"

„Ja", mischte Natasha sich hastig ein. Es gefiel ihr nicht, wie seine Augen leuchteten. „Das sind wir. Spence ist gerade in die Stadt gezogen. Er und Freddie haben vorher in New York gelebt."

„Das ist ja interessant. Wie Schicksal."

„Das denke ich auch immer", stimmte Spence ihm amüsiert zu. „Ich habe ein kleines Mädchen und Natasha einen sehr verlockenden Spielzeugladen. Und dann hat sie sich auch noch ausgerechnet für einen meiner Kurse eingetragen. Da war es für sie natürlich schwierig, mir aus dem Weg zu gehen, obwohl sie so trotzig war."

„Sie ist trotzig", erwiderte Yuri bedauernd. „Ihre Mutter ist auch trotzig. Ich bin sehr umgänglich."

Natasha schnaubte kurz.

„In meiner Familie wimmelt es geradezu vor trotzigen und respektlosen Frauen." Er nahm einen kräftigen Schluck. „Das ist mein Fluch."

„Vielleicht werde ich eines Tages das Glück haben, dasselbe sagen zu können." Spence lächelte ihr über den Rand seines Glases hinweg zu. „Wenn ich Natasha dazu gebracht habe, mich zu heiraten."

Natasha sprang auf und ignorierte das Grinsen ihres Vaters. „Da euch der Wodka offenbar schon zu Kopf gestiegen ist, frage ich Mama lieber, ob sie noch etwas heiße Schokolade übrig hat."

Yuri stemmte sich aus seinem Sessel und griff nach der Flasche. „Die Schokolade überlassen wir den Frauen."

Als Natasha beim ersten Tageslicht erwachte, hatte sich Freddie im Schlaf an sie gekuschelt. Sie lagen im Bett ihrer Kindheit, in einem Zimmer, in dem Natasha und ihre Schwester unzählige Stunden zusammen gelacht und geredet und sich manchmal auch gestritten hatten. Die Tapeten waren dieselben. Verblichene Rosen. Es hatte etwas von Geborgenheit an sich, wenn man morgens die Augen aufschlug und dieselben Wände sah, obwohl man vom Kind zur Jugendlichen und schließlich zur erwachsenen Frau geworden war.

Natasha drehte den Kopf und sah zu ihrer Schwester hinüber, die zwischen zerwühlten Laken im Nachbarbett lag. Typisch, dachte sie. Rachel hatte noch im Schlaf mehr Energie als manche Menschen im wachen Zustand. Sie war am Abend zuvor kurz vor Mitternacht heimgekommen, hatte alle umarmt und geküsst, begeistert von dem Vortrag berichtet und eine wahre Flut neugieriger Fragen auf sie losgelassen.

Ohne Freddie zu wecken, gab Natasha ihr einen Kuss aufs Haar und stand leise auf. Sie duschte, zog sich an und ging nach unten.

Aus der Küche drang frischer Kaffeeduft in ihre Nase, und sie folgte ihm.

„Mama." Nadia stand an der Arbeitsplatte und rollte Pastetenteig aus. „Es ist doch viel zu früh zum Kochen."

„An Thanksgiving ist es nie zu früh dazu." Sie hielt Natasha die Wange hin. „Möchtest du Kaffee?"

„Ich glaube nicht." Sie presste die Hand auf den Bauch. Schon beim Aufstehen war ihr so komisch gewesen. „Ich nehme an, bei dem Haufen zerknüllter Decken auf dem Sofa handelt es sich um Alex."

„Er kommt immer sehr spät nach Hause." Nadia rümpfte missbilligend die Nase. Doch dann zuckte sie mit den Schultern. „Er ist kein kleiner Junge mehr."

„Nein. Du musst dich damit abfinden, Mama. Du hast erwachsene Kinder. Und zwar welche, die du gut erzogen hast."

„Nicht so gut, dass Alex endlich einmal lernt, seine Socken nicht immer auf dem Boden herumliegen zu lassen." Aber sie lächelte, denn insgeheim war sie froh, dass Alex ihr noch einige Mutterpflichten ließ. Wenn eines Tages alle Kinder aus dem Haus waren, war es damit ohnehin vorbei. Dieser Tag würde noch früh genug kommen. Nadia seufzte tief bei diesem Gedanken.

„Sind Papa und Spence noch lange aufgeblieben?"

„Papa redet gern mit deinem Freund. Er ist ein netter Mann." Nadia legte etwas Teig auf einen Pastetenteller und formte ihn zu einem Kreis, dann griff sie wieder zur Rolle. „Sieht sehr gut aus."

„Ja", stimmte Natasha vorsichtig zu.

„Er hat eine gute Arbeit, ist verantwortungsbewusst und liebt seine Tochter."

„Ja", wiederholte Natasha.

„Warum heiratest du ihn nicht, wenn er es will?"

Sie hatte gewusst, dass ihre Mutter diese Frage stellen würde. Mit einem unterdrückten Seufzer lehnte Natasha sich gegen den Küchentisch. „Es gibt eine Menge netter, verantwortungsbewusster und gut aussehender Männer, Mama. Soll ich die alle heiraten?"

„Von ihnen gibt es nicht so viele, wie du denkst." Lächelnd machte Nadia sich an die dritte Pastete. „Liebst du ihn nicht?" Als Natasha nicht antwortete, wurde Nadias Lächeln breiter. „Ah."

„Bitte, Mama. Spence und ich, wir kennen uns erst seit einigen Monaten. Es gibt vieles, was er von mir noch nicht weiß."

„Dann erzähl es ihm."

„Irgendwie kann ich das nicht."

Nadia legte die Teigrolle hin und nahm das Gesicht ihrer Tochter zwischen die mehligen Hände. „Er ist nicht so wie der andere."

„Nein, das ist er nicht. Aber ..."

Nadia schüttelte den Kopf. „Etwas festzuhalten, das längst vorbei ist, macht im Inneren krank. Du hast ein gutes Herz, Tash. Vertraue dir selbst."

„Das würde ich ja gern." Sie legte die Arme um ihre Mutter. „Ich liebe ihn, Mama. Aber ich habe immer noch Angst, und es tut noch weh." Sie atmete tief durch und trat einen Schritt zurück. „Ich möchte mir Papas Wagen ausleihen."

Nadia fragte nicht, wohin sie damit wollte. Das brauchte sie nicht. „Ja, sicher. Ich komme mit."

Natasha küsste ihre Mutter auf die Wange und schüttelte stumm den Kopf.

Sie war schon eine Stunde fort, als Spence mit müden Augen nach unten kam. Der graue Hund und er tauschten mitfühlende Blicke aus. Yuri hatte am Abend zuvor großzügig Wodka ausgeschenkt. An Gäste und Haustiere. Momentan kam es Spence vor, als wäre sein Kopf ein Steinbruch. Und zwar einer in Hochbetrieb. Glücklicherweise war da der Duft vom Backen und, besonders willkommen, von Kaffee. Sonst hätte er den Weg in die Küche vermutlich nie gefunden.

Nadia reichte ein Blick. Lachend wies sie auf den Tisch. „Setzen Sie sich." Sie goss ihm den starken, pechschwarzen Kaffee ein. „Trinken Sie. Ich mache Ihnen Frühstück."

Spence nahm die Tasse zwischen beide Hände und trank, als wäre es der letzte Schluck in seinem Leben. „Danke. Aber lassen Sie sich nicht stören."

Nadia machte eine abwehrende Handbewegung und griff nach einer gusseisernen Bratpfanne. „Ich sehe Ihnen doch an, was für einen Riesenkater Sie haben. Yuri hat Ihnen zu viel Wodka eingeschenkt."

„Nein, nein. Das habe ich mir selbst eingebrockt." Er öffnete die Aspirin-Flasche, die sie ihm auf den Tisch stellte. „Sie sind ein Engel, Mrs. Stanislaski."

„Nadia. Wer sich in meinem Haus betrinkt, nennt mich Nadia."

„So habe ich mich seit dem College nicht mehr gefühlt." Mit diesen Worten schluckte er gleich drei Aspirin hinunter. „Möchte bloß wissen, warum mir das damals Spaß gemacht hat." Er rang sich ein müdes Lächeln ab. „Irgendetwas riecht ganz wunderbar."

„Meine Pasteten werden Ihnen schmecken." Sie schob die dicken Würste in der Pfanne hin und her. „Sie haben Alex in der Nacht getroffen."

„Ja." Spence lehnte nicht ab, als sie ihm die Tasse erneut füllte. „Das war Grund genug, sich noch einen Drink einzugießen. Sie haben eine großartige Familie, Nadia."

„Sie macht mich stolz. Sie macht mir Sorgen. Sie wissen, wovon ich rede. Sie haben ja eine Tochter."

„Ja." Er lächelte und stellte sich vor, wie Natasha in einem Vierteljahrhundert aussehen würde.

„Natasha ist die Einzige, die weit weggezogen ist. Um sie sorge ich mich am meisten."

„Sie ist sehr stark."

Nadia nickte nur und schlug Eier in die Pfanne. „Sind Sie ein geduldiger Mensch, Spence?"

„Ich glaube schon."

Nadia sah über die Schulter. „Seien Sie nicht zu geduldig."

„Komisch. Genau das hat Natasha mir auch gesagt."

Mit zufriedener Miene steckte sie Brot in den Toaster. „Schlaues Mädchen, meine Tochter."

Die Küchentür ging auf. Alex, dunkelhaarig, mit schweren Lidern und zerknittert aussehendem Gesicht, kam grinsend herein. „Ich rieche ein köstliches Frühstück."

Der erste Schnee fiel. Kleine, fast durchsichtige Flocken, die vom Wind herumgewirbelt wurden und sich auflösten, bevor sie den Boden erreichten. Es gab Dinge, das wusste Natasha, die wunderschön und liebenswert waren, obwohl sie nur für kurze Zeit blieben.

Sie stand allein da, dick vermummt gegen die Kälte, die sie nur innerlich spürte. Das Licht war ein blasses Grau, wirkte aber wegen der winzigen herumtanzenden Flocken nicht trübe. Blumen hatte sie nicht mitgebracht. Das tat sie nie. Auf dem kleinen Grab würden sie viel zu traurig aussehen.

Lily. Mit geschlossenen Augen erinnerte sie sich daran, wie es gewesen war, das junge, zerbrechliche Leben in den Armen zu halten. Ihr Baby. Malenka. Ihr kleines Mädchen. Sie dachte an die hübschen blauen Augen, die feingliedrigen Miniaturhände.

Wie die Blume, nach der sie benannt worden war, so war auch Lily schön gewesen und hatte ein viel zu kurzes Leben gehabt. Rot und faltig war sie gewesen, mit winzigen Fäusten, als die Schwester sie zum ersten Mal in Natashas Arme gelegt hatte. Und selbst jetzt spürte sie das schmerzhafte, aber nicht unangenehme Ziehen in der Brust, das sie empfunden hatte, wenn sie Lily stillte. Sie erinnerte sich an die weiche Haut und den Duft von Puder und Creme und daran, wie herrlich es gewesen war, mit dem Baby an der Schulter im Schaukelstuhl zu sitzen.

So schnell vorbei, dachte Natasha. Einige unschätzbare Wochen. So sehr sie auch nachdachte, so oft sie auch betete, nie würde sie verstehen. Sich damit abfinden vielleicht, aber verstehen nie.

„Ich liebe dich, Lily." Sie bückte sich und presste eine Handfläche auf das kalte Gras. Dann richtete sie sich auf, drehte sich um und ging durch den wirbelnden Schnee davon.

Wohin war sie nur gefahren? Es gab mindestens ein Dutzend Möglichkeiten. Spence wusste, dass es dumm war, sich Sorgen zu machen. Trotzdem war er beunruhigt. Auch weil er spürte, dass ihre Familie wusste, wo sie war, es ihm aber nicht sagte.

Das Haus war bereits voller Lärm und Lachen, und überall duftete es nach dem bevorstehenden Festtagsschmaus.

Es gab vieles, was Natasha ihm nicht erzählt hatte. Die Fotos, die im Wohnzimmer standen, ließen daran nicht den geringsten Zweifel. Natasha in einer Gymnastikhose und Tanzschuhen, im Ballettröckchen und auf Zehenspitzen, mit wachen, glänzenden Augen. Natasha mit wehenden Haaren auf dem höchsten Punkt eines Grand Jeté.

Sie war Tänzerin gewesen, offenbar professionell, hatte es jedoch nie erwähnt. Warum hatte sie den Beruf aufgegeben? Warum hatte sie eine so bedeutende Phase ihres Lebens vor ihm verheimlicht?

Als Rachel aus der Küche kam, sah sie, wie er

eines der Fotos in der Hand hielt. Schweigend musterte sie ihn für einen Moment. Wie ihrer Mutter, so gefiel auch ihr, was sie sah. Der Mann besaß Stärke und Sanftheit zugleich. Ihre Schwester brauchte und verdiente beides.

„Es ist ein schönes Foto."

Spence drehte sich um. Rachel war größer als Natasha und sogar noch etwas schlanker. Ihr dunkles Haar war kurz geschnitten und umrahmte das Gesicht. Am beeindruckendsten waren ihre Augen. Die Farbe war eher Gold als Braun. „Wie alt war sie damals?"

Rachel steckte die Hände in die Hosentaschen und ging zu ihm hinüber. „Sechzehn, glaube ich. Sie war damals im Corps de Ballet. Sie war eine begeisterte Tänzerin. Um ihre Grazie habe ich Tash immer beneidet. Ich war mit ihr verglichen immer ein Klotz." Lächelnd wechselte sie das Thema. „Immer größer und drahtiger als die Jungs. Dauernd habe ich mit den Ellbogen etwas umgestoßen. Wo ist denn Freddie?"

Spence stellte das Foto wieder an seinen Platz. Rachel hatte ihm durch die Blume gesagt, dass die Beantwortung seiner Fragen Natashas Sache war. „Sie ist oben und sieht sich mit Yuri zusammen die Festtagsparade an."

„Die lässt er nie aus. Er war schrecklich enttäuscht, als wir nicht mehr auf seinem Schoß sitzen und die bunten Festwagen bestaunen wollten."

Als im ersten Stock ein quietschendes Lachen ertönte, drehten sie sich zur Treppe um. Füße trappelten. Wie ein pinkfarbener Wirbelwind kam Freddie in ihrem Overall hinuntergestürmt und warf sich Spence in die ausgebreiteten Arme. „Daddy, Papa brummt wie ein Bär. Wie ein ganz großer Bär."

„Hat er seinen Bart an deiner Wange gerieben?" wollte Rachel wissen.

„Er ist kratzig." Kichernd wand sie sich aus Spences Armen und rannte wieder hinauf, um sich dem bärtigen Bären nochmals auszusetzen.

„Sie amüsiert sich großartig", sagte Spence.

„So ist Papa. Wie geht's dem Kopf?"

„Besser, danke." Er hörte, wie Yuris Wagen vor dem Haus hielt, und warf einen Blick durchs Fenster.

„Mama braucht meine Hilfe." Rachel huschte in die Küche.

Er wartete an der Tür auf sie. Natasha sah blass und erschöpft aus, lächelte aber zur Begrüßung. „Guten Morgen." Sie brauchte ihn und legte die Arme um seine Taille.

„Geht's dir gut?"

„Ja." Jetzt, wo er sie so hielt, stimmte das sogar. „Ich habe damit gerechnet, dass du noch schläfst."

„Nein, ich bin schon eine Weile auf. Wo bist du gewesen?"

Sie nahm den Schal ab. „Es gab etwas, das ich

tun musste. Wo sind denn die anderen?" fragte sie und hängte ihren Mantel in den engen Wandschrank.

„Deine Mutter und Rachel sind in der Küche. Und Alex telefonierte gerade, als ich ihn zuletzt sah."

Diesmal fiel ihr Lächeln ungezwungen aus. „Vermutlich raspelt er wieder bei einem Mädchen Süßholz."

„Hörte sich so an. Freddie ist mit deinem Vater oben und sieht sich die Parade an."

Als hätte sie es gehört, kam Freddie die Treppe heruntergerannt und raste auf Natasha zu. Sie schlang die Arme um ihre Taille. „Du bist zurück!"

„Das bin ich." Natasha bückte sich und küsste Freddie auf den Kopf. „Und was hast du so getrieben?"

„Ich sehe mir mit Papa die Parade an. Er kann wie Donald Duck sprechen und lässt mich auf seinem Schoß sitzen."

„So, so." Natasha beugte sich vor und schnupperte. Freddies Atem waren die vielen Weingummis noch anzumerken. „Ist er immer noch so wild auf die gelben?"

Freddie lächelte und warf ihrem Vater einen raschen Blick zu. Spence fand Weingummis keineswegs so toll wie Yuri. „Das macht nichts. Ich mag die roten sowieso am liebsten."

„Wie viele rote?" fragte Spence.

Freddie hob die Schultern und ließ sie wieder fallen. Spence bemerkte belustigt, dass seine Tochter Natashas gewohnheitsmäßige Geste beinahe perfekt nachahmte. „Nicht so viele", erwiderte sie. „Kommst du mit hoch?" Sie zog an Natashas Hand. „Gleich ist Santa Claus an der Reihe."

„In ein paar Minuten." Natasha bückte sich fast automatisch, um Freddie den Schnürsenkel zuzubinden. „Sag Papa, dass ich Mama nichts von den Weingummis erzähle. Aber nur, wenn er mir welche übrig lässt."

„Okay." Freddie tobte die Treppe hinauf.

„Er hat sie ziemlich beeindruckt", sagte Spence.

„Papa beeindruckt jeden." Sie richtete sich wieder auf, und plötzlich schien der Raum sich um sie zu drehen. Bevor sie zu Boden sinken konnte, ergriff Spence ihre Arme.

„Was ist denn los?"

„Nichts." Sie presste eine Hand gegen die Schläfe und wartete darauf, dass der Schwindelanfall vorüberging. „Ich bin nur zu schnell aufgestanden, das ist alles."

„Du siehst blass aus. Komm, setz dich." Er legte ihr den Arm fürsorglich um die Taille, aber sie schüttelte den Kopf.

„Nein, ich bin in Ordnung, wirklich. Nur etwas müde." Erleichtert, dass der Raum jetzt wieder stillstand, lächelte sie ihm zu. „Schuld hat Rachel. Sie hätte die ganze Nacht hindurch geredet, wenn ich nicht aus Gründen der Selbstverteidigung eingeschlafen wäre."

„Hast du etwas gegessen?"

„Ich dachte, du bist Doktor der Musik." Sie tätschelte ihm die Wange. „Keine Sorge. Ich brauche nur die Küche zu betreten, und Mama fängt an, mich zu füttern."

In diesem Moment ging die Haustür auf. Spence sah, wie ihr Gesicht aufleuchtete. „Mikhail!" Lachend warf sie sich ihrem Bruder um den Hals. Er hatte dieses südländische, atemberaubend gute Aussehen, das offenbar zum Familienerbe gehörte. Als größter Stanislaski musste er sich vorbeugen, um Natasha fest an sich zu drücken. Sein Haar ringelte sich in Locken um die Ohren und über den Kragen. Seine Hände strichen Natasha zärtlich übers Haar. Sie waren breit und wohl geformt.

Spence brauchte nur Sekunden, um es zu erkennen. Natasha liebte jeden in ihrer Familie, aber zwischen diesen beiden gab es ein besonderes Band.

„Ich habe dich vermisst." Sie küsste ihn auf beide Wangen und umarmte ihn erneut. „Ich habe dich wirklich vermisst."

„Warum kommst du dann so selten?" Sanft schob er sie von sich, um sie genauer anzusehen.

Ihre Hände waren noch kalt, also war sie schon draußen gewesen. Und er wusste, wo sie den Morgen verbracht hatte. Er murmelte etwas auf Ukrainisch, doch sie schüttelte nur den Kopf. Mit einem Schulterzucken, das ihrem sehr ähnlich war, ließ er das Thema ruhen.

„Mikhail, das ist Spence."

Während er den Mantel auszog, drehte Mikhail sich zu Spence um und musterte ihn.

Anders als Alex, der ihn sofort freundlich akzeptiert hatte, oder als Rachel, die ihn einer unauffälligen Prüfung unterzogen hatte, ließ Mikhail seinen Blick lange und intensiv auf Spence ruhen. Zweifellos würde er es sofort sagen, wenn der Freund seiner Schwester vor seinen Augen keine Gnade fand.

„Ich kenne Ihre Arbeit", meinte er schließlich. „Sie ist exzellent."

„Danke." Spence gab den kritischen Blick zurück. „Das kann ich von Ihrer auch behaupten." Mikhail hob eine dunkle Braue. „Ich habe die Figuren gesehen, die Sie für Natasha geschnitzt haben."

„Ah." Die Andeutung eines Lächelns erschien auf dem ernsten Gesicht. „Meine Schwester liebt Märchen über alles." Von oben ertönte ein Quietschen und dann ein tiefes Gelächter.

„Das ist Freddie", erklärte Natasha. „Spences Tochter. Papa ist ganz hingerissen von ihr."

Mikhail hakte einen Daumen durch eine Gürtelschlaufe. „Sie sind Witwer."

„Das ist richtig."

„Und jetzt unterrichten Sie am College."

„Ja."

„Mikhail", unterbrach Natasha, „spiel hier nicht den großen Bruder. Ich bin älter als du."

„Aber ich bin größer." Mit einem raschen aufblitzenden Lächeln legte er ihr den Arm um die Schultern. „Also, was gibt's zu essen?"

Viel zu viel, entschied Spence, als die Familie sich am späten Nachmittag um den Tisch versammelte. Der riesige Truthahn, der auf dem Tablett mitten auf der gehäkelten Decke stand, war nur der Anfang. Nadia nahm die Traditionen ihres neuen Heimatlandes ernst und hatte ein typisch amerikanisches Festtagsmahl zubereitet, vom Kastanien-Dressing bis zu den Kürbis-Pasteten.

Mit großen Augen starrte Freddie auf die Parade der Gerichte. Der Raum war voller Lärm, alle sprachen durcheinander. Unter dem Tisch lag neben ihren Füßen der alte Sasha in der Hoffnung auf ein paar unauffällig nach unten gereichte Brocken. Sie saß auf einem Stuhl, der durch die New Yorker Gelben Seiten künstlich erhöht wurde. Was sie betraf, so war das der schönste Tag ihres Lebens.

Alex und Rachel stritten über einen Streich aus

ihrer Kindheit. Mikhail mischte sich ein und erklärte, dass sie sich beide irrten. Als sie nach ihrer Meinung gefragt wurde, lachte Natasha nur und schüttelte den Kopf. Dann murmelte sie Spence etwas ins Ohr, das ihn schmunzeln ließ.

Als Yuri das Glas hob, ergriff sie seine Hand.

„Genug", sagte er, und schon herrschte erwartungsvolle Stille. „Ihr könnt euch später streiten, wer die weißen Mäuse im Schullabor ausgesetzt hat. Jetzt möchte ich einen Toast ausbringen. Wir danken für das Essen, das Nadia und meine Mädchen für uns zubereitet haben. Und wir danken besonders dafür, dass wir es mit der ganzen Familie und guten Freunden genießen dürfen. Wie wir es an unserem ersten Thanksgiving in unserem Land getan haben, danken wir dafür, dass wir frei sind."

„Auf die Freiheit", sagte Mikhail und hob das Glas.

„Auf die Freiheit", stimmte Yuri zu. Mit verschleiertem Blick sah er in die Runde. „Und auf die Familie."

11. KAPITEL

An diesem Abend lauschte Spence den Geschichten, die Yuri über die alte Heimat erzählte. Freddie lag dösend auf dem Schoß ihres Vaters. Das Essen war laut und lebhaft gewesen. Jetzt dagegen war es ruhig und besinnlich. Auf der anderen Seite des Zimmers spielten Rachel und Alex ein Gesellschaftsspiel. Sie stritten häufig, aber ohne jede Verbissenheit.

In der Ecke hatten Natasha und Mikhail die dunkelhaarigen Köpfe zusammengesteckt. Spence hörte sie murmeln und bemerkte, dass sie einander häufig berührten. An der Hand, an der Wange. Nadia stickte an einem weiteren Kissenbezug. Hin und wieder verbesserte sie Yuri lächelnd oder gab einen Kommentar ab.

„Frau." Yuri richtete den Stiel seiner Pfeife auf Nadia. „Ich erinnere mich an alles, als ob es gestern wäre!"

„Du erinnerst dich so, wie du es erinnern willst."

„Tak." Er schob sich die Pfeife wieder in den Mund. „Dann gibt es auch eine bessere Geschichte ab."

Als Freddie sich bewegte, sah Spence auf sie hinab. „Ich bringe sie besser zu Bett."

„Ich tue es." Nadia legte ihr Stickzeug zur Seite

und stand auf. „Ich tue es gern." Sie gab beruhigende Laute von sich und hob Freddie in die Arme. Freddie hatte nichts dagegen, sondern schmiegte sich schläfrig an Nadias Hals.

„Schaukelst du mich?"

„Ja." Gerührt küsste Nadia ihr Haar und ging zur Treppe. „In dem Stuhl, in dem ich alle meine Babys geschaukelt habe."

„Singst du auch?"

„Ich singe dir das Lied, das meine Mutter mir immer vorgesungen hat. Würde dir das gefallen?"

Freddie gähnte und nickte verschlafen.

„Sie haben eine wunderschöne Tochter." Yuri sah wie Spence den beiden nach. „Sie müssen sie oft herbringen."

„Dafür wird Freddie schon sorgen, glaube ich."

„Sie ist immer willkommen, so wie Sie auch." Yuri zog an der Pfeife. „Selbst dann, wenn Sie meine Tochter nicht heiraten."

Die Aussage löste für ungefähr zehn Sekunden ein knisterndes Schweigen aus, bis Alex und Rachel sich mit verstohlenem Lächeln wieder über ihr Spiel beugten. Spence machte aus seiner Freude keinen Hehl, als Natasha aufstand.

„Wir haben nicht mehr genug Milch für morgen früh", sagte sie kurz entschlossen. „Ich werde welche holen gehen. Spence, begleitest du mich?"

„Sicher." Er lächelte strahlend.

In Mantel und Schal gehüllt traten sie wenig später in die Kälte hinaus. Über ihnen war der Himmel so klar wie schwarzes Glas und voller frostig glitzernder Sterne.

„Er wollte dich bestimmt nicht in Verlegenheit bringen", begann Spence.

„Doch, das wollte er."

Spence legte ihr schmunzelnd den Arm um die Schulter. „Nun ja, vermutlich wollte er das wirklich. Ich mag deine Familie."

„Ich auch. Meistens jedenfalls."

„Du kannst froh sein, dass du sie hast. Wenn ich Freddie hier so sehe, wird mir klar, wie wichtig die Familie ist. Irgendwie habe ich mich nie um einen engeren Kontakt zu Nina oder meinen Eltern bemüht."

„Trotzdem sind sie deine Familie. Vielleicht sind wir uns deshalb so nah, weil wir nur uns hatten, als wir herkamen."

„Ich gebe zu, dass meine Familie nie mit einem Fuhrwerk die Berge nach Ungarn überquert hat."

Sie musste lachen. „Rachel war immer neidisch auf uns, weil sie damals noch nicht geboren war. Als kleines Mädchen hat sie sich dadurch an uns gerächt, dass sie behauptete, amerikanischer als wir zu sein. Weil sie in New York zur Welt gekommen ist. Und vor gar nicht so langer Zeit hat ihr jemand gesagt, sie solle ihren Namen ändern, wenn sie Anwältin werden will." Sie lachte erneut und sah zu ihm hoch. „Sie war tödlich beleidigt und demonstrierte ihm ihr ukrainisches Temperament."

„Es ist ein guter Name. Du könntest ihn beruflich weiterführen, nachdem du mich geheiratet hast. Was hältst du davon?"

„Fang nicht schon wieder an."

„Das muss der Einfluss deines Vaters sein." Er sah zu dem dunklen Laden hinüber. An der Tür hing ein Schild. „Er ist geschlossen!"

„Ich weiß." Sie drehte sich in seine Arme. „Ich wollte nur etwas laufen. Und jetzt, wo wir in einem dunklen Hauseingang stehen, kann ich dich endlich küssen."

„Das Argument überzeugt mich." Spence neigte ihr den Kopf entgegen.

Natasha ärgerte sich darüber, dass sie auf der Fahrt nach Hause immer wieder einschlief. Als sie sich zum letzten Mal zwang, die Augen aufzuschlagen und wach zu werden, passierte der Wagen schon die Grenze zwischen Maryland und West Virginia.

„So weit sind wir schon." Sie richtete sich auf und warf Spence einen entschuldigenden Blick zu. „Ich habe dich gar nicht abgelöst."

„Kein Problem. Du sahst aus, als könntest du Schlaf brauchen", sagte er mitfühlend.

„Zu viel Essen und zu wenig Ruhe." Sie sah sich nach Freddie um, die auf dem Rücksitz friedlich schlummerte. „Wir waren keine sonderlich unterhaltsamen Beifahrer, was?"

„Du kannst es wieder gutmachen. Komm noch mit mir nach Hause."

„Einverstanden." Das war das Mindeste, was sie tun konnte. Vera kam erst am Sonntag zurück.

Als sie vor dem Haus hielten, war es bereits dunkel. Spence brachte Freddie nach oben und legte sie ins Bett.

Natasha wartete in der Küche und nutzte die Zeit, Tee zu kochen und Sandwiches zu machen. Als Spence wieder herunterkam, war der Küchentisch schon gedeckt.

„Sie schläft wie ein Stein." Er musterte den Tisch. „Du kannst Gedanken lesen."

„Mit zwei bewusstlosen Passagieren konntest du schlecht anhalten, um etwas zu essen."

„Was gibt es?"

„Alte ukrainische Tradition." Sie zog ihren Stuhl zurück und setzte sich. „Tunfisch."

„Großartig", entschied Spence nach dem ersten Bissen. „Eine wirklich köstliche Tradition."

Er meinte nicht nur das Sandwich. Er mochte es, wie sie ihm im hellen Küchenlicht gegenübersaß. Um sie herum war das Haus ruhig.

„Ich habe morgen einen harten Tag", unterbrach Natasha die Stille. „Von jetzt an bis Weihnachten wird der Laden ein Tollhaus sein. Ich habe mir eine Aushilfskraft vom College geholt.

Sie fängt morgen an." Sie hob ihre Tasse und grinste ihn an. „Rate mal, wer es ist."

„Hoffentlich Melony Trainor", sagte er. Sie war eine seiner attraktivsten Studentinnen, und seine Bemerkung brachte ihm von Natasha einen spielerischen Schlag gegen die Schulter ein.

„Nein, die ist viel zu sehr mit Flirten beschäftigt, um noch Zeit für Arbeit zu haben. Terry Maynard ist es."

„Maynard? Wirklich?"

„Ja. Er braucht das Geld, um sich einen neuen Auspuff für seinen Wagen zu kaufen, und außerdem ...", sie machte eine dramatische Kunstpause, „... läuft zwischen ihm und Annie etwas."

„Ohne Scherz?" Grinsend lehnte er sich zurück. „Nun, dann hat er es ja schnell verdaut, dass du sein Leben zerstört hast."

Natasha zog eine Braue hoch. „Ich habe es nicht zerstört, nur ein wenig erschüttert. Seit drei Wochen sehen die beiden sich fast jeden Abend."

„Klingt nach einer ernsthaften Sache."

„Ich glaube, das ist es auch. Aber Annie hat Angst, dass sie zu alt für ihn ist."

„Wie viel älter ist sie denn?"

Natasha beugte sich vor und senkte die Stimme. „Oh, sehr viel älter. Fast ein komplettes Jahr."

„Das grenzt ja schon an Verführung Abhängiger."

„Ich freue mich immer, wenn ich sie zusammen

sehe. Ich hoffe nur, dass sie beim gegenseitigen Anhimmeln nicht die Kunden vergessen." Schulterzuckend griff sie zur Tasse. „Ich glaube, ich werde früher hingehen und mit der Dekoration anfangen."

„Du wirst morgen Abend ziemlich erschöpft sein. Warum kommst du nicht zum Essen her?"

Überrascht legte sie den Kopf auf die Seite. „Du kochst?"

„Nein." Grinsend schob er sich den Rest des Sandwiches in den Mund. „Aber meine Mitnahmegerichte sind großartig. Du hast die Wahl zwischen Hähnchen und Pizza. Jeweils ein ganzer Karton voll. Mit allem, was dazugehört. Ich habe sogar schon einmal orientalische Meeresfrüchte aufgetrieben."

„Das Menü überlasse ich dir." Sie stand auf, um den Tisch abzuräumen, aber er ergriff ihre Hand.

„Natasha." Er erhob sich und strich ihr mit der freien Hand übers Haar. „Ich möchte dir dafür danken, dass du die letzten Tage mit mir verbracht hast. Es hat mir viel bedeutet."

„Mir auch."

„Trotzdem hat es mir gefehlt, mit dir allein zu sein." Er rieb seinen Mund über ihre Lippen. „Komm mit mir nach oben. Ich möchte dich in meinem Bett lieben."

Sie antwortete nicht. Aber sie zögerte auch nicht. Sie legte ihm den Arm um die Hüften und ging mit ihm die Treppe hinauf.

Im weichen Licht der Nachttischlampe erkannte sie die dunklen, männlichen Farben, die er für sein Zimmer ausgesucht hatte. Mitternachtsblau, waldgrün. An der einen Wand dominierte ein Ölgemälde in einem schweren, reich verzierten Rahmen. Sie sah die Umrisse exquisiter Antiquitäten. Das Bett war groß, ein geräumiger Rückzugsbereich, mit einer dicken weichen Decke. Natasha wusste, dass sie die erste Frau war, die er in dieses Zimmer, in dieses Bett mitnahm.

Sie sah ihre beiden Spiegelbilder in dem Spiegel über der massiven Herrenkommode und sie sah sich lächeln, als er ihre Wange berührte.

Ihre Erschöpfung war verschwunden. Jetzt fühlte sie nur das innere Glühen, das vom Lieben und Geliebtwerden herrührte. Worte waren zu schwierig, aber als sie ihn küsste, sprach ihr Herz für sie.

Langsam zogen sie einander aus.

Sie streifte ihm den Sweater über den Kopf. Er öffnete die Knöpfe ihrer Strickjacke und schob sie ihr von den Schultern. Sie sah ihm in die Augen, während sie sein Hemd aufknöpfte. Er half ihr aus dem Pullover und ließ seine Finger noch eine Weile auf ihren Schultern ruhen. Sie hakte seine Hose auf. Er ließ den Verschluss ihrer Slacks aufschnappen. Ohne Hast ließ er den Teddy an ihrem Körper nach unten gleiten, während sie ihm das letzte Hindernis, das sich noch zwischen ihnen befand, abstreifte.

Wie in Zeitlupe bewegten sie sich, ließen ihre Körper einander berühren. Ihre Handflächen pressten sich gegen seinen Rücken, seine Hände wanderten ihre Seiten hinauf. Mit mal zur einen, mal zur anderen Seite geneigten Köpfen experimentierten sie mit ausgiebigen, leidenschaftlichen Küssen. Ihre Körper erwärmten sich, und ihre Lippen sehnten sich nach dieser Wärme. In diesem Zimmer war alles so natürlich.

In wortloser Übereinstimmung lösten sie sich voneinander. Spence schlug die Decke zurück. Zusammen schlüpften sie darunter.

Es gibt keinen Ersatz für Intimität, dachte Natasha. Sie ist unvergleichlich. Ihre Körper rieben sich aneinander, und bei jeder Bewegung schienen die Laken zu wispern. Ein Seufzen antwortete ihm auf die gemurmelten Liebkosungen. Der Duft seiner Haut war ihr wohl vertraut. Seine Berührung war zunächst sanft, dann verführerisch, schließlich fordernd, aber immer genau das, was sie wollte.

Sie war einfach wunderschön. Nicht nur ihr Körper, nicht nur das bezaubernde Gesicht, sondern auch und gerade ihr Innerstes. Wenn sie sich mit ihm zusammen bewegte, spürte er eine intensivere Harmonie, als er sie mit Musik je schaffen könnte. Sie war seine Musik, ihr Lachen, ihre Stimme, ihre Gesten. Er wusste nicht, wie er es ihr erklären sollte. Aber er wusste sehr genau, wie er es ihr zeigen konnte.

Seine Zärtlichkeiten gaben ihr das Gefühl, als wäre es das erste und einzige Mal. Noch nie hatte sie in sich eine solche Eleganz und Grazie gespürt. Noch nie eine solche Stärke und Sicherheit.

Als er über sie glitt und sie sich ihm entgegenstreckte, war es perfekt.

„Ich möchte, dass du bleibst."

Natasha drehte den Kopf, bis ihr Gesicht an seinem Hals lag. „Ich kann nicht. Freddie würde morgen früh Fragen stellen, von denen ich nicht weiß, wie ich sie beantworten soll."

„Es gibt eine ganz einfache Antwort. Ich werde ihr die Wahrheit sagen. Dass ich dich liebe."

„So einfach ist das gar nicht."

„Es ist die Wahrheit." Er stützte sich auf einen Arm, um sie anzusehen. „Ich liebe dich wirklich, Natasha."

„Spence ..."

„Nein. Keine Logik, keine Ausreden. Das haben wir alles hinter uns. Sag mir, dass du mir glaubst."

Sie sah ihm in die Augen und erkannte in ihnen, was sie schon wusste. „Ja, ich glaube dir."

„Dann sag mir, was du fühlst. Ich muss es wissen."

Er hatte ein Recht, es zu erfahren. Doch die in ihr aufsteigende Panik hinterließ einen schalen Geschmack auf der Zunge. „Ich liebe dich. Und ich habe Angst."

Er hob ihre Hand an die Lippen und küsste sie fest auf die Finger. „Warum?"

„Weil ich schon einmal jemanden geliebt habe und es ein bitteres Ende genommen hat."

Da war er wieder, der Schatten aus ihrer Vergangenheit, gegen den er nichts ausrichten konnte, weil er namenlos war. „Keiner von uns ist in seinem bisherigen Leben ohne Narben davongekommen, Natasha. Aber wir haben die Chance, etwas Neues, etwas Bedeutendes zu schaffen."

Sie wusste, dass er Recht hatte. Fühlte es. Dennoch zögerte sie. „Ich wünschte, ich wäre mir da so sicher. Spence, es gibt Dinge, die du über mich noch nicht weißt."

„Dass du Tänzerin warst?"

Sie zog sich das Laken über die Brust und setzte sich auf. „Ja, das war früher."

„Warum hast du mir nie davon erzählt?"

„Weil es vorbei ist."

Er strich ihr das Haar aus dem Gesicht. „Warum hast du mit dem Tanzen aufgehört?"

„Ich musste mich entscheiden." Der Schmerz kehrte zurück, aber nur kurz. Sie lächelte ihn an. „Ich war nicht so gut. Oh, ich war begabt, und eines Tages wäre ich vielleicht sogar eine Primaballerina geworden. Vielleicht ... Es gab eine Zeit, da habe ich davon geträumt."

„Möchtest du darüber reden?"

Es würde der Anfang sein, das wusste sie. „Ich

hoffe, du erwartest nichts Aufregendes." Sie hob die Hände, ließ sie aufs Laken fallen. „Ich fing spät damit an. Erst nachdem wir hierher kamen. Über die Kirche lernten meine Eltern Martina Latova kennen. Sie war vor vielen Jahren eine berühmte russische Tänzerin und ist geflohen. Sie wurde die Freundin meiner Mutter und bot an, mir Ballettstunden zu geben. Das Tanzen tat mir gut. Mein Englisch war schwach, und deshalb fand ich schwer Freunde. Es war alles so anders hier."

„Ja, das kann ich mir vorstellen."

„Damals war ich fast acht. In dem Alter ist es schon schwierig, dem Körper Bewegungen beizubringen, für die er nicht geschaffen ist. Aber ich habe hart gearbeitet. Meine Eltern waren so stolz." Sie lachte, aber ohne Bitterkeit. „Papa war überzeugt, dass ich die nächste Pawlowa werden würde. Als ich zum ersten Mal auf der Spitze tanzte, hat Mama geweint. Das Tanzen kann einen besessen machen, kann einem Freude und Schmerz bereiten. Es ist eine völlig andere Welt, Spence. Ich kann es nicht erklären. Man muss dazugehören."

„Du brauchst es nicht zu erklären."

Sie sah auf. „Natürlich. Du verstehst es", murmelte sie. „Wegen deiner Musik. Ich war fast sechzehn, als ich in das Corps de Ballet eintrat. Es war wunderbar. Vielleicht wusste ich nicht, dass es noch andere Welten gibt, aber ich war glücklich."

„Und was geschah dann?"

„Es gab da einen Tänzer." Sie schloss die Augen. Jetzt kam es auf jedes Wort an. „Du hast bestimmt schon von ihm gehört. Anthony Marshall."

„Ja." Sofort hatte Spence das Bild eines hoch gewachsenen, blonden Mannes mit schlanker Figur und unglaublicher Grazie vor Augen. „Ich habe ihn oft tanzen sehen."

„Er war fantastisch. Ist es", verbesserte sie sich. „Allerdings habe ich seit Jahren kein Ballett mehr mit ihm gesehen. Zwischen uns entwickelte sich eine Beziehung. Ich war jung. Zu jung. Und es war ein gewaltiger Fehler."

Jetzt hatte der Schatten endlich einen Namen. „Du hast ihn geliebt."

„Oh ja. Auf naive und idealistische Art. So wie ein Mädchen mit siebzehn liebt. Und ich glaubte, dass er mich auch liebte. Jedenfalls behauptete er es. Mit Worten und Taten. Er war sehr charmant, romantisch ... und ich wollte ihm glauben. Er versprach mir die Ehe, eine Zukunft, eine Tanzpartnerschaft, all die Dinge, die ich hören wollte. Er hat alle Versprechen gebrochen – und mein Herz."

„Deshalb willst du jetzt von mir keine Versprechen hören."

„Du bist nicht Anthony", flüsterte sie und hob die Hand an seine Wange. „Glaub mir, das weiß ich. Und ich vergleiche nicht. Ich bin nicht mehr die Frau, die ihre Träume auf ein paar dahingesagte Worte baut."

„Kein Wort von mir war so einfach dahingesagt."

„Nein." Sie beugte sich vor, um ihre Wange an seine zu legen. „Das ist mir in den letzten Monaten klar geworden. Und ich verstehe jetzt, dass das, was ich für dich empfinde, anders ist als alles, was ich bisher gefühlt habe." Es gab noch mehr, was sie ihm erzählen wollte, aber die Worte blieben ihr im Hals stecken. „Bitte, lass es für heute genug sein."

„Für heute. Nicht für immer."

Sie drehte ihm das Gesicht zu. „Nur für heute."

Wie konnte das sein? Wie hatte das ausgerechnet jetzt passieren können? Jetzt, wo sie gerade wieder begann, sich selbst zu vertrauen, ihrem Herzen zu vertrauen? Wie würde sie es nochmals durchstehen können?

Natasha kam es vor, als wäre ihr Leben ein Film, der zurückgespult worden war und wieder von vorn begann. Genau an dem Punkt, an dem sich alles so dramatisch und vollständig geändert hatte. Sie setzte sich wieder auf ihr Bett, dachte nicht mehr daran, sich zur Arbeit anzuziehen und ins Geschäft zu gehen.

Sie sah auf das Fläschchen in ihrer Hand. Sie hatte die Anweisungen genau befolgt. Nur um sicherzugehen. Aber insgeheim hatte sie es bereits gewusst. Seit dem Besuch bei ihren Eltern vor zwei Wochen hatte sie es gewusst. Und hatte vor der Realität die Augen verschlossen.

Es war nicht die Grippe, die ihr morgens das flaue Gefühl im Magen gab. Es war nicht Überarbeitung oder Stress, wenn sie sich so müde und manchmal sogar schwindlig fühlte. Der einfache Test, den sie im Drugstore gekauft hatte, ließ keinen Zweifel mehr daran.

Sie trug ein Kind unter dem Herzen. Zum zweiten Mal in ihrem Leben. Das Erstaunen und die Freude gingen sofort in jener eisigen Angst unter, die lähmend von ihr Besitz ergriff.

Wie war es nur passiert? Sie war doch sofort zum Arzt gegangen und hatte sich diese winzigen Pillen verschreiben lassen, als sie ahnte, wohin die Beziehung mit Spence führen würde. Trotzdem war sie jetzt schwanger. Es war nicht zu leugnen.

Wie sollte sie es ihm sagen? Sie schlug die Hände vors Gesicht und ließ den Oberkörper nach vorn und wieder zurück schwanken.

Die Vergangenheit hatte sich schmerzhaft in ihr Gedächtnis eingebrannt. Und jetzt sollte sie alles noch einmal durchmachen?

Sie hatte damals gewusst, dass Anthony sie nicht mehr liebte. Wenn er es überhaupt je getan hatte. Aber als sie erfuhr, dass sie ein Kind von ihm bekam, war sie sicher gewesen, dass er sich ebenso wie sie darüber freuen würde.

Nur widerstrebend hatte er sie in seine Wohnung gelassen, als sie ihm die freudige Nachricht überbringen wollte. Natasha erinnerte sich nur zu deutlich an den Anblick in seinem Wohnzimmer. Der Tisch war für zwei Personen gedeckt, die Kerzen brannten, der Wein stand im Kühler. Genau so, wie er es oft für sie getan hatte, als er sie noch liebte. Doch diesmal erwartete er eine andere. Sie blieb ruhig. Wenn er erst erfuhr, was sie ihm zu sagen hatte, wurde alles gut werden.

„Was redest du da?" Sie erinnerte sich an die Wut in seinen Augen.

„Ich war heute Nachmittag beim Arzt. Ich bin schwanger. Seit fast zwei Monaten." Sie streckte die Hand nach ihm aus. „Anthony ..."

„Das ist eine uralte Masche, Tash." Es klang beiläufig, unbeteiligt. Er ging zum Tisch, um sich ein Glas Wein einzuschenken.

„Es ist keine Masche."

„Nein? Dann verstehe ich nicht, wie du so dumm sein konntest!" Er packte ihren Arm und schüttelte sie. „Wenn du dich in Schwierigkeiten gebracht hast, kannst du nicht erwarten, dass ich dir da heraushelfe."

Benommen rieb sie die Stelle, an der seine Finger sich in ihren Arm gegraben hatten. Er versteht es nur noch nicht, sagte sie sich verzweifelt. „Ich bekomme ein Kind. Dein Kind. Der Arzt meint, das Baby kommt im Juli zur Welt."

„Kann schon sein, dass du schwanger bist." Mit einem Schulterzucken leerte er das Glas. „Mich interessiert das nicht."

„Das muss es aber."

Er sah sie an. In seinen Augen war nichts als Kälte. „Woher soll ich wissen, dass es wirklich von mir ist?"

Sie wurde blass. „Du weißt es. Du musst es einfach wissen."

„Ich weiß überhaupt nichts. Und jetzt entschuldige mich bitte, ich erwarte Besuch."

„Verstehst du denn nicht, Anthony?" rief sie voller Entsetzen. „Ich erwarte unser Kind!"

„Dein Kind", korrigierte er. „Das ist dein Problem. Wenn du einen Rat willst, gebe ich dir einen. Werde es los."

„Loswerden?" Sie war alt genug, um zu wissen, was er damit meinte. „Das kann nicht dein Ernst sein."

„Du willst doch tanzen, Tash. Oder etwa nicht? Versuch mal, die verlorene Zeit wieder aufzuholen, nachdem du neun Monate damit verschwendet hast, irgend so ein Balg auf die Welt zu bringen, den du hinterher ohnehin weggibst. Werde erwachsen."

„Ich bin erwachsen." Wie zum Schutz und zur Selbstverteidigung legte sie eine Hand auf den Bauch. „Und ich werde dieses Kind bekommen."

„Wie du willst." Er machte eine abfällige Geste mit dem Weinglas. „Aber zieh mich nicht da rein. Ich muss an meine Karriere denken. Wahrscheinlich ist es besser so für dich", beschloss er. „Bring irgendeinen Versager dazu, dich zu heiraten, und werde Hausfrau. Als Tänzerin hättest du es sowieso nur bis zum Mittelmaß gebracht."

Also hatte sie das Kind bekommen und es geliebt. Für eine viel zu kurze Zeit. Und jetzt bekam sie wieder eins. Sie durfte es nicht wollen. Nicht wenn sie genau wusste, wie es war, es zu verlieren.

Verzweifelt schleuderte sie das Fläschchen von sich und riss ihre Sachen aus dem Wandschrank. Sie musste weg. Sie musste nachdenken. Ich brauche Ruhe, sagte sie sich, aber erst muss ich es ihm sagen.

Diesmal fuhr sie zu seinem Haus. Es war Samstag, und auf den Bürgersteigen und den Rasen spielten Kinder. Einige riefen ihr etwas zu, und Natasha hob mühsam die Hand, um den Gruß zu erwidern. Vor Spences Haus vergnügte Freddie sich mit ihren Kätzchen.

„Tash! Tash!" Lucy und Desi gingen blitzschnell in Deckung, aber Freddie rannte zum Wagen. „Bist du gekommen, um mit mir zu spielen?"

„Heute nicht." Natasha rang sich ein Lächeln ab und küsste sie auf die Wangen. „Ist dein Daddy zu Haus?"

„Er spielt Musik. Er spielt viel Musik, seit wir

hergezogen sind. Ich habe ein Bild gemalt. Ich werde es Papa schenken!"

Natasha bemühte sich, das Lächeln beizubehalten. „Da wird er sich aber sehr freuen."

„Komm, ich zeig's dir."

„Nachher. Ich muss erst mit deinem Vater sprechen. Aber allein."

Freddies Unterlippe schob sich drohend vor. „Bist du böse auf ihn?"

„Nein." Sie gab Freddie einen Stupser auf die Nase. „Such deine Kätzchen. Ich komme noch zu dir, bevor ich wieder wegfahre."

„Okay." Freddie sauste jubelnd davon. So lockt sie die Kätzchen bestimmt nicht unter den Büschen hervor, dachte Natasha.

Sie klopfte an die Tür und beschloss, ganz langsam und logisch vorzugehen. Wie eine Erwachsene.

„Miss." Vera zog die Tür auf. Diesmal klang sie nicht so distanziert wie sonst. Freddie hatte ihr das Thanksgiving in Brooklyn genauestens beschrieben, und das hatte sie besänftigt.

„Ich würde gern Dr. Kimball sprechen, wenn er nicht zu beschäftigt ist."

„Kommen Sie herein." Stirnrunzelnd musterte sie Natasha. Zu ihrem eigenen Erstaunen war sie etwas besorgt. „Geht es Ihnen gut, Natasha? Sie sind so blass."

„Ich bin in Ordnung, danke."

„Möchten Sie etwas Tee?"

„Nein, ich kann nicht lange bleiben."

Obwohl sie insgeheim fand, dass Natasha einem verängstigten Kaninchen glich, nickte Vera nur. „Sie finden ihn im Musikzimmer. Er hat die halbe Nacht hindurchgearbeitet."

„Danke." Natasha packte ihre Tasche fester und ging durch die Halle. Sie hörte die Musik, eine klagende Melodie. Aber vielleicht nahm sie sie nur so wahr. Blinzelnd unterdrückte sie die Tränen.

Als sie ihn sah, erinnerte sie sich daran, wie sie diesen Raum zum ersten Mal betreten hatte. Vielleicht hatte sie gleich damals begonnen, sich in ihn zu verlieben. Als er, vom Sonnenlicht umflutet, mit einem Kind auf dem Schoß dagesessen hatte.

Sie streifte die Handschuhe ab und ließ sie nervös durch die Finger gleiten, während sie ihn beobachtete. Er war tief in die Musik versunken, zugleich ihr Hüter und ihr Gefangener.

„Spence." Sie flüsterte seinen Namen, als die Musik endete, aber er hörte sie nicht. Sie konnte sehen, wie intensiv er sich auf seine Arbeit konzentrierte. Er war unrasiert. Als sie darüber lächeln wollte, füllten sich ihre Augen mit Tränen. Sein Hemd war zerknittert und am Kragen offen. Das Haar war zerwühlt. Er fuhr sich geistesabwesend mit der Hand hindurch. „Spence", wiederholte sie.

Er kritzelte gerade etwas auf College-Papier

und sah verärgert auf. Doch dann erkannte er sie und lächelte. „Hi. Ich habe nicht damit gerechnet, dich heute zu sehen."

„Annie kümmert sich um den Laden." Sie knetete die Hände. „Ich musste dich sehen."

„Ich bin froh, dass du das musstest." Er stand auf, obwohl ihm die Musik noch im Kopf herumging. „Wie spät ist es überhaupt?" Abwesend blickte er auf die Uhr. „Zu früh, um dich zum Lunch zu bitten. Wie wär's mit etwas Kaffee?"

„Nein, danke." Schon der Gedanke an Kaffee versetzte ihren Magen in Unruhe. „Ich möchte nichts. Ich wollte dir nur sagen ..." Sie verknotete die Finger. „Ich weiß nicht, wie. Ich will, dass du weißt ... Ich habe es nicht geplant. Es ist auch kein Trick, damit du dich verpflichtet fühlst ..."

Sie wurde immer leiser, verstummte schließlich ganz. Er schüttelte den Kopf und ging zu ihr. „Wenn etwas nicht in Ordnung ist, warum erzählst du es mir nicht?"

„Das versuche ich ja gerade."

Er nahm ihre Hand, um sie zum Sofa zu führen. „Sprich es einfach direkt aus. Das ist meistens der beste Weg."

„Ja." Um sie herum drehte sich alles, und sie legte die Hand an den Kopf. „Siehst du, ich ..." Sie erkannte die Sorge in seinen Augen, fragte sich einen Moment lang, was passierte, dann wurde alles schwarz ...

Sie lag auf dem Sofa. Spence kniete an ihrer Seite und rieb ihr fast die Handgelenke wund. „Bleib ruhig liegen. Ich werde einen Arzt rufen."

„Nein, das brauchst du nicht." Vorsichtig richtete sie sich auf. „Es geht mir gut."

„Das tut es ganz und gar nicht." Ihre Haut fühlte sich feucht an. „Du bist eiskalt und blass wie ein Gespenst. Verdammt, Natasha, warum hast du mir nicht erzählt, dass du krank bist? Ich bringe dich ins Krankenhaus!"

„Ich brauche weder das Krankenhaus noch einen Arzt." Die Verzweiflung legte sich wie eine Stahlklammer um ihr Herz. Aber sie kämpfte dagegen an und zwang sich, weiterzureden. „Ich bin nicht krank, Spence. Ich bin schwanger."

12. KAPITEL

„Was?" Mehr brachte er nicht heraus. Er ließ sich auf die Absätze zurückfallen und starrte sie an. „Was hast du gesagt?"

Sie wollte stark sein, musste es sein. Er sah aus, als hätte sie ihm mit einem stumpfen Gegenstand auf den Kopf geschlagen. „Ich bin schwanger", wiederholte sie und machte anschließend eine hilflose Geste. „Es tut mir Leid, das musst du mir glauben."

Spence schüttelte den Kopf und wartete, bis er es wirklich begriffen hatte. „Bist du sicher?"

„Ja!" Bleib ganz sachlich, sagte Natasha sich, es ist besser so. Schließlich war er ein zivilisierter Mann. Es würde keine Vorwürfe geben, keine Grausamkeit. „Ich habe heute Morgen den Test gemacht. Ich hatte schon seit einigen Wochen den Verdacht, aber ..."

„Den Verdacht." Seine Hand ballte sich auf dem Kissen zur Faust. Sie sieht völlig anders aus als Angela damals, schoss es ihm durch den Kopf. Nicht wütend. Sondern am Boden zerstört. „Und du hast mir nichts davon erzählt!"

„Ich wollte erst sicher sein. Es hatte keinen Sinn, dich unnötig nervös zu machen."

„Ist es das, was du bist, Natasha? Nervös?"

„Schwanger, das ist es, was ich bin", entgegnete

sie forsch. „Und ich hielt es für richtig, dich davon zu informieren. Ich werde für einige Tage wegfahren." Trotz ihrer zittrigen Knie schaffte sie es aufzustehen.

„Wegfahren?" Verwirrt, wütend, besorgt, sie würde wieder in Ohnmacht fallen, ergriff er ihren Arm. „Jetzt warte mal. Du kommst hereingeschneit, erzählst mir, dass du schwanger bist, und jetzt verkündest du in aller Seelenruhe, dass du wegfährst?" Er fühlte, wie sich etwas in seinen Magen bohrte. Es war die Angst. „Wohin?"

„Einfach nur weg!" Sie hörte ihre Stimme, schnippisch und unfreundlich, und presste eine Hand an den Kopf. „Tut mir Leid, ich bin nicht sehr geschickt, ich weiß. Ich brauche etwas Zeit und Ruhe."

„Was du brauchst, ist ein Sessel, in dem du sitzen wirst, bis wir über alles gesprochen haben."

„Ich kann darüber nicht sprechen." In ihr wurde der Druck, ihm endlich die Wahrheit zu sagen, immer stärker. Wie Wasser an einem Staudamm. „Jedenfalls jetzt noch nicht ... Ich wollte dir nur schnell Bescheid geben, bevor ich abfahre."

„Du fährst nirgendwohin." Er hielt sie am Arm fest. „Und du wirst verdammt noch mal mit mir darüber reden. Was erwartest du von mir? ‚Wie interessant, Natasha. Wir sehen uns, wenn du zurück bist.' Hätte ich so reagieren sollen?"

„Ich erwarte gar nichts." Ihre Stimme wurde

lauter, und sie verlor die Kontrolle. Liebe, Trauer, Angst – alles strömte aus ihr heraus, als die Tränen kamen. „Ich habe nie etwas von dir erwartet. Ich habe nicht erwartet, dass ich mich in dich verlieben würde. Ich habe nicht erwartet, dass ich dich einmal brauchen würde. Ich habe nicht erwartet, dass ich einmal dein Kind in mir tragen würde. Und ich wollte das alles auch nicht."

„Das war deutlich genug." Sein Griff festigte sich. „Das war überdeutlich. Aber du hast nun einmal mein Kind in dir, und jetzt setzen wir uns hin und überlegen, was wir daraus machen."

„Ich brauche Zeit!"

„Zeit habe ich dir mehr als genug gegeben, Natasha. Offenbar ist das Schicksal nicht so geduldig, damit wirst du dich abfinden müssen."

„Ich kann das nicht noch einmal durchmachen. Ich werde es nicht."

„Noch einmal? Wovon redest du?"

„Ich hatte ein Kind." Sie riss sich los und schlug die Hände vors Gesicht. Ihr gesamter Körper begann zu zittern. „Ich hatte ein Kind. Oh Gott."

Fassungslos legte er die Hand auf die Schulter. „Du hast ein Kind?"

„Hatte." Die Tränen kamen wie eine Flut. Heiß und schmerzhaft, direkt aus der Mitte ihres Körpers. „Sie ist weg."

„Komm, setz dich zu mir, Natasha. Erzähl mir davon."

„Ich kann nicht. Du verstehst nicht. Ich habe sie verloren. Mein Baby. Ich kann den Gedanken nicht ertragen, das alles wieder durchzumachen. Du weißt nicht, wie weh das tut. Kannst es nicht wissen."

„Nein, aber ich kann es dir ansehen." Er legte ihr die zweite Hand auf die andere Schulter. „Ich möchte, dass du es mir erzählst, damit ich es verstehe."

„Was würde das ändern?"

„Wir werden sehen. Es ist nicht gut für dich, wenn du dich so aufregst."

„Nein." Sie wischte sich mit der Hand über die Wange. „Es nützt nichts, wenn man sich aufregt. Es tut mir Leid, dass ich mich so unmöglich benehme."

„Entschuldige dich nicht. Setz dich. Ich hole dir etwas Tee. Dann reden wir." Er führte sie zum Sessel, und sie ließ sich fallen. „Bin gleich wieder da, dauert nur eine Minute."

Er war weniger als eine Minute fort, da war er sich sicher. Trotzdem war sie verschwunden, als er zurückkam.

Mikhail schnitzte an dem Kirschholzblock herum und lauschte der Musik, die aus dem Kopfhörer kam. Irgendwie passte die laute Musik zu der Stimmung, die das Holz in ihm auslöste. Was auch immer in dem Block steckte, und er war sich nicht sicher, was es war, war jedenfalls jung und voller Energie. Beim Schnitzen brauchte er immer etwas, dem er lauschen konnte. Ob Blues oder Bach oder einfach nur das Rauschen des Verkehrs vier Stockwerke unter seinem Fenster, es sorgte für einen freien Kopf. Den brauchte er für das Medium, das seine Hände gerade bearbeiteten.

Heute Abend funktionierte es nicht, er weigerte sich bloß noch, es sich einzugestehen. Er sah über die Werkbank hinweg in sein enges und voll gestopftes Zwei-Zimmer-Apartment. Natasha lag zusammengerollt in dem alten Plüschsessel, den er trotz der kaputten Sprungfedern von der Straße geholt und vor dem Sperrmüll gerettet hatte. Sie hielt zwar ein Buch in Händen, hatte aber seit mindestens zwanzig Minuten nicht einmal umgeblättert. Auch sie zögerte eine Entscheidung hinaus.

Über sich selbst ebenso verärgert wie über sie, streifte er die Kopfhörer ab. Er brauchte sich nur umzudrehen, und schon befand er sich in der Küche. Wortlos stellte er den Kessel auf eine der beiden Gasflammen und brühte Tee auf. Natasha sagte nichts dazu. Als er die beiden Tassen brachte und ihre auf den zerkratzten Tisch neben ihr stellte, sah sie teilnahmslos auf.

„Oh. Djakuju."

„Es ist an der Zeit, dass du mir erzählst, was los ist, findest du nicht?"

„Mikhail ..."

„Ich meine, was ich sage." Er setzte sich auf den Fußschemel, der vom Stil und der Farbe her überhaupt nicht zum Sessel passte. „Seit einer Woche bist du jetzt hier, Tash."

Sie lächelte mühsam. „Du bist kurz davor, mich hinauszuwerfen, was?"

„Vielleicht." Aber er legte eine Hand auf ihre und strich sanft darüber. „Ich habe keine Fragen gestellt, weil du mich darum gebeten hast. Ich habe Mama und Papa nichts davon erzählt, dass du blass und verängstigt vor meiner Tür standest, weil du es nicht wolltest."

„Und ich weiß es zu schätzen."

„Nun, hör auf, es zu schätzen!" Er machte eine der für ihn so typischen abrupten Gesten. „Rede mit mir."

„Ich habe dir doch gesagt, dass ich einfach nur etwas Ruhe brauchte. Und ich wollte nicht, dass Mama und Papa mich den ganzen Tag lang bemuttern und mit Fragen löchern." Sie griff nach ihrem Tee. „Bei dir bin ich davor sicher."

„Nicht mehr. Erzähl mir, was los ist." Er beugte sich vor und nahm ihr Kinn in die Hand. „Tash, erzähl's mir."

„Ich bin schwanger", platzte sie heraus und stellte mit zitternden Fingern die Tasse wieder hin.

Er öffnete den Mund, doch als keine Worte kamen, legte er einfach nur die Arme um seine Schwester.

„Ist alles in Ordnung? Geht es dir gut?"

„Ja. Ich bin vor ein paar Tagen beim Arzt gewesen. Er hat gemeint, es gäbe keinerlei Komplikationen. Uns geht's gut."

Er sah ihr ins Gesicht. „Der College-Professor?"

„Ja. Außer Spence hat es niemanden gegeben."

Mikhails dunkle Augen funkelten. „Wenn der Schuft dich schlecht behandelt hat ..."

„Nein." Seltsamerweise konnte sie lächeln und legte ihre Hand auf seine geballte Faust. „Nein, er hat mich nie schlecht behandelt."

„Also will er das Kind nicht." Natasha sah auf ihre beiden Hände hinunter. „Natasha?"

„Ich weiß nicht." Sie stand ruckartig auf und ging zwischen Mikhails alten Möbeln und den Blöcken aus Holz und Stein hin und her.

„Hast du es ihm noch nicht gesagt?"

„Natürlich habe ich es ihm gesagt." Um sich zu beruhigen, blieb sie vor Mikhails Weihnachtsbaum stehen, einer dreißig Zentimeter hohen Fichte, die sie mit bunten Papierschnipseln dekoriert hatte. „Ich habe ihm nur nicht viel Zeit gelassen, etwas dazu zu sagen. Ich war viel zu aufgeregt."

„Du willst das Kind nicht."

Mit geweiteten Augen drehte sie sich um. „Wie kannst du so etwas sagen? Wie kannst du so etwas auch nur denken?"

„Weil du hier bei mir bist, anstatt mit deinem College-Professor darüber zu reden, was nun werden soll."

„Ich brauche Zeit zum Nachdenken."

„Du denkst viel zu sehr nach."

Das hatte sie von ihm noch nie zu hören bekommen. Natashas Kinnmuskeln spannten sich. „Hier geht es nicht darum, zwischen einem blauen und einem roten Kleid zu wählen. Ich bekomme ein Kind!"

„Tash. Setz dich und entspanne dich, sonst gibst du dem Baby noch Sorgenfalten."

„Ich will mich nicht hinsetzen." Sie schob mit dem Fuß einen Karton beiseite und nahm ihren rastlosen Marsch durchs Zimmer wieder auf. „Ich hätte mich gar nicht erst mit ihm einlassen dürfen. Als es dazu zu spät war, wollte ich wenigstens etwas Distanz halten. Ich wollte den gleichen Fehler nicht noch einmal machen. Und jetzt ..." Sie hob die Arme zu einer hilflosen Geste.

„Er ist nicht Anthony. Das Baby ist nicht Lily."

Sie drehte sich zu ihm um, und ihre Augen strömten über vor Gefühlen. Sofort stand er auf und ging zu ihr hinüber. „Ich habe sie geliebt."

„Ich weiß. Lass dich nicht so von der Vergangenheit beherrschen, Tash." Zärtlich küsste er ihr die Wangen. „Es ist nicht fair. Dir gegenüber nicht, dem Professor gegenüber nicht und auch dem Kind gegenüber nicht."

„Ich weiß nicht, was ich tun soll."
„Liebst du ihn?"
„Ja, ich liebe ihn."
„Liebt er dich?"
„Er sagt ..."
Er griff nach ihrer rastlosen Hand. „Erzähl mir nicht, was er sagt. Erzähl mir, was du weißt."
„Ja, er liebt mich."
„Dann hör auf, dich zu verstecken, und fahre nach Hause. Dieses Gespräch solltest du mit ihm führen, nicht mit deinem Bruder."

Langsam verlor er den Verstand. Jeden Tag läutete Spence an Natashas Apartment, sicher, dass sie ihm diesmal öffnen würde. Wenn sie es nicht tat, ging er in den Laden, um Annie auszuhorchen.

Die Weihnachtsdekoration in den Schaufenstern, die dicken fröhlichen Weihnachtsmänner, die glitzernden Engel und die bunten Lichterketten an den Häusern bemerkte er kaum. Und wenn doch, dann betrachtete er sie mit düsterer Miene.

Es war anstrengend genug gewesen, sich Freddie gegenüber nichts anmerken zu lassen. Er hatte mit ihr zusammen einen Baum ausgesucht, ihn stundenlang geschmückt und ihre krümelnden Popcorn-Ketten bewundert. Geduldig hatte er sich ihre stetig wachsende Wunschliste angehört und war mit ihr ins Einkaufszentrum gefahren, damit sie beim Weihnachtsmann auf dem Schoß sitzen konnte. Aber irgendwie war er nicht in der richtigen Stimmung.

Ich muss aufhören, sagte er sich und starrte durchs Fenster auf den ersten Schnee hinaus. Wie groß die Krise auch sein mochte, in welches Chaos sein Leben auch geraten war, er durfte Freddie nicht das Weihnachtsfest verderben.

Jeden Tag fragte sie nach Natasha. Und er hatte keine Antwort für sie. Er hatte ihr stolz zugesehen, als sie in der Weihnachtsaufführung der Schule einen Engel gespielt hatte, und sich dauernd gewünscht, Natasha säße neben ihm.

Und ihr gemeinsames Kind? Er konnte an kaum etwas anderes denken. Vielleicht trug Natasha die Schwester unter dem Herzen, die Freddie sich so sehnlich wünschte. Das Baby, das er unbedingt wollte. Oder hatte sie ... Er wollte sich nicht das Hirn mit der Frage zermartern, wohin sie gefahren war, was sie getan hatte. Aber wie konnte er an etwas anderes denken?

Es musste einen Weg geben, sie zu finden. Und dann würde er bitten, flehen, argumentieren, vielleicht sogar drohen, bis sie zu ihm zurückkehrte.

Sie hatte ein Kind gehabt. Ein Kind, das sie dann wieder verloren hatte. Aber wie und wann? Fragen, die dringend beantwortet werden mussten, gingen ihm durch den Kopf. Sie hatte gesagt, dass sie ihn liebte. Er wusste, wie schwer ihr das gefallen sein musste. Aber es reichte nicht. Zur Liebe musste noch Vertrauen hinzukommen.

„Daddy." Freddie kam ins Zimmer getobt, voller Vorfreude auf Weihnachten, auf das sie noch sechs lange Tage warten musste. „Wir backen Kekse."

Er sah über die Schulter. Freddie strahlte, den Mund mit rotem und grünem Zucker beschmiert. Spence hob sie auf. „Ich liebe dich, Freddie."

Sie kicherte und küsste ihn. „Ich liebe dich auch. Kommst du und backst mit uns Kekse?"

„Nachher. Ich muss erst noch mal weg." Er würde zum Laden fahren, sich Annie vorknöpfen und herausfinden, wo Natasha steckte. Egal, was der Rotschopf ihm sagte, er würde ihr nicht abnehmen, dass Natasha nicht wenigstens eine Telefonnummer hinterlassen hatte.

Freddies Lippe schob sich vor, während sie mit Spences Hemdkragen spielte. „Wann kommst du wieder?"

„Bald." Er küsste sie und stellte sie auf die Erde. „Wenn ich zurückkomme, helfe ich dir, Kekse zu backen. Ich verspreche es."

Zufrieden rannte Freddie zu Vera zurück. Sie wusste, dass ihr Vater seine Versprechen stets hielt.

Natasha stand im wirbelnden Schnee vor der Haustür, die von Lichterketten umrahmt war. Am Holz war ein lebensgroßer Santa Claus befestigt, der sich unter der Last der vielen Geschenke nach vorn beugte. Ihr fiel die Hexe ein, die an Halloween dort gestanden hatte. In jener ersten Nacht, die sie und Spence zusammen verbracht hatten. In jener Nacht, da war sie sicher, hatte sie das Kind empfangen.

Sie war kurz davor, sich umzudrehen, in ihre Wohnung zu fahren, ihre Tasche auszupacken und noch einmal in Ruhe nachzudenken. Aber das würde nur bedeuten, sich schon wieder zu verstecken. Das hatte sie jetzt lange genug getan. Sie nahm ihren Mut zusammen und klopfte.

Als Freddie die Tür öffnete, leuchteten ihre Augen auf. Das kleine Mädchen quietschte vor Freude und warf sich Natasha mit einem Satz in die Arme. „Du bist zurück, du bist zurück! Ich habe schon sooo lange gewartet."

Natasha hielt sie fest, presste sie an sich. Dies war es, was sie wollte. Sie vergrub das Gesicht in Freddies Haar. Wie hatte sie nur so dumm sein können? „Ich war doch nur kurz weg."

„Ganz viele Tage. Wir haben einen Baum und Lichter, und dein Geschenk habe ich schon eingepackt. Ich hab's selbst gekauft, im Einkaufszentrum. Geh nicht wieder weg."

„Nein", murmelte Natasha. „Das werde ich nicht." Sie setzte Freddie wieder ab, ging mit ihr ins Haus und schloss die Tür vor der Kälte und dem Schnee.

„Du hast meine Aufführung versäumt. Ich war ein Engel."

„Das tut mir Leid."

„Wir haben die Heiligenscheine selbst gebastelt und durften sie behalten. Ich kann dir zeigen, wie ich ausgesehen habe."

„Darauf freue ich mich schon."

Freddie war sicher, dass jetzt wieder alles normal war, und nahm Natashas Hand. „Einmal bin ich fast hingefallen, aber ich konnte mir alles merken, was ich aufsagen sollte. Mikey hat seinen Text vergessen. Ich musste sagen ‚Ein Kind ist geboren in Bethlehem' und ‚Friede auf Erden', und singen musste ich ‚Gloria in Schellfisch Deo'."

Natasha lachte zum ersten Mal seit Tagen. „Das hätte ich zu gern gehört. Singst du es mir später vor?"

„Okay. Wir backen gerade Kekse." Sie zog Natasha zur Küche.

„Hilft dein Daddy dir dabei?"

„Nein, der musste weg. Er hat gesagt, er kommt bald zurück und backt auch welche. Er hat's versprochen."

Zwischen Erleichterung und Enttäuschung schwankend, folgte sie Freddie in die Küche.

„Vera, Tash ist wieder da."

„So, so." Vera schmollte. Sie hatte sich gerade zu der Überzeugung durchgerungen, dass Natasha vielleicht doch die Richtige für den Señor und ihr Baby war, da verschwand die Frau einfach für Tage. Trotzdem, sie wusste, was sich gehörte. „Möchten Sie etwas Kaffee oder Tee, Miss?"

„Nein, danke. Ich will Sie nicht stören."

„Du musst bleiben." Freddie zog wieder an ihrer Hand. „Sieh mal, ich habe Schneemänner und Rentiere und Weihnachtsmänner gemacht." Sie nahm einen Keks, den sie für besonders gut gelungen hielt, von der Arbeitsplatte. „Du kannst einen haben."

„Er ist wunderschön." Natasha sah auf den Schneemann hinunter. Auf seinem Gesicht saßen dicke Klumpen roten Zuckers, und seine Hutkrempe war bereits abgebrochen.

„Weinst du gleich?" fragte Freddie.

„Nein." Sie blinzelte mit den Augen, bis ihr Blick wieder klar wurde. „Ich freue mich einfach, wieder zu Hause zu sein."

Während sie sprach, ging die Küchentür auf. Natasha stockte der Atem, als Spence hereinkam. Er sagte nichts. Die Hand noch auf dem Türgriff, starrte er sie an. Es war, als hätte er sie aus der chaotischen Flut seiner Gedanken hierher in die Küche gezaubert. In ihrem Haar schmolz der Schnee. Ihre Augen waren hell und feucht.

„Daddy, Tash ist zu Hause", verkündete Freddie und rannte zu ihm. „Sie wird mit uns Kekse backen."

Vera band mit forschen Bewegungen ihre

Schürze ab. Die Skepsis, die sie Natasha gegenüber noch empfunden hatte, war schlagartig verflogen. Sie hatte Natashas Gesicht gesehen. Vera wusste, wann sie eine verliebte Frau vor sich hatte.
„Wir brauchen mehr Mehl, Freddie. Komm, wir gehen und kaufen welches ein."

„Aber ich will doch ..."

„Du willst backen. Und um zu backen, brauchen wir Mehl. Komm, wir holen deinen Mantel." Vera schob Freddie kurz entschlossen aus der Küche.

Als die beiden verschwunden waren, standen Spence und Natasha einander reglos gegenüber. Nach einem langen Moment, der ihr wie eine Ewigkeit vorkam, spürte sie endlich wieder seine beruhigende Nähe. Natasha streifte sich den Mantel ab und legte ihn über eine Stuhllehne. Die Hitze in der Küche machte sie schwindlig. Sie wollte mit ihm reden, und das konnte sie nicht, wenn sie ihm ohnmächtig vor die Füße fiel.

„Spence." Das Wort schien von den Wänden widerzuhallen. Sie atmete tief durch. „Ich hatte gehofft, wir würden reden können."

„So. Du bist also zu dem Ergebnis gekommen, dass Reden eine gute Idee ist?"

Sie wollte ihm antworten, doch hinter ihr schrillte plötzlich der Zeitschalter des Ofens. Automatisch drehte sie sich um, zog sich den Küchenhandschuh an und holte die letzte Ladung

Kekse heraus. Sie stellte das Backblech zum Abkühlen auf die Spüle und ließ sich viel Zeit dabei.

„Du bist zu Recht wütend auf mich", sagte sie schließlich. „Ich habe mich dir gegenüber nicht richtig benommen. Jetzt muss ich dich bitten, mir zuzuhören, und hoffen, dass du mir verzeihen kannst."

Er musterte sie schweigend, für einen langen Moment. „Du verstehst es, einem den Wind aus den Segeln zu nehmen."

„Ich bin nicht gekommen, um dir den Wind aus den Segeln zu nehmen. Ich will mich nicht mit dir streiten. Es war keine sehr geschickte Art, dir von unserem Baby zu erzählen, das gebe ich zu. Und dann noch sang- und klanglos zu verschwinden, war unentschuldbar." Sie sah auf ihre Hände hinab, auf die fest verschränkten Finger. „Ich kann dir lediglich sagen, dass ich Angst hatte, dass ich völlig durcheinander war und keinen klaren Gedanken fassen konnte."

„Eine Frage", warf er ein und wartete, bis sie den Kopf hob. Er musste ihr Gesicht sehen. „Ist das Baby noch da?"

„Ja." Die Verwirrung wich aus ihren Augen, als ihr aufging, was hinter dieser knappen Frage an Gefühlen stecken musste. „Oh Spence, es tut mir Leid, es tut mir so schrecklich Leid, dass du gedacht haben musst, ich würde ..." Sie konnte es nicht aussprechen und fuhr sich mit der Hand über die brennenden Augen. „Es tut mir wirklich Leid. Ich bin für ein paar Tage zu Mikhail gefahren." Sie atmete mit zitternden Lippen aus. „Darf ich mich hinsetzen?"

Er nickte nur und ging zum Fenster, als sie sich an den Tisch setzte. Die Hände auf die Fensterbank gestützt, blickte er auf den Schnee hinaus. „Ich bin fast verrückt geworden vor Sorge. Ich habe dauernd überlegt, wo du wohl bist, wie es dir wohl geht. Als du gingst, warst du in einem Zustand, der mich fürchten ließ, du würdest etwas Unüberlegtes tun. Noch bevor wir darüber reden konnten."

„Ich hätte nie tun können, woran du dachtest. Dies ist unser Baby."

„Du hast gesagt, du wolltest es nicht." Er drehte sich zu ihr um. „Du hast gesagt, du würdest das alles nicht wieder durchmachen."

„Ich hatte Angst", gab Natasha zu. „Und es stimmt, dass ich nicht schwanger werden wollte, jedenfalls nicht jetzt. Nie wieder. Ich möchte dir alles erzählen."

Er hätte zu gern einfach die Arme nach ihr ausgestreckt, sie festgehalten und ihr gesagt, dass es jetzt nicht mehr wichtig war. Aber er wusste, dass es wichtig war, und ging an den Herd. „Möchtest du Kaffee?"

„Nein. Mittlerweile wird mir davon übel." Sie sah lächelnd zu, wie er mit der Kanne hantierte. „Würdest du dich bitte zu mir setzen?"

„Also gut." Er nahm ihr gegenüber Platz und legte die Hände mit gespreizten Fingern auf die Tischplatte. „Ich höre."

„Ich habe dir erzählt, dass ich mich in Anthony verliebte, als ich beim Corps de Ballet war. Ich war siebzehn, als wir das erste Mal ... intim wurden. Er war für mich der erste Mann. Und zwischen ihm und dir hat es keinen anderen gegeben."

„Warum nicht?"

Die Antwort fiel ihr leichter, als sie geglaubt hatte. „Weil ich vor dir keinen mehr geliebt habe. Die Liebe, die ich für dich empfinde, ist ganz anders als die Fantasie, die ich bei Anthony hatte. Bei dir dreht es sich nicht um Träume, um Prinzen und weiße Ritter. Bei dir ist es real und solide. Alltäglich, auf die schönste Weise alltäglich. Kannst du das verstehen?"

Er sah ihr ins Gesicht. In der Küche war es still, der Schnee dämpfte die Geräusche. Es duftete nach warmen Plätzchen und Zimt. „Ja."

„Ich hatte Angst, so starke Gefühle für dich, für irgendjemanden zu empfinden. Wegen dem, was zwischen Anthony und mir passierte." Sie wartete einen Moment, überrascht, dass da kein Schmerz mehr war, sondern nur noch Trauer. „Ich habe ihm geglaubt, jedes Wort, jedes Versprechen. Als ich herausbekam, dass er viele dieser Versprechungen auch anderen Frauen machte, war ich am Boden zerstört. Wir stritten uns, und er schickte mich wie ein unartiges Kind fort. Einige Wochen später stellte sich heraus, dass ich schwanger war. Alles, was ich dachte, war: ‚Du trägst sein Kind'."

Sie senkte kurz den Blick, sah wieder auf und sprach weiter. „Ich dachte, wenn ich es ihm sage, wird er begreifen, dass wir zusammengehören. Da bin ich zu ihm gegangen."

Spence griff wortlos nach ihrer Hand.

„Es war nicht so, wie ich es mir ausgemalt hatte. Er war zornig. Die Dinge, die er sagte ..." Sie schüttelte den Kopf. „Egal. Jedenfalls wollte er mich nicht, das Kind auch nicht. In den paar Minuten bin ich um Jahre erwachsener geworden. Er war nicht der Mann, den ich mir vorgestellt hatte, aber ich hatte das Kind. Und ich wollte das Baby." Ihre Finger klammerten sich um seine Hand. „Ich wollte es so sehr."

„Was hast du getan?"

„Das Einzige, was mir noch blieb. An Tanzen war nicht mehr zu denken. Ich verließ die Ballett-Kompanie und ging nach Hause. Es war eine Bürde für meine Eltern, aber sie hielten zu mir. Ich bekam einen Job in einem Kaufhaus. Als Spielzeugverkäuferin." Sie musste lächeln, als sie daran dachte.

„Das muss schwierig für dich gewesen sein." Er versuchte, sie sich damals vorzustellen. Ein Teenager, schwanger, vom Vater ihres Kindes im Stich gelassen, verzweifelt bemüht, das Leben wieder in den Griff zu bekommen.

„Ja, das war es. Aber es war auch eine wundervolle Zeit. Mein Körper veränderte sich. Die ersten beiden Monate hatte ich mich schwach und zerbrechlich gefühlt, doch plötzlich kam ich mir ungeheuer stark vor. Und war es wohl auch. Ich saß nachts in meinem Bett und las Bücher über Babys und Geburtsvorbereitungen. Ich löcherte Mama mit unzähligen Fragen. Ich strickte, allerdings mehr schlecht als recht", fügte sie mit einem leisen Lachen hinzu. „Papa bastelte einen Babykorb, und Mama nähte ein weißes Kleidchen mit Bändern in Blau und Pink. Es war wunderschön." Sie fühlte die Tränen in sich aufsteigen und schüttelte den Kopf. „Kann ich etwas Wasser bekommen?"

Er stand auf, ließ das Wasser einen Moment lang aus dem Hahn laufen, füllte das Glas und kehrte zum Tisch zurück. „Lass dir Zeit, Natasha." Weil er wusste, dass sie beide Zeit brauchten, strich er ihr übers Haar. „Du brauchst mir nicht alles auf einmal zu erzählen."

„Doch, das möchte ich." Sie trank langsam, wartete, bis er sich wieder gesetzt hatte. „Ich habe sie Lily genannt", murmelte sie. „Sie war so hübsch, so winzig und zart. Ich hatte nicht gewusst, wie sehr man ein Kind lieben kann. Stundenlang sah ich ihr zu, wie sie dalag und schlief. Der Gedanke, dass sie in mir gewachsen war, dass ich ihr das Leben geschenkt hatte, war faszinierend, atemberaubend."

Natasha begann zu weinen, geräuschlos, und eine Träne fiel auf ihre Hand. „Es war heiß in dem Sommer, und ich fuhr sie immer im Kinderwagen aus, damit sie Luft und Sonne bekam. Die Leute blieben stehen, um sie anzuschauen. Und wenn ich sie stillte, legte sie mir eine winzige Hand auf die Brust und sah mich aus großen Augen an. Du weißt, wie das ist. Du hast Freddie."

„Ich weiß. Ein Kind zu haben ist etwas Unvergleichliches."

„Oder eines zu verlieren", sagte Natasha leise. „Es ging so schnell. Sie war erst fünf Wochen alt. Ich wachte morgens auf und wunderte mich, dass sie durchgeschlafen hatte. Meine Brüste waren voller Milch. Ihr Korb stand neben meinem Bett. Ich beugte mich hinunter, nahm sie hoch. Erst begriff ich nicht, was los war, konnte es nicht glauben ..." Sie brach ab und presste die Hände gegen die Augen. „Ich weiß noch, dass ich geschrien habe, immer wieder. Rachel sprang aus dem Nachbarbett, der Rest der Familie kam hereingerannt, Mama nahm sie mir aus den Armen." Ihr leises Weinen ging in ein Schluchzen über. Mit den Händen vor dem Gesicht ließ sie ihren Tränen freien Lauf, wie sie es sonst nur tat, wenn sie allein war.

Es gab nichts, was er sagen konnte. Nichts, was überhaupt jemand hätte sagen können. Statt nach bedeutungslosen Worten zu suchen, stand er auf, kniete sich neben sie und zog sie in die Arme.

Zunächst reagierte sie gar nicht, doch dann drehte sie sich halb zu ihm, klammerte sich mit aller Kraft an ihn und ließ sich trösten.

Ihre Hände pressten sich, zu Fäusten geballt, gegen seinen Rücken. Nach und nach entkrampfte sie sich. Die Tränen versiegten, der Schmerz, den sie jetzt mit ihm teilte, ließ etwas nach.

„Es geht schon wieder", flüsterte sie nach einer Weile. Sie löste sich von ihm und suchte in ihrer Tasche nach einem Tuch. Spence nahm es ihr aus der Hand und trocknete ihr die Wangen ab.

„Der Arzt nannte es plötzlichen Kindstod. Es gab keinen Grund", sagte sie und schloss erneut die Augen. „Das machte es irgendwie noch schlimmer. Nicht zu wissen, warum sie gestorben war, ob ich es vielleicht hätte verhindern können." Sie sah ihn an. „Ich brauchte lange, um mich mit etwas abzufinden, das ich niemals verstehen werde. Es dauerte eine ganze Zeit, bis ich wieder zu leben begann, zur Arbeit ging, schließlich hierher zog, meinen Laden eröffnete. Ich glaube, ohne meine Familie hätte ich es nicht überlebt." Sie gönnte sich eine Pause, kühlte sich den trockenen Hals mit Wasser. „Ich wollte nie wieder lieben. Dann kamst du. Und Freddie."

„Wir brauchen dich, Natasha. Und du brauchst uns."

„Ja." Sie presste seine Hand an ihre Lippen. „Ich möchte, dass du mich verstehst, Spence. Als ich erfuhr, dass ich schwanger bin, kam alles wieder hoch. Du kannst mir glauben, noch einmal würde ich so etwas nicht überstehen. Ich habe eine solche Angst, dieses Kind zu lieben. Und ich weiß, dass ich es schon tue."

„Komm her." Behutsam zog er sie aus dem Stuhl. „Ich weiß, wie sehr du Lily geliebt hast und dass du sie immer lieben und um sie trauern wirst. Ab jetzt werde ich das auch tun. Was geschehen ist, lässt sich nicht mehr ändern. Aber dies hier ist ein anderer Ort, eine andere Zeit und ein anderes Kind. Ich möchte, dass du eines weißt: Wir werden alles zusammen durchmachen. Die Schwangerschaft, die Geburt und die Kindheit. Ob du das nun willst oder nicht."

„Ich habe Angst."

„Dann werden wir zusammen Angst haben. Und wenn dieses Baby vier ist und zum ersten Mal vom Dreirad zum Zweirad wechselt, werden wir beide besorgt zusehen und Angst haben, dass es umfällt."

Ihre Lippen verzogen sich zu einem Lächeln. „Wie du das so sagst, kann ich es fast glauben."

„Glaub es." Er küsste sie. „Weil es ein Versprechen ist."

„Ja, dies ist die Zeit für Versprechen." Ihr Lächeln wurde zuversichtlicher. „Ich liebe dich." Es war jetzt auf einmal so einfach, es auszusprechen. Es zu fühlen. „Wirst du mir die Hand halten?"

„Unter einer Bedingung." Mit dem Daumen strich er ihr eine bereits trocknende Träne von der Wange. „Ich möchte Freddie erzählen, dass sie einen kleinen Bruder oder eine kleine Schwester bekommt. Ich glaube, das wäre für sie das schönste Weihnachtsgeschenk!"

„Ja." Sie fühlte sich jetzt stärker, sicherer. „Lass es uns ihr erzählen."

„Also gut, du hast fünf Tage."

„Fünf Tage wozu?"

„Um alles so vorzubereiten, wie du es haben möchtest, um deine Familie hierher einzuladen, um ein Kleid zu kaufen, um all das zu tun, was du vor der Hochzeit noch erledigen musst."

„Aber ..."

„Kein Aber." Er umrahmte ihr Gesicht mit beiden Händen und schnitt ihr das Wort ab. „Ich liebe dich, ich will dich. Seit Freddie bist du das Beste, was mir in meinem Leben passiert ist, und ich habe nicht vor, dich wieder loszulassen. Wir haben ein Kind gemacht, Natasha." Er sah ihr in die Augen und legte eine Hand auf ihren Bauch, ganz sanft und fast ein wenig besitzergreifend. „Ein Kind, das ich will. Ein Kind, das ich schon jetzt liebe."

Es war eine Geste des Vertrauens, als sie ihre Hand auf seine legte. „Ich werde keine Angst haben, wenn du bei mir bist."

„Wir haben eine Verabredung. Am Heiligen

Abend, hier. Und am Weihnachtsmorgen werde ich mit meiner Frau aufwachen."

Sie legte die Hände auf seine Unterarme und fand den Halt, den sie suchte. „Einfach so?"

„Einfach so."

Lachend schlang sie die Arme um seinen Hals und sagte ein einziges Wort: „Ja."

EPILOG

Für Natasha war der Heilige Abend der schönste Tag des Jahres. Es war ein Tag, an dem man das Leben, die Liebe und die Familie feierte.

Als sie hereinkam, war das Haus still. Sie ging sofort zum Baum und zum Licht. Sie versetzte einen Engel, der von einem Zweig herabbaumelte, in Drehungen und kostete den Anblick des festlich geschmückten Zimmers aus.

Auf dem Tisch stand ein Rentier aus Pappmaschee, dem bereits ein Ohr fehlte. Freddie war in der zweiten Klasse, und der Kunstunterricht zeigte Wirkung. Daneben stand ein dickbäuchiger Schneemann mit einer Laterne. Auf dem Kaminsims thronte eine fein gearbeitete Krippe aus Porzellan. Darunter hingen vier Strümpfe. Im Kamin prasselte ein Feuer.

Es war ein Jahr her, dass sie davor gestanden und gelobt hatte, zu lieben, zu ehren und zu schätzen. Es waren die leichtesten Versprechen, die sie je hatte halten müssen. Jetzt war dies ihr Zuhause.

Zu Hause. Sie atmete tief durch und atmete den Duft der Kiefernnadeln und Kerzen ein. Es war so gut, zu Hause zu sein. Bis zum späten Nachmittag hatten sich verspätete Kunden im „Fun House" gedrängt. Jetzt gab es für sie nur noch die Familie.

„Mama." Freddie kam hereingerannt. Ein

leuchtend rotes Band flatterte ihr hinter dem Kopf. „Du bist zu Hause."

„Ich bin zu Hause." Lachend griff Natasha nach ihr und wirbelte sie in der Luft herum.

„Wir haben Vera zum Flughafen gebracht, weil sie ja Weihnachten bei ihrer Schwester sein will, und dann haben wir uns die Flugzeuge angesehen. Daddy hat gesagt, wenn du kommst, gibt es Essen, und dann singen wir Weihnachtslieder."

„Da hat Daddy vollkommen Recht." Natasha drapierte Freddie das Band um die Schultern. „Was hast du denn da?"

„Ich packe ein Geschenk ein, ganz allein. Es ist für dich."

„Für mich? Was ist es denn?"

„Das darf ich dir nicht sagen."

„Doch, das musst du sogar. Pass auf." Sie ließ sich mit Freddie auf die Couch fallen und strich ihr mit den Fingerspitzen über die Rippen. „Siehst du", sagte sie, als Freddie quietschte und zappelte.

„Jetzt quält sie das Kind schon wieder", kommentierte Spence lächelnd von der Tür her.

„Daddy!" Freddie sprang auf und rannte zu ihm. „Ich hab's nicht verraten."

„Ich wusste doch, dass ich mich auf dich verlassen kann, Funny Face. Sieh mal, wer aufgewacht ist." Er ließ ein Baby auf dem Oberschenkel reiten.

„Hier, Brandon." Freddie sah den Kleinen liebevoll an und gab ihm das Band, damit er damit spielen konnte. „Es ist hübsch, genau wie du."

Mit sechs Monaten war der junge Brandon Kimball pummelig, rotwangig und mit der Welt zufrieden. Mit der einen Hand packte er das Band, mit der anderen griff er nach Freddies Haar.

Natasha ging mit ausgestreckten Armen auf die drei zu. „So ein großer Junge", murmelte sie, als ihr Sohn sich ihr entgegenreckte. Sie presste ihn an sich und gab ihm einen Kuss auf den Hals. „Und ein so hübscher."

„Er sieht genauso aus wie seine Mutter." Spence strich mit der Hand über Brandons dichte dunkle Locken. Als ob er dieser Behauptung zustimmen wollte, stieß Brandon ein glucksendes Lachen aus. Als er zu zappeln begann, ließ Natasha ihn auf dem Teppich herumkrabbeln.

„Es ist sein erstes Weihnachten." Natasha beobachtete, wie er sich aufmachte, eine der Katzen zu ärgern, und sah, wie Lucy rechtzeitig unter dem Sofa verschwand. Gar nicht dumm, die Katze, dachte Natasha.

„Und unser zweites." Er drehte Natasha zu sich herum und zog sie in die Arme. „Alles Gute zum Hochzeitstag."

Natasha küsste ihn einmal, zweimal. „Habe ich dir heute schon gesagt, dass ich dich liebe?"

„Nicht mehr, seit ich dich heute am Nachmittag angerufen habe."

„Das ist schon viel zu lange her." Sie schlang die Arme um seine Taille. „Ich liebe dich. Vielen Dank für das wunderschönste Jahr meines Lebens."

„Es war mir ein Vergnügen." Er sah lange genug über ihre Schulter, um sich zu vergewissern, dass Freddie auf Brandon aufpasste. Denn der bemühte sich gerade, eine glitzernde Kugel von einem tief hängenden Zweig zu ziehen. „Und das Vergnügen wird immer größer."

„Versprichst du das?"

Lächelnd neigte er ihr wieder den Kopf zu. „Ganz fest!"

Freddie hörte kurz auf, mit Brandon durchs Zimmer zu krabbeln, und sah zu ihnen hinüber. Ein kleiner Bruder war ja doch ganz nett, aber sie wünschte sich noch immer eine Schwester. Sie lächelte, als ihre Eltern sich umarmten.

Vielleicht nächstes Weihnachten.

– ENDE –

Nora Roberts

Einklang der Herzen

Nora Roberts fulminanter Debütroman erstmals als Hörbuch! Exklusiv mit einem wunderbaren Titelsong, gesungen von Nino de Angelo und Lisa Shaw.

Hörbuch
9,95 € (D)
ISBN 3-89941-206-0

Band-Nr. 25119
7,95 € (D)
ISBN 3-89941-155-2

Nora Roberts

Die MacGregors 5
Hochzeitsfieber bei den
MacGregors

Boston im Hochzeitsfieber: Gleich drei Enkeltöchter von Daniel MacGregor finden den Mann fürs Leben! Drei Romane von Nora Roberts – dreimal ein romantisches Lesevergnügen über die einzigartigen MacGregors!

Laura
Royce Cameron ist Lauras Traummann! Und gegen eine heiße Affäre mit ihm spricht nichts – gegen eine Heirat allerdings einiges ...

Gwen
Gwen hat keine Zeit für die Liebe! Bis der Autor Branson Maguire sie zärtlich, fantasievoll und beharrlich umwirbt. Weiße Rosen, Geschenke – wie lange wird Gwen widerstehen können?

Julia
Jede Begegnung zwischen der temperamentvollen Julia und dem attraktiven Cullum endet mit einem Streit. Trotzdem erkennt Cullum eines Tages, dass er sich ein Leben ohne Julia nicht mehr vorstellen kann ...

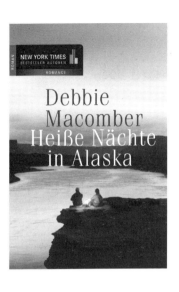

Debbie Macomber

Heiße Nächte in Alaska

Vorsicht, heiß – drei Liebesromane aus dem kalten Alaska!

Band-Nr. 25118
6,95 € (D)
ISBN 3-89941-154-4

Sandra Brown

Gefangen in der Wildnis

Ein Flugzeugabsturz in Kanada: Für die Immobilienmaklerin Rusty Carlson und den Rancher Cooper Landry beginnt ein harter Überlebenskampf. Nur Mut, Hoffnung und die wachsende Liebe zueinander können sie retten ...

Band-Nr. 25117
6,95 € (D)
ISBN 3-89941-153-6

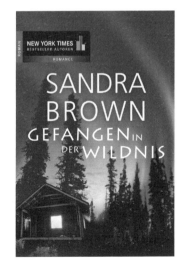

Sandra Brown
Dschungel der Gefühle
Band-Nr. 25097
6,95 € (D)
ISBN 3-89941-130-7

Tess Gerritsen
Akte Weiß
Band-Nr. 25106
6,95 € (D)
ISBN 3-89941-142-0

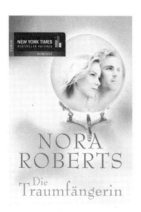

Nora Roberts
Die Traumfängerin
Band-Nr. 25105
6,95 € (D)
ISBN 3-89941-141-2

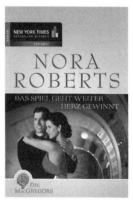

Nora Roberts
Die MacGregors (Band 4)
Band-Nr. 25104
6,95 € (D)
ISBN 3-89941-140-4